허공 중에 배꽃 이파리하나

허공 중에 **배꽃** 이파리 하나

유금호 소설

개미

내 역마살의 여정, 잠시 작은 간이역에서

여행이란 언제고 끝이 있는 것을 알면서도 사람들은 가슴 두근거리며 여정에 오릅니다.

이 일탈(逸脫) 욕구가 어쩌면 우리들 본질적인 자유에 대한 꿈꾸기이겠지요.

외연적 억압, 인연의 굴레, 일상, 혹은 존재 자체에 대해서까지도 끊임없이 탈출을 시도하는 이 충동은 근원적 자유에 대한 모색이면서, 생각하면 여행의 끝처럼 결말이 예고된 나락과 우리들 삶에 대한 허무의 확인일지도 모릅니다.

그러면서도 떠나고 싶고, 떠나야 하는 피할 수 없는 이 모순은 차라리 업이며, 역마살(驛馬煞)입니다.

  작가가 한 권의 책을 묶는다는 것은 이 여정의 과정, 멈추어 서서 뒤돌아보는 간이역일 것입니다.
  『허공 중에 배꽃 이파리 하나』는 내게 소설집으로 여섯 번째 책입니다.
  지상에 남을 시간이 많지 않다는 자각과 함께 최근 이삼 년간 내 영혼의 방황과 모색, 여정에 대한 보고서인 셈입니다.
  실제적으로도 여행을 꽤 했습니다.
  달이 떠오르는 아마존 강, 음습한 수초에서 인디오들과 악어잡이도 해보았고, 몽골 바양고비 초원의 새벽, 장작불이 타고 있는 '겔' 천장 꼭대기로 기어들던 주먹만큼씩한 새벽별 앞에서 울먹인 적도 있습니다. 안데스의 마추픽추, 그 잃어버린 도시의 한켠, 장의석 앞에 서서 천길 골짜기를 흘러가는 우르밤바의 물소리를 들으면서, 혼자 소주를 마셔보기도 했고, 아프리카 짐바브웨 빅토리아 폭포를 멍하게 건너다본 적도 있습니다. 어느 겨울, 운남성 옥룡설산(玉龍雪山) 아래서 나시족의 늙은 샤먼과 손을 잡고 제의에 함께 참가해보기도 했습니다.
  내가 속해 있는 곳의 관습과 공기와 물의 냄새가 다른 세계를 그토록 찾아 헤매고 다녔지만, 그러나 결국 나는 쓸쓸한 얼굴의 나 자신과 마주하는 것으로 그 여행이 끝나는 것을 자주 확인한 셈이었습니다.

  여기 수록된 소설들은 같은 공간, 같은 이미지, 같은 상황들이 때로 겹쳐 있습니다.

내 우둔한 탈출 시도가 현장법사 손바닥 안을 맴돌던 '서유기(西游記)'의 손오공처럼 종착지에서, 여전히 누추한 자신의 영혼을 마주하는, 똑같은 상황을 맴돌고 있었다는 자괴와 허무감과 연관되어 있습니다.

그동안, 내 글쓰기 작업이 뒤엉킨 현실에 대한 방향 제시로의 기능이나, 언어미학적 측면에서 대단한 실험성을 가지고 있지 않다는 것을 잘 알고 있습니다. 순진한 일부 독자들 가슴에 몽환적 감성을 불러일으키는 데도 별 기여를 하지 못한다는 것 역시 압니다.

그러면서도 책을 낸다는 것은 내 자신, 내 떠돌이의 혼이 또다시 아직 남아 있는 여정의 방향을 결정해야 하기 때문입니다.

한국 축구 4강이 결정되던 날, 이 원고를 〈개미〉 출판사 최대순 사장에게 넘겼습니다.

그날 출판사 사장은, 이 책도 우리 축구겉이 잘 될겁니더, 그렇게 말했지만. 오늘의 출판 사정은 그렇지 않은 까닭에…… 이 책이 출판사에 손해 끼쳐지지 않기를 바랄 뿐입니다.

2002년 여름

유금호

차례 | 허공 중에 배꽃 이파리 하나

하노이,
흐리고
가끔 비

어머니 무덤 속에 작은 뼛조각조차 없었던 것은 유골까지 삭아 없어진 것이 아니라, 처음부터 시신 없는 무덤일 수도 있었을 거라는 의혹이 한순간 섬광으로 등뼈를 타고 흘렀다.

순간 나는 비석을 싸안은 채 무릎을 꿇었다.

어쩌면 지금 이 비석 부근에 내 어머니가 떠돌고 있을지도 모른다는 느낌이 가슴을 치밀어 올라왔다. 목구멍 안쪽을 달구며 밀어 올라오는 뜨거운 열기를 견디지 못하고 내가 기어이 '흐흐흑' 소리를 내며 비석을 두 손으로 싸안았을 때 먹구름이 한꺼번에 몰려왔다.

이미 반쯤은 삭아버린 관 뚜껑이 열리기 바쁘게 자손들 손이 흙과 풀뿌리로 뒤엉킨 두개골과 뼛조각을 허겁스럽게 집어 올린다. 오물로 메워진 눈과 콧마루가 있던 자리를 손가락으로 후벼내며 자식들은 조상의 뼈에 얼굴을 비비거나 눈물을 떨어뜨리기도 한다. 유골이 하나씩 드러나면서 이웃 사람들이 휙, 휘익, 휘익…… 환성을 지른다. 대머리독수리 한 마리가 코코넛나무 위를 돌고 있는 동안 머리뼈와 부서져버린 팔, 정강이뼈들까지 함지박 물 속에 잠겨 죽은 뒤 몇 년만에 목욕을 한다. 뼛조각들이 허옇게 될 때까지 가족들이 사자(死者)를 씻기는 사이, 마을 사람들은 한쪽에서 북을 두드리며 잔치 준비를 한다.

썩은 살점이 군데군데 남은 형의 뼈를 골라내고 있는 내 모습을 떠올리며 나는 잠시 진저리를 친다.

'티와.'

뼈를 씻어 '먼 축복의 땅'으로 보낸다는 다야크족 이중 장례 광경이 연상된 것은 호치민(胡志明) 시신 때문이었을 것이다.

방부 처리된 노인의 시체가 있는 방에서 망고나무 사이를 비집고 내려오는 흰 햇빛 속으로 빠져나온 뒤에도 형에게 들었던 다야크족 장례 풍경이 계속 머릿속을 맴돌았다.

형의 실종을 확신한 후부터 빈번해진 연상이었다.

자바 밀림 속 다야크족은 '사람 머리 사냥꾼'으로 불렸다고 한다. 티와 때 후손들은 붙잡아온 적의 머리를 베어, 그 피를 씻긴 사자(死者)의 뼈에 뿌려 '먼 곳'으로 보내는데, 이 의식은 1894년 네덜란드 지배를 받기 전까지 계속되었던 모양이다. 희생물이 사람 대신 가축으로 바뀌었을 뿐, 지금도 이 풍습은 계속되고 있다는 르포를 읽은 적이 있었다.

이때의 희생물은 죽은 자와 영생의 길에 동행을 하고…… 티와를 통한 '진정한 죽음', 그때의 희생물…… 그 위에 한쪽 손이 없는 형의 모습이 오버랩 되면 편두통이 왔다. 떠돌고 있는 영혼과 완전한 죽음……, 하노이의 2월 첫날, 건물 외곽부터 군인들의 경계는 삼엄했고, 시신이 있는 방을 돌아나오는 동안의 정적은 숨이 막혔다. 합장하는 사람들의 숨소리마저 멎은 그 경건함과 참배객들의 볼 위로 흘러내리던 눈물…… 나는 그 침묵의 공간 어디쯤에서 숱 적은 수염을 단 노인과 내 형의 영혼이 그 방부 처리된 시신을 내려다보고 있을까, 잠시 생각했다. 자기 손 하나를 앗아간 베트콩 최고 책임자 시신을 참배하고 나오는 동생에게 형은 무슨 말을 했을까.

왕래 없던 형과의 조우가 70년대 중반이었을까.

햇볕 한줌 들지 않던 내 자취방 계단 앞에 한 사내가 쭈그리고 앉았다
가 공사판에서 돌아온 나를 맞았다. 너 맞지? 종민이…… 정종민…….
10여 년을 만나지 않았는데, 그때 짐승의 후각 같은 것이었을까, 마
음 한편에서 완강하게 고개를 젓고 싶었는데, 나는 어물거리며 그래,
형…… 머리를 끄덕거렸다. 월남서 돌아왔다. 살아서…….그는 옛날
과 마찬가지로 히죽 웃기부터 하고, 오른손으로 내 어깨를 두드렸다.

그날 등을 떠밀려 따라간 곳이 '나뜨랑'이라는 청진동 월남 음식점
이었다.

미군이 월남에서 철수한 뒤, 보트 피플이 동남아 바다를 떠돌고 있
다는 기사가 신문을 도배하고 난 다음해였을 것이다.

벽 한 면을 덮고 있던 치졸한 솜씨의 야자수와 바다 그림, 아오자
이 차림의 젊은 여자 셋……. 형은 '톰합(Tom Hap)'이라 불리는 새
우찜과 '스엉느엉(Suon Nuon)'이라는 이름의 돼지고기 구이에 맥
주를 시키고, 여자들과 베트남 말로 이야기를 나누었다.

그들 이야기 속에 사이공, 렉스 호텔, 구엔두 거리, 닌호아, 투이호
아, 퀴논 같은 귀에 익은 지명들이 섞여 들렸다.

맥주가 몇 병 비워진 뒤, 형이 슬그머니 장갑을 낀 왼손을 내 앞에
내밀었다. 벗겨봐. 여름날 무슨 장갑인가, 의아하게 장갑을 벗겼을
때 드러난 의수(義手)의 그 차가운 감촉이라니……. 형, 부상당했구
나, 형에게 느낀 최초의 연민이었을 것이다. 죽은 놈들도 얼마나 많
은데…… 손 하나, 뒷날 찾으러 가려고 남겨두었지……. 형은 어깨

를 으쓱해 보이고, 여자들과 베트남어 이야기로 다시 빠져들었다.

한참 뒤 몸집 작은 한 여자가 형의 어깨로 무너지면서 울음을 터뜨렸다.

"쯩 구엔(Trung Nguyen) 날인 줄 몰랐어."

형은 어두워진 뒤 골목을 빠져나오면서 그날이 음력 7월 15일이었고, 그곳 베트남 사람들은 그날 가족끼리 만나 조상의 혼을 위로하는 날이었다고 말해주었다.

"신 짜오(인사)?"

꺼이 푸옹(Cay phuong)이 망고 그늘 벤치에서 일어서며 비닐봉지에 담긴 사탕수수 즙을 내밀었다.

"깜온(고마워)…… 이걸 여기서는 뭐라 부르는데? ……까이 나이라 떤지?"

내 베트남어가 우스운지 그녀는 쿡 웃고는, 사탕수수 줄기 즙을 파는 리어카를 가리키며 '능미아', 짧게 말했다. 7년 전, 산업연수생으로 언니와 한국에서 6개월 동안 머물렀던 인연으로 한국인 형부를 맞은 푸옹은 쉬운 한국말은 거의 구사했다.

"푸옹도 저기 가봤나?"

호치민 시신이 안치된 건물을 턱으로 가리키자 여러 번…… 그러고는 흰 이를 드러내 보였다.

"형부, 저녁까지는 오신댔어요…… 조금 걸으면 주석궁이 나와요."

가늘고 작은 몸매이면서 낮은 콧마루 대신 푸옹은 오똑하고 곧은 코를 가진 미인이었다. 그 2월, 하노이에서는 아오자이 차림을 보지 못했지만 푸옹이 흰 아오자이를 입은 모습을 상상하는 것은 그리 어렵지 않았다.

형의 여자도 푸옹 같았을까.

푸옹은 팔짱을 낄 듯 내 곁에 바짝 붙어 나란히 걷기 시작했다.

SITE DU

PRESIDENT HOCHMINH A HANOI

主席府的

胡志明主席故居

1954년에서 1969년 9월 임종까지 호치민이 머물렀다는 주석궁 정원은 밀림 한쪽을 옮겨온 것같이 코코넛과 망고, 바나나 잎들이 뒤엉켜 비가 그친 뒤의 습기 같은 독특한 수향(樹香)을 내뿜었다. 몸통에서 뿌리를 내려뜨린 고무나무 줄기 뒤에서 형이 만약 그림자처럼 히죽 웃고 나타난다면, 나른한 나무 냄새 속에서 형을 얼싸안을 것 같은 기분이 들었다.

그러나 호치민 시신을 참배하고 나온 관광객들은 모두 베트남 사람들이었다.

"형님, 한국에서 결혼 안 하셨어요?"

"한 적은 있었어. 금방 헤어졌지만……."

"꽁짜이(Con trai), 꽁까이(Con gai)는요?"

나는 고개를 저으며, 애 생길 만큼 오래 살지도 않았으니까, 가까운 가족, 나 혼자뿐이고…… 중얼거리며 담배에 불을 붙여 물었다.

"뼈를 바다에 뿌려드릴 걸 그랬다."

유언대로 화장을 해서 뼛가루만 선산에 봉분을 만들어 아버지를 묻고 내려오던 산길, 형이 막막한 얼굴로 잔뜩 흐린 하늘을 올려보며 중얼거렸다. 숨 끊어지기 전, 몇 마디 더 하실 수 있었으면 그 말씀을 하셨을 것 같지 않냐? 태워서 바다에 뿌려라…… 자바 섬에 닿게…… 아버지가 자바 섬으로 가시고 싶었다고? 내가 물었지만 형은 입을 다물어버렸다.

아버지가 남양군도에서 해방을 맞았다는 말은 들은 적이 있었지만 조선 출신 패잔병이 적도 밀림에서 패전을 맞이하는 광경은 어린 내게 잘 상상되지가 않았다. 세상을 떠나기 두 해 전, 당신이 효도관광 여행지로 인도네시아를 고집했다는 이야기를 들었을 때 아버지의 젊은 날을 잠시 떠올려보았을 정도였다.

"형님 되시는 분과 사이가 좋으셨던가 봐요."

"나하고?"

"……."

"같이 살지를 않았어. 나이 차이도 많았고……."

"우리 형부도 동생이 하나 있었는데…… 고향 쪽에서 무슨 사태 때 휩쓸려 죽었대요. 그래서 고아나 다름없다고 그러던 걸요."

"혼자라더군, 형부도. 이야기 들어보니까."

……고향 떠나 서울 간 지 10년이고, 한국서 나온 지가 10년인디…… 20년을 고향 말 안 쓰고 살았지라…… 그런디 요상한 거는 우리 동상, 그때 군인들한테 총 맞아 죽고, 그 길로 고향 떠서 사투리 안 쓰고 살었는디…… 한국말을 안 허다가 해봉께, 고향 말이 나와부러라…… 요참에 와서 생각인디, 그 뿌렝이라는 것이 나무만 있는 것이 아닌갑다, 그런 생각이 들드랑게요……. 최 사장은 술이 한 잔만 들어가도 한국어에 사투리가 끼여드는데 푸옹은 깍듯한 서울 말씨를 썼다.

망고와 고무나무가 줄지어 선 자갈길을 지나, 연못을 앞에 둔 소박한 2층 건물 앞에서 푸옹이 걸음을 멈추었다.

"호(胡) 할아버지도 혈육이 없어요. 그래서 인민들이 다 자손들이죠."

의자 몇 개 놓인 터진 공간의 1층에 침실과 작은 책장이 놓인 응접실 겸 서재의 2층이 전부인 주석궁의 검소함이 베트남인들에게 가족의 친밀감으로 다가왔을까. 그것도 말년 십여 년뿐, 대부분 생애가 밀림과 동굴 생활이었다는 호치민은 생전 말대로 혈연을 남기지 않았다고 했다.

"존경할 민족지도자가 있는 것은 행복한 거야."

"최근 가끔 형부를 보면 쓸쓸해 보여요."

"부모님에 언니, 오빠…… 신랑만 있으면 되는데…… 언니처럼 푸옹도 한국 남자하고 결혼할 건가?"

"전 복잡하게 살고 싶지 않아요."

고무나무 아래, 벤치의 그녀 곁에 걸터앉으며 나는 다시 담배에 불을 붙였다.

아버지는 육신만 우리에게 돌아오신 게야. 월남전에서 왼손을 잃은 형이 아버지 장례로 대면한 내게 그렇게 말했다.

자바 밀림 속에 아버지는 혼을 두고 왔어…… 그래서 소나기라도 내리면, 스콜 소리가 떠올라 아버지는 늘 집을 뛰쳐나갔고…… 나이 차이가 10년도 넘는 형의 이야기를 나는 늘 귓가로 흘렸다.

사춘기가 끝날 무렵 집을 나온 후, 나는 내게 아버지와 형이 있다는 사실을 지우며 살았다.

성묘를 가던 길, 걸음을 멈춘 아버지가 공동묘지 언저리의 반쯤 무너진 무덤을 가리키며, 나 혼자 절을 하고 오라고 시키고 3년쯤 지났을 것이다. 그 무덤 속 주인공을 알아낸 날, 나는 맨몸으로 서울행 야간열차를 탔다.

다시 형을 만난 것은 아버지의 1주기를 지낸 얼마 후였다.
공동묘지 한쪽에 묻혀 있던 내 생모의 이장 때문이었다. 내게 기억도 없는 어머니의 이장이라니……. 나는 수화기에 대고 관심이 없노라고 전화를 끊었다.
그러나 뒤이어, 한 시간이라도 틈을 내어 술 한 잔만 따르고 가라는 형의 전화를 다시 받았다.

생모의 무덤 속은 내 기억의 공백처럼 뼛조각 하나 남아 있지 않았다.
땅에 따라 10년도 안 되어 뼈를 녹여버리는 땅이 있다고 장의사가 내 눈치를 살폈다. 핏덩이만 떨어뜨려놓고 기록도, 흔적도 없이 사라진 내 생모의 영혼이 어느 곳에 있으면 어떻다는 것인가.
관이 놓였을 것이라 생각되는 자리의 흙 한줌을 시키는 대로 백지에 쌌다.
아버지 산소 곁, 형의 어머니와 반대편에 그 흙을 묻은 뒤 장의사의 재촉에 평토제(平土祭) 의식에 따라 술 한 잔을 따랐다.
술을 따라놓고 두 번째 절을 하고 일어서면서 그때, 생각지도 않게 목구멍 안쪽이 잠시 화끈해왔다. 그러나 눈물은 흘리지 않았다.
산에서 내려오면서 형이 자바 섬 티와 이야기를 또 했을 때, 백지로 싼 흙 한줌 위로 몇 방울 떨어지던 빗방울 생각을 잠깐 했다.
이제 작은어머니도 훨훨 가셨을 거다. 살점들이 흙으로 다 돌아가야 영혼이 자유로워지거든. 화장(火葬)을 하면, 자유에 가속도를 붙여준다고 할까.

그날 창 밖으로 비가 부슬거리는 선술집에서 오랜만에 형의 잔에 술을 채웠다.

일본 패망 직후, 아버지가 자바 원주민 아가씨에게 젊은 날 영혼을 저당 잡혔다는 형의 주장이 형의 순전한 창작일 거라는 짐작이 든 것은 17년 만에 베트남 땅에 다시 태극기가 올랐던 때였다.

그해 92년 8월, 허겁거리며 호치민 시로 달려간 형은 퀭해진 모습으로 돌아왔다.

한국인들이 몰려 살던 사이공 시 한국인 거리, '판탄장(Phan Thanh Giang)'이 프랑스와의 전쟁 당시, 베트남 승전지 이름인 디엔 비엔 푸(Dien Bien Phn)로 이름이 바뀌고, 한국군 사병 숙소와 주월 한국군 방송국이 있었던 쭝민장(Truong Ninh Gian) 거리도 레반시(Le Van Sy)로 달라져 있더라고 형은 먼산을 바라보았다.

형은 그 8월 하순, 전쟁 당시 한국군이 머물렀던 캄란에서 닌호아, 송카우, 퀴논, 푸캇, 추라이까지 민간인이 들어갈 수 있었던 주둔지 부근을 돌아다니다 귀국한 모양이었다.

그 무렵 형은 또 엉뚱한 말을 내게 한 적이 있었다.

군대 동기와 합작으로 한국 사람 화장한 뼛가루를 본인이나 가족을 대신해 다른 나라의 원하는 장소에 뿌려주는 사업을 계획하고 있다고.

"너, 생각보다 그런 사람 많다. 불교신자 중에는 자기 뼛가루를 갠지스 강에 뿌렸으면 하는 사람도 많고…… 더러 북극의 빙산이나 아프리카 사막, 나폴리, 몽블랑 만년설 골짜기…… 처음에야 직접 가져다 뿌려줘야지. 그러다가 사업이 확장되면 각 지역에 지사를 두고 화물로 보낼 수도 있고…….”

그날 형의 눈이 몹시 충혈되어 있었던 것이 그뒤에 기억되었다.

형의 실종을 확신한 것이 지난가을이었다.

연체된 형의 세금고지서 몇 장이 내 주소지를 찾아왔을 때 불현듯 불길한 예감이 왔다.

뒤이어 형과 결혼해 1년을 못 채우고 헤어진 여인의 연락이 있었다.

나하고 한 번쯤 대면했을까, 얼굴 모습도 잊은 머리카락이 반 넘게 하얘진 초로의 여인에게서 나는 내 유년의 기억 한쪽에 묻혔던 형네 어머니 모습을 떠올렸다. 늘 한 가지 표정의 흰 배꽃, 그 서늘한 거리의…… 20년 더 넘게, 오래 전 새 가정을 꾸려가던 그녀가 형이 사는 아파트 쪽에 갔다가 우연히 형이 여러 달, 집을 비우고 있다는 말을 들었다는 거였다. 아무래도 예감이 이상하다고 했다.

“베트남에 갔을까요?”

나는 일부러 심상하게 대꾸했다.

“그 사람, 넋을 그 땅에 빼놓고 온 사람인데요.”

“넋을요?”

“껍데기만 이 땅에서 허깨비로 돌아다니지 않던가요?”

“아.”

나는 잠시 짧게 신음했다.

“나하고 상관없는 일이긴 해도…… 피붙이가 도련님밖에 없지 싶어서…… 왕래 없었던 건 알지만…….”

비어 있는 형의 아파트는 무덤 같은 냉기와 뿌우연 곰팡이 가루만
마치 떠돌고 있는 영혼처럼 부유하고 있었다.

형이 쓰던 책상 유리판 밑에 '참전 3훈'이라고 인쇄된 빛 바랜 종
잇장이 기다리고 있었던 것처럼 눈에 들어왔다.

1. 적에게 용감하고 무서운 군인이 되자.
2. 월남인에게 예의 바르고 친절한 따이한이 되자.
3. 우방군에게 군기 엄정하고 신의 있는 코리안이 되자.

한 장, 빛 바랜 사진은 그 종잇장 아래 숨어 있었다.

그 사진을 본 순간 아버지에 관한 형의 이야기가 사실은 형의 것이
아니었을까 의문이 생겼다.

하늘거리는 흰색 아오자이 차림의 까무잡잡한 베트남 아가씨와 같
이 찍은, 울창한 코코넛 나무를 배경으로 한 흑백사진 한 장이 오만
하게 몇 개월째 비어 있던 빈집을 지키고 있었던 모양이었다.

반쯤 투명한 아오자이 옆자락으로 드러난 가늘고 긴, 맨허리 곡선
과 검고 깊은 눈……, 이십대 젊은 남자가 간헐적으로 계속되는 박격
포 소리를 들으며, 언제 지원병이 도착할지 모르는 밀림 속에 절망적
으로 남겨졌을 때, 마침 공포와 호기심 담긴 검은 눈의 이국 소녀를
열대의 짙은 수향(樹香)과 함께 마주했다면……. 한순간 나는 형을
이해할 수 있을 것 같았다.

하노이는 두 번째였다.

작년 늦가을, 막연하게 호치민 시를 찾았지만 그곳에서는 형에 대한 어떤 정보도 얻을 수 없었다. 연말 하노이에 들어와 여행사 최 사장을 만나서야 형이 지난가을, 베트남에 입국한 뒤 출국 사실이 없다는 것을 확인할 수 있었다.

"3개월짜리 비자, 기한이 지났는디…… 불법 체류가 되는디……."

"그럼?"

"무슨 일 생겨 부른 것 같소. 암만 해도."

손에 쥔 20여 년 탈색한 흑백사진 한 장을 근거로 형의 행방을 알아낸다는 것은 사실 불가능한 일이었다.

해가 바뀌어 2001년 1월 말.

사진 속, 형과 여자 얼굴을 확대복사해서 뿌리고 난 지 2개월, 최 사장이 큰 기대 하지 말고 다녀갈 수 있느냐고 국제전화를 걸어왔다.

형이 이승 사람이 아닐 거라는 예감은 형이 살던 그 빈집을 떠돌던 공기 냄새를 맡은 때부터였을 것이다.

"중국어가 4성인데, 베트남어는 6성(聲)인 건 알고 계시죠? 'ma'라고 표기해놓고…… 처음부터 높은 음으로 길게 발음하면 '유령', '귀신'의 뜻이거든요. 낮은 음으로 발음하면 '그러나', 음을 올려 발음하면 '놀이', 낮은 음에서 높은 톤으로 올리면 '무덤', 낮은 톤으로 길게 발음하면 '은 도금', 높은 음에서 낮은 톤으로 떨어뜨리면 '어머니'……. 어렵죠? ……너무 다른 환경에서 살아온 사람들이 같이 사는 것이 쉽지는 않아요. 특별한 상황이 아니면요."

푸옹의 재재거리는 모습이 망고나무 사이를 바쁘게 움직여 다니는 개개비 같다는 생각이 든다. 아오자이를 입으면 잘 어울릴 것이라는 생각도 한다. 호치민 시에서는 여학생 교복으로 많이 입는, 그 전통 의상을 입고 있는 푸옹을 떠올리는 것이 어렵지 않다.

형의 여자도 푸옹처럼 재재거리며 이야기하는 편이었을까.

한국인 형부 밑에서 관광안내를 돕는 일을 하는 이유말고도, 실종된 내 형이 베트남 여자를 잊지 못해 이 땅을 떠돈다는 사연이 내게까지 일종의 연민으로 다가왔을까. 그녀는 지난번보다 이번 여행에서 내게 더 많은 신경을 써주었다.

"천재지변, 전쟁, 전 아직 모르지만요. 아주 특별한 때는 사람들이 단순해지지 않을까요? ……지금도 라오스 국경 화전민 촌 같은 산 속에는 아무도 못 가요. 그런 곳에 형님…… 그 여자 분 만나서요……."

푸옹이 망고나무 꼭대기의 하늘로 시선을 보냈다.

60여 개 소수 민족이 각기 다른 삶을 사는 다민족 국가에서 형의 여자는 푸옹이 속한 비엣족 여자가 아닐지도 모른다는 생각이 처음 들었다.

자전거와 오토바이, 시클로의 물결에 심하게 매연을 뿜으며 달려가는 낡은 짐차들 사이로 한때 서울 거리를 달리던 시내버스들이 한글 행선지 표시를 그대로 단 채 지나다녔다. 청량리, 미도파, 왕십리, 천호동, 구파발…… 많은 한글 표지들이 아열대 가로수를 배경으로 움직이고 있는 모습이 꿈과 현실을 뒤섞인 몽환적인 느낌으로 잠시 다가오고 있었다.

그날 밤늦게 호텔로 찾아온 최 사장이 싸구려 술을 한 잔 하겠느냐고 했다. 어두운 얼굴이었다.

우리는 호텔에서 나와 가로등이 흐린 골목길에 줄지어 있는 작은 목롯집 의자에 그곳 사람들처럼 쭈그리고 앉았다. 체구 작은 베트남 사람들에게도 엉덩이를 내려놓기에 작을 것 같은 의자에 걸터앉아 그네들이 즐겨 마시는 40도짜리 베트남 소주를 그곳 방식대로 잔술로 시켰다.

"성님 일, 인자 잊어뿌러야 쓸랑갑소."

그는 연거푸 두 잔을 목구멍에 털어넣더니 사투리 심한 억양으로, 내 시선을 피하며 말했다.

예감은 했지만 어머니 무덤 앞에 술을 따르고 두 번째 절을 하고 일어섰을 때처럼 목구멍 안쪽이 화끈해왔다.

"여기 아그들이요, '노이 라우'란 말, 안 들어보셨을 거구만이라? '거짓말'이란 뜻인디, 오래 전쟁을 겪음시롱 살아남을라고 임기 응변 이것지라, 악의는 아닌디…… 진짜 속마음하고 상관없이 그때그때 튀어나오는 말이지라…… 객사한 '남쮸뎐(Nam Trieu Tien:Dai Han)' 한 사람을 지난 연말, 동네서 파묻어준 건 확실한 것 같습디다. 그 할망구 말로는, 지 여동생 사진을 들고 찾아온 한국 남자가 있었는디…… 며칠 뒤 그 남자가 죽었다……. 전쟁 때 식구를 다 잃은 그 할망구, 지 여동생 애인이 확실하다고 합디다만…… 죽을 고비 많이 넘긴 사람들 기억은 믿을 수가 없어라, 악의는 없는디 너무 어려운 시절을 겪다보니께 지가 겪은 일에다 다른 사람 경험이 막 섞여버린당께요…… 동네서 무덤을 만들어주었다느만요."

쏟아붓는 빗줄기 속에서 한 발이 늪에 빠진 채 허둥거리는 젊은 일본 군인 한 사람이 안개 속에서 떠올라왔다. 늪에서 거머리떼가 종아리와 팔 위로 새까맣게 기어올라오고 다른 한 발까지 미끄러져 내리고 있다. 그때 어디서 왔는지 칡넝쿨 밧줄을 군인에게 던지고 있는 원주민 여자 하나가 보인다. 간신히 젖은 흙바닥으로 끌려 올라온 병사의 팔다리를 덮은 거머리들을 잡아뜯는 여자의 가슴까지 내려온 숲처럼 검은 젖은 머리…… 아, 아버지. 젊은 시절을 본 적이 없는데도 나는 한순간, 그 일본 병사가 젊은 날의 아버지인 것을 알아본다…… 그러나 거칠게 내리는 비 때문에 그 얼굴 윤곽이 확실하지가 않다.

다시 자세히 보았을 때, 그 사람은 아버지 아닌 형으로 바뀌어 있었다. 진창에 너부러져 있는 형을 뒤에서 어렵게 일으켜 고목 등걸에 기대어 앉히고 있는 여자는 아오자이 차림이었다. 한바탕 천둥과 함께 두 사람 곁에서 포탄이 터졌다. 두 사람은 폭발의 잔해에 뒤덮여 보이지 않는다. 한참 후에야 솟아올랐던 흙덩어리들이 가라앉으며 둘의 모습이 드러났을 때 둘은 짐승들이 되어 하나로 엉켜 있었다.

형, 영석이 형……, 내가 목청껏 불렀지만 두 사람은 내 목소리를 듣지 못하는 것 같았다. 바짝바짝 입 안이 타들어갔다.

그러다 한순간 가슴이 답답해지면서 여자와 엉켜 있는 사람이 형이 아니고, 나라는 느낌이 오면서 내 귓불을 빨고 있는 여자가 기꺼이 푸옹으로 바뀌어 있었다. 나는 그녀를 밀어내려 몸부림을 쳤지만 늪에 잠겨가듯 내 온 육신이 천천히 그녀의 부드러운 애무 속에서 해체되어갔다.

진저리를 치면서 눈을 뜬 순간, 나는 어처구니없이 몽정(夢精)을 했다는 걸 알아챘다.

50이 다 된 남자의 몽정이라니…….

나는 비칠거리며 일어나 스위치를 올렸다……. 고향 떠나면서 나

살아서는 탯줄 묻은 고향 쪽으로 오줌도 안 눈다, 그러고 살았지라. 기가 맥히는 것은 그거이 아니고, ……죽은 놈들은 말이 없는디, 그 난리통에는 숨소리도 안 내고 엎어졌던 놈들이 무슨 애국자들이라고 활개치는 세상이 된 걸 보고, 에라, 태어난 나라도 잊어뿔란다, 그라고 다시 10년이구만요……. 버버리 숭내 낼 망정 사투리 안 쓸 것이다. 그라고 10년, 다시 10년, 그런디 이상하제라…… 지 뿌랭이란 것이 그리 쉽게 안 떠나는 것인가, 그 생각 많이 드요……. 사람마당 지도 어찌 못하는 지 뿌랭이가 있는 것인 갑디다……. 최 사장과 새벽까지 취한 채 나누었던 이야기들을 떠올리며 수도꼭지를 최대한 비틀었다.

새벽이 오고 있었다.

날이 밝아지면서 창 밖의 하노이 전 시내가 벌건 깃발로 뒤덮여 거대한 붉은 해일이 밀려들고 있는 착각을 주기 시작했다.

"여그 아그들이 정 선생 생일을 알아부렀구만이라. 온 나라가 거국적으로 생일 축하해주는 디는 여그밖에 없을 것이요."

충혈된 내 눈 속에도 붉은 깃발이 펄럭인다고 최 사장이 농담을 해왔다. 잊을 수 없는 날이었다.

2001년 2월 2일. 베트남 공산당 창당 70주년 기념일이었다.

하노이 시내를 벗어나 홍 강을 건너자 곧바로 펼쳐진 평야에는 3모작 벼농사 중 올해 첫 모내기가 시작되고 있었다.

남자들은 눈에 띄지 않았다. 논에 물을 대거나 모를 심고 있는 것은 모두 여자들이었다. 그녀들 머리 위 삿갓 모양의 '농'이 아니라면, 전생의 기억인 듯 흐리고 단속적인 내 어렸을 때 시골 풍경과 다를 바 없었다.

"하노이 지역이 역사에 등장한 때는 서기 7세기경 이 지역을 침략 정복한 중국인들이 투탄(Tu Than) 지역에 성채를 건설하면서부터 예요…… 그 중국인들이 전략적으로 홍하 강에서 후퇴하자 홍하 강 삼각주 기름진 땅으로 사람들이 모여들어 살기 시작했습니다. 하노 이는 16세기 전까지 각 왕조들이 해자와 운하를 파서 현재 하노이 중심 가에서 동쪽으로 5킬로미터 떨어진 홍하 강변까지 확대되었지 요……. 하노이 북동쪽 15킬로미터 지점인 현재의 박닌(Bac Nihn) 근처 딘방(Dinh Bang)을 도읍으로 정할 때부터였구요……."

푸옹은 달리는 차 속, 침묵을 헤치며 개개비처럼 계속 종알거렸다. 나는 지난 새벽의 꿈이 떠올라 그녀를 외면하고 창 밖으로만 시선을 보냈다.

호치민 쪽과는 확연하게 다른 북베트남의 멀리 펼쳐진 들판은 이미 벼가 푸릇푸릇 자라기도 하고, 첫 모내기를 하는 곳도 있었다.

들판 한가운데 있는 그네들 공동묘지가 자주 눈에 들어왔다.

크고 작은 몸통만 서 있는 비석들이 대부분이었지만 지붕 모양을 만들어놓은 비석도 보였고, 작은 집 모양의 구조물 속에 비석이 서 있기도 했다.

물 속에 잠겨 있는 시신…… 물로 돌아가는 육신…… 한국에서라면 물 한가운데 무덤을 만들지는 않을 것이다. 물 가까운 무덤 속 시신들은 살과 뼈들이 물 속에 녹아들어 어디론가 쉽게 흘러갈 수도 있는 것일까.

내 기분을 눈치챘지 최 사장이 한마디 했다.

"여그는 산이 없응게……."

초췌해 보이는 베트남 노파를 만난 것은 하노이를 떠나 두 시간 반쯤 지난 후였다.

여인은 삶의 무게에 짓눌린 지친 얼굴로 나를 물끄러미 바라보았다.

"신 짜오? 또이 라 거이 남쥬던(안녕하세요? 나는 한국에서 왔습니다)."

"신 짜오? 쾌 컴……."

내 손을 쥐고 나서 여인은 최 사장에게 몇 마디를 했다.

"정 선생 눈썹 생긴 거, 그 사람하고 똑같다는만요."

우리는 여인의 안내로 들판 한가운데 있는 마을 공동묘지로 걸어 들어갔다. 여인은 그동안 잔뜩 흐린 하늘을 여러 번 올려보았다.

제법 지붕 모양의 외곽 안에 2미터 남짓한 비석을 세운 곳들 사이를 지나 고사리들이 발치를 덮은 작고 볼품없는 비석 앞에 와서 여자는 나를 돌아보았다.

투박한 돌비석 앞면에 서툴게 음각한 글씨가 보였다.

HYUGSUK—CHUN(1940—2000)

전형숙, 혹은 천형석이나 천형숙…… 혹은 그와 비슷한 사람의 무덤일지도 몰랐다. 내 형 '정영석'이 거기 묻혀 있다는 확실한 증거는 아무것도 없었다.

여자가 베트남어로 최 사장에게 무슨 말인가를 빠르게 이야기하고 있었다.

"눈매도 똑같다는만요. 콧마루하고."

베트남 사람들이 보기에 한국 사람의 코는 다 높아 보였을 것이고, 눈썹이 짙은 것이 형과 나만은 아닐 것이다.

"손 하나 없는 거는 몰랐던 갑다. 지난해 연말 다 되어서 무지하게 여러 곳 헤매고 댕겼다고…… 동생 아우 코(Au Co) 처녀 때 사진을 들고, 나이도 지긋한 한국 남자 한 사람이 왔었다느만요. 죽은 동생을 잊은 지도 오래여서 ……그 사진이 아우코 사진인지도 확실하지 않았지만, 20년도 훨씬 지났으니께……, 옛날 그 지독한 전쟁 때 여동생 아우 코와 좋아 지낸 따이한 청년 생각은 기억이 나더라느만요. 죽었다고 했드만, 그 남자 퍼렇게 질려서 무덤을 묻는디…… 아. 그 전쟁통, 무덤이 어디 있었어요? 차 한 잔 대접했고, 눈물을 철철 흘리던 남자는 할망구한테 합장해 보이고는 떠났고…… 한 열흘 지나 사람들이 딘(Dinh)에 모여…… 여그 아그들은 동네 일을 그 '딘'에서, 한국 같으면 마을회관이지라. 쿤 없는 따이한 송장을 파묻어줄라고 씻겼는디, 그때 할망구가 봤드만 그 남자더라, 그렇게 스토리가 되는만요. 송장 손 하나 떨어진 거는 그때 봤는디……오른손이 없던 것 같은디, 어느 쪽 손인지 확실치는 않다니께요."

"오른손이요?"

"이 할망구, 모르겠소. 왼쪽, 오른쪽 구별이나 하는지……."

현기증 속에서 나는 두 손으로 비석을 짚었다.

형일 수도, 아닐 수도 있었다. 이 먼 이국의 논 한가운데 묻혀 있는 형 나이 또래의 다른 한국 사람일 수도 있었다.

"전쟁통에 그 남자…… 자기 식구들한테 잘해주었다는만요."

하노이에서 두 시간 반 거리, 북베트남 마을, 논 가운데 공동묘지에 누워 있는 시신이 형이 확실하다면 형은 숨을 거두기 전, 한때 사랑했던 여자 '아우 코'를 위한 티와를 어떤 식으로 했을까.

스스로를 희생물 삼아 시신 없는 '아우 코'의 영혼에 목숨으로 '영원의 땅'에 동승한 것일까.

여자는 먼 하늘로 시선을 던지고 있었다.

그때 나는 늙은 이 베트남 여자의 양 볼을 타고 내리는 눈물 두 줄기를 보았다.

어머니 무덤 속에 작은 뼛조각조차 없었던 것은 유골까지 삭아 없어진 것이 아니라, 처음부터 시신 없는 무덤일 수도 있었을 거라는 의혹이 한순간 섬광으로 등뼈를 타고 흘렀다.

순간 나는 비석을 싸안은 채 무릎을 꿇었다.

어쩌면 지금 이 비석 부근에 내 어머니가 떠돌고 있을지도 모른다는 느낌이 가슴을 치밀어 올라왔다. 목구멍 안쪽을 달구며 밀어 올라오는 뜨거운 열기를 견디지 못하고 내가 기어이 '흐흐흑' 소리를 내며 비석을 두 손으로 싸안았을 때 먹구름이 한꺼번에 몰려왔다.

잠시 망설이던 최 사장이 내가 울음을 터뜨리자 준비해간 신문지를 비석 앞에 펼치고, 복사기로 확대한 군복 차림의 형 사진을 비석에 기대어 세웠다.

망고와 빠빠야, 사과 한 알, 가방 속에 넣어갔던 한국산 소주를 종이컵에 따라 그 앞에 놓고 나는 담배에 불을 붙여 향 대신 놓았다.

내가 재배를 하는 동안 노파가 훌쩍거리며 울기 시작했다.

"인자 성님 가시고 싶은 디로 훨훨 가실 것이구만이라."

그가 종이컵의 소주를 여자에게 내밀었다. 사자의 혼령을 위해 술을 나누어 마시는 것이라고 설명하는 것 같았다. 여자는 눈물로 얼룩진 검고 야윈 얼굴을 내게 향하더니 내가 고개를 끄덕이자 술을 마셨다. 그러고는 그 잔에 술 한 잔을 따라놓고 합장을 했다. 그 술을 이번에는 내가 마셨다. 다음은 최 사장이 경건한 얼굴로 술을 따랐고, 마지막으로 푸옹까지 소주를 따르고 합장을 했다.

그때 몰려오던 먹구름이 후드득 빗방울을 쏟기 시작했다.

스콜이 시작되면서 아버지와 어머니, 형의 영혼이 한꺼번에 나란히 열대 밀림을 날아오르는 환영이 잠시 보였다.

빗방울은 금세 내 머리칼과 얼굴을 적시고 작은 돌비석 위로도 떨어져 내렸다. 그 빗방울 속에 내 눈물이 섞여 비석 위로 흘러내렸다.

푸옹과 여자는 추위로 입술이 새파래지고 있었지만 아무도 그 비를 피할 생각을 하지 않았다.

회색 빛으로 푸석해 보이던 묘지석 표면이 비에 젖으면서 푸르스름한 생기를 되찾아가기 시작했다.

빗물이, 오랜만에 흘려보는 내 눈물이 희생물의 피 대신 비석을 적시는 동안 형의 영혼을, 아버지의 영혼을, 내 어머니의 영혼을 자유롭게 떠나보내는 '티와' 의식을 행하고 있다는 생각이 들었다.

비석 너머로 비가 뿌려 부옇게 보이는 마을 위로 공산당 창당 70주년 기념의 붉은 깃발들이 나부끼는 모습이 꿈속처럼 보였다.

2001년 2월 2일은 음력으로 정월 열하루, 그날은 마침 내 생일이었다.

(2001, 『현대문학』)

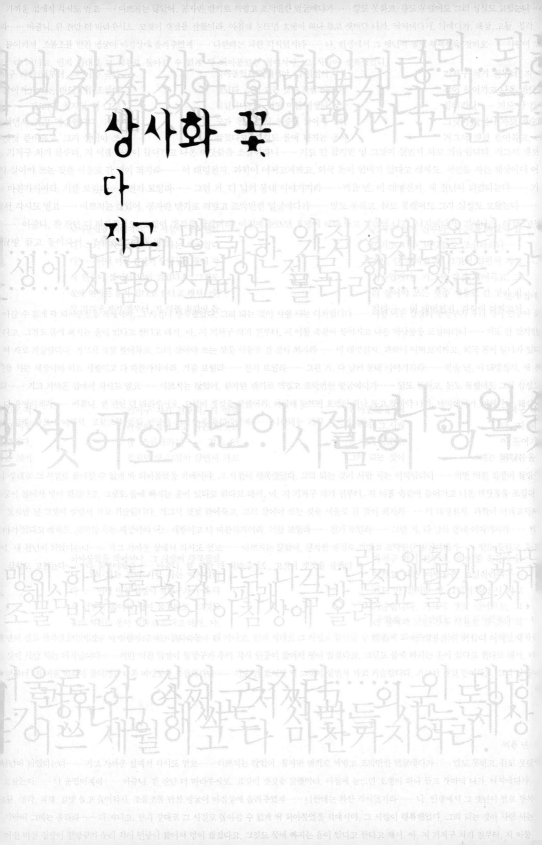

상사화 꽃
다
지고

기껏 몇 병 아닌데 오늘은 취하구만요. 각시 살았을 적엔 각시가 산낙지 잡어오면 통째로 된장 찍어 한 마리씩 바수고, 말좆곱부로 한 잔씩 해서 한 되를 다 묵어도 별로 취한 것을 몰랐는디…… 그리 내가 낙지를 맛있게 묵어대면 옆에 앉어서 나를 보고 있는 각시 얼굴에 웃음이 상사화 꽃 무리걸이 피고 했어라. 콧잔등에 작은 주름을 짓고, 서방 술잔 비면, 옆에서 다시 또 따르고, 또 따르고…… 술이 그러니께 따라주는 손에 따라서 약도 되고 독도 되고 그런 이치인지도 모르겠구만이라.

1

전어회 뜰 때는 기술이 쪼께 필요하당게
요. 요것들이 물에서 올라오면 성질이 급해서 금방 죽어부니께 일단
은 눈깔을 보아야 허지라. 눈이 개씹오른 것 맨키로 뻘게진 것은 회
로 안 묵는 것이요…… 고 눈깔이 어린 애기들 눈 맨키로 꺼멓고 초
롱초롱한 것으로 골라서 비늘 벗기고, 내장 빼내서 깨끗이 씻거 가지
고는 잔칼질을 잘 해야 되는디, 꼭 무채 썰듯이 꼬랑지부터 칼집을
깊이 한 번, 다시 깊이 더 한 번, 한쪽 껍대기만 붙게 그렇게 깊이 칼

질을 해서 세 번째 칼질로 끊어놓고, 또 그런 식으로 한 번, 두 번, 세 번째에 끊고…… 그렇다니께요. 찬바람 시작되면 여그 바닷가에서야 싸고 흔하면서 제철 만나 맛 좋아지는 것으로 전어 덮을 것이 없다니께요. 원래 잔가시 많은 고기가 맛있다고 안 합디까? 준치도 마찬가지지라. 왜놈들이 준치, 고놈, 가시만 없으면 조선 놈들 묵기에 아까운 고기라고 했다는 소리는 들었을 것이요.

하이고, 여그 목포도 올해 더럽게 늦게꺼정 더웠지라……. 이 나라 인종들 성깔이 점점 못되게 변해가서, 기후꺼정 민심 따라갈라고 고약해져간다고 누가 그럽디다. 앞으로 한반도가 중동같이 봄도 없고, 가을도 없이 사람 삶아 죽이게 덥다가, 얼어죽게 춥고, 그렇게 딱 두 가지로 변해가는 징조가 보인다고요, 아열대성으로 변해갈라고 그런다고도 해쌓드만, 참말 이번 여름 징글징글하게 더웠지라. 아, 그라문요. 찬바람 나고, 새 쌀 나올 때, 이 전어회를 싫컷 묵어놓아야 한 삼동 감기 같은 거 안 걸리고 지낼 것인디…… 물론이지라, 고놈을 누릿누릿 구워서는 그러문요, 우리 아짐씨는 쪼께 아시네, 대가리가 조금 파삭거리게 구워서는 통째 대가리부터 바로 바숴야 고것이 전어구이 묵는 법이거등요. 가을철 전어 대가리에 깨가 서 말이란 말도 안 있습디여? ……그런디 참말로 말세가 되가는지, 망할 놈의 이번 여름, 참 길기도 하더마는 그냥 떠나는 것이 그리도 서운해 가지고, 고 콜레라를 지 꼬랑지에 끌고 다니면서 뭐할라고 전어 창자구에까지 기어붙을 것이요? 그 통에 전어회 좋아하는 사람들이 초가을 한 재미를 싹 안 버려부렀겄소? 하기사 늦가을 되어서도 생선회들을 안 묵는 바람에 횟집 여럿 금년 피 봤을 것이구만요.

아짐씨. 아까 내가 말한 것 맨키로 꼭 그대로 썰어보시란 말이요.

한 번, 두 번, 그 다음에 끊고…… 또 한 번, 두 번…… 맞소. 그렇게 썰어야 묵을 때, 첫 칼집 자리에 얇게 썬 마늘조각 하나 밀어넣고, 두 번째 칼집 자리에는 청양고추 막 붉어가는 놈으로 한 조각 넣은 뒤, 된장 한 점 발라서, 구녕 숭숭 뚫린 배춧잎에다 우선 통째로 싼 뒤, 초고추장에 훔씬 적셔 씹어야 제 맛이 난다, 그렇게 되지라. 뭣이든지 싸고 흔하다고 함부로 볼 것이 아니지라. 세상에 아무리 못난 것도 다 지대로는 법도가 있는 것 아니겠소? 옛말에 지불생무명지초(地不生無名之草)라 했는디…… 하이고, 우리 같은 무지랭이들이 문자는 뭐 문자겠어요? 들은 풍월이지라…… 그 말씀 듣고 보니, 것도 그럴듯하구만요. 수불생무명지어(水不生無名之魚)라. 헛허허 참…… 그것 외와두었다가 친구들한테 써묵어야겠소…… 물은 이름 없는 고기를 내지 않는 것이렸다…… 헛허허, 암만 해도 이런 촌보다는 서울서 한 세월 지난 손님이 한 수 위인 거 같소…… 그러니께 없는 돈 디려 새끼들 학교 보내고, 과외 시키고……, 사람 나면 서울로 보내고, 말 새끼는…… 하기사 요새 이런 데서야 말 새끼 같은 거 없소마는…… 그나저나 이 전어회, 나 하는 대로 해서, 한 점 잡수어보시오. 절에 간 새악씨란 말도 안 있습디요? 목포 겉은 이런 항구에 오셨으면, 더구나 으슬으슬 밤바람이 추운디, 그 밤바다 처다보며, 소주 생각나는 나그네면 여그 법도를 따라 전어회를 들어보시는 것도 괜찮을 것이요.

생각보다 맛이 괜찮지라? 옛날에사 그 됫병 한 되짜리 소주병을 열어놓고, 말좆곱부라고 아실랑가 모르겠소만, 그렇지라. 요새 사기 물컵이지라. 거기다가 막소주 그득그득 따라서 주욱 비우고, 주욱 비우고 했지라…… 맞소. 이런 바다에서 술을 마시먼 안 취하제라. 이런 바닷가에서 출렁출렁 물소리 들으면서 마시면, 혼자 그 됫병을 다 비워도 그리 크게 취하지 않는 것이 참 신기허지라. 그것이 그러니께 똑같은 술인디, 어째서 그것이 어디서 마시느냐, 누구하고 마시냐, 또 누가 그 술을 따라주느냐, 거그 따라서 그 술맛이 수만 가지로 달라지는 이치가 참 묘하거등요…… 조깨 실례요만 아짐씨가 우리한테 한 잔썩만 따라주어보실라요? 남자끼리 따라 묵는 술하고, 혼자서 지 잔에 지가 따라 묵는 술하고, 아짐씨가 따라주는 술하고, 어떻게 달르냐, 고것을 시방 조금 알아볼라고 그렇게…… 아이고 고맙소. 나, 각씨 죽고 나서는 여자가 따라주는 술 처음 마셔보는 갑소…… 각시 있을 때는 지년이 막 잡아온 세발낙지 한 마리씩에다 말좆곱부로 한 잔썩 마셨제라…… 맞어, 이렇다니께…… 술이 달디 달아 부요. 달디 달어. 사이다 맛 맹키로…… 여그 서울 손님이사, 어짠지 모르겄지만 나한테는 이 술맛이 아까 나 혼자서 따라 마실 때하고는 천양지판이여…… 이상한 조화지라. 어째 같은 소주가 이리 달라지는지…… 하기사 사람하고 사람 사이도 그러지라…… 딴사람 눈에는 버버리에다 팔푼이었는지 몰라도 우리 각시 그 가무잡잡한 얼굴에다 비시시 비시시 웃으면 들어나는 덧이만큼 이븐 색씨를 나, 외국 나가서도 본 적이 없다니께요…… 외국이라고 어디 많이야 가봤겄어요? 우리 때야 중동 나가서 조께…… 그라고 우리 하나 있는 성님이 월남에서 죽어서 찾으러 갔지라…… 스엉 느엉(Suon Nuon)이 되야지 불고기고, 껌찡(Com Chien)이 볶음밥이고, 껌짱(Com Trng)은 흰밥이고, 어찡보(Ech Chien Bo)라고 개구락지 다리 튀긴 것도 묵어보긴 했지라…… 그래도 어디 이 전어회 맛에 댈 것이요?

그란디 이상하제라, 술 한 잔을 얻어묵고 나니께, 아짐씨가 더 젊어 보이고, 아까는 몰랐드만 아짐씨도 웃을 때 덧이가 있구만요.
······전어, 쪼께 더 썰어보시오. 손님도 그대로 비우가 맞는갑소. 그
래도 한 사람이 한 다섯 마리씩은 회로 묵고 나서, 구워먹등가 하제,
두어 마리씩 가지고는 택도 안 차겄소······ 하이고 다행이구만요. 실
례가 될랑가 해서, 말을 처음에는 안 걸라고 했는디, 걱정했드니만
손님도 기분이 좋으시다니, 내 기분도 더 좋아불그만요······ 혼자 술
잔 앞에 놓고 앉은 사람 보면, 아이고, 저 사람도 나 맹키로 맘속에
멋인지 엉킨 것이 많겄구나, 그런 생각이 들지라······.

2

　상사화(想思花)라고 들어보셨는가, 모르겄소. 꽃므릇이라고도 부른
답디다. 귀한 꽃은 아니어라. 흔히 자주 보기는 해도 그러는 갑다, 무
심히 지나치기도 하고 그러지라. 절 뜰 같은 데 있기도 하고, 여그 전
라도 땅에는 절 들어가는 냇물 가상자리, 축축한 그늘에 많이 있는
흔한 꽃이제라······ 아이고, 손님도 아시는고만요. 맞소. 늦여름에 잎
사구는 하나도 없이 꽃대만 멀쭉하게 올라와서 나리꽃 비슷하게 검
붉게 무슨 거미발같이 하늘을 보고 악을 쓰듯이 떼지어 피지라······
그렇다니께요. 고놈의 잎사구하고, 꽃하고는 한 뿌리에서 분명히 나
오는디도 한 번도 저희들끼리 대면을 못한다니께요. 그래서 상사화
라는디, 고놈의 꽃이 늦여름이면······ 여그서 가깝소. 승달산(僧達山)

이라고, 거그 가면 절이 있는디, 그 절 밑, 작은 저수지 골짜구에 양 옆으로 그놈의 꽃이 꼭 불이 난 거 맨키로 하도 많이 피어 있어서, 그 골짜구에 서 있으면 정신이 다 산란해진당게요. 처음에 나도 그랬지라…… 무슨 잎사구도 없는 꽃이 다 있다…… 무심하게 둘러봤는디, 다음해 삼동이든가, 각시 죽어뿐 다음에 거그 절에 올라갔다가 내려오면서 그 골짜구를 또 지나갔구만이라…… 무심중에 늦여름에 각시하고 여그 어디를 지나다가 무슨 놈의 잎사구도 없는 구신 같은 꽃이 참말로 많기도 하다, 했던 생각에 거그를 둘러보다가 잘못했으면 주저앉아불 뻔했어라. 분명 불이 난 거 맨키로 벌겋던 그 냇물 양쪽 바로 그 자리가 아직도 봄이 올라면 상기 한참 있어야 할 그 늦삼동에, 이건 꼭 보리밭 맨키로 퍼런 잎사구들이 꼭 퍼런 보료를 깔아 논 거겉이, 내 눈 끝난 데까지 다 덮어부렀드란 말이요…… 그때사 그 늦은 여름날, 우리 각시 이마빡에 삐질삐질 땀이 너무 흘러내려서 거기 서늘한 단풍나무 그늘 한쪽에다 앉히고, 베 수건으로 각시 이마빡을 톡톡 두들기다가 불길같이 눈앞을 어질거렸던 그 꽃들 생각을 하게 되었구먼요. 그때 각시가 다리 아프고 더와서만은 아니었든가 싶은게, 그 가무잡잡한 얼굴이 허옇게 되어서는 고개를 흔들어댔는디, 그거이 벌건 꽃들이 너무 많으니께, 꼭 그것들이 거미 새끼들같이 다리들을 쳐들고 덤벼오는 것 같아서 어지럼증이 들었을까, 그 생각을 다시 했구만요. 우리 각시도 갯바람 속에서 40년 가까이 살아온 년이 그까짓 꽃한테 놀랠 일이야 없었을 것이요만, 어찌 되었건 얼굴이 허옇게 되어 도리 도리를 하면서, 내 팔에 매달리는 바람에, 허예지다가 벌게진 각시 얼굴을 유심히 들여다봤당게요…… 태풍에다, 해일에다, 바닷가나 섬에서 살아온 사람들은 하도 험한 것을 많이 겪고, 살아서 어지간한 것은 눈도 깜박 안 하지라. 우리 각시 귀먹고, 말을 못해도, 그 하늘하늘한 몸으로도 얼마나 억척으로 살아왔는디요, 별명이 콩자반이었제라. 얼굴이 조막만하게 작은데다가 살이 워낙 검어놓아서 꼭 콩자반 같았지라. 모르겠소, 못 듣는 귀여서, 그년이 저를 보고 욕하는 말인지, 콩자반이라고 숭보는 말인지사, 똑똑히 못 알아들어도 말하는 사람 입 움직인 거 보고, 지를 보고 말하는구나, 저를 부르는구나,는 금방 알아불고 했지라…… 어째 그런 년이 그리 쉽게, 지가 기저귀도 차기 전부터 맨날 이불 속같이 들어가 뒹굴고, 40년이나 먹을 것을 받아온 그 바닷물에서 죽었는지는 아무리 생각해도 알어낼 수가 없구만이라…… 그년 죽을 때, 바닷물 들어오는 것을 보고도 나올 생각을 안 하고 있었다니께, 귀가 안 들리니 밀물 소리를, 아, 천둥치듯키 달려오는 그 그르렁거리는 큰 물소리는 귀먹어서 못 들었다 해도, 그 파도란 놈이 이빨을 갈면서 덤벼드는 것은 눈으로 보았을 텐디, 어째 그 갯벌에 그대로 김 말뚝같이 가만히 서서 들어오는 물살에 떠밀려갔는지, 시방도 그것은 알 수가 없구만이라, 죽어분 것들은 암말도 못해라. 세상사가요. 죽은 사람보고 뭐라고, 뭐라고 해쌓는 것은 도리가 아니어라…… 맞소. 죽은 사람을 두고 뭐라고 뭐라고 하는 것은 할 일이 아니어라. 우리 성님, 떠나온 지 20년도 더 지나서, 사이공으로, 옛날 여자를 찾어 판탄장에서 쭝민장으로, 다시 닌호아, 송카우, 푸캇, 추라이까지 다 헤매고 다니다가, 그 여자 소식을 묻고, 물어, 하노이에서도 한참 위로 올라가 딘방(Dinh bang), 그 촌 동네 어귀에서 숨을 거두어서는 논 한가운데 공동묘지에 누워 있습디마만 죽은 사람 보고 이리저리 말하는 것은 예의가 아니지라……

그 삼동, 친구들하고 절까지 놀러갔다 내려왔구먼요. 그 골짝을 지나게 되니께, 그 꽃 생각이 언뜻 들어 둘러보았지라. 워매, 어찌 그럴 수가 있을까요? 어디 한 곳이나 그 늦여름에 꽃이 있었다는, 다리 여럿 달린 거미들같이 무섭게도 많던 벌건 꽃들이 거기서 피워봤다는 흔적이라고는 하나도 없이 시퍼런 잎사귀만 그득하게 덮여 있드라니께요. 암만 해도 내가 다른 곳을 잘못 알았으까, 그 생각을 하면서 어찌 그리 섬뜩했는지, 어째 그 꽃이 그리도 아무 흔적도 없이 사라졌는지 무서운 생각이 자꾸만 들드라니께요…….

그때 각시가 고개를 흔들면서 식은땀 흘렸던 것이 그년 눈에 그 벌건 꽃들이 내뿜는 한을 보았는지도 모르지라…… 보고 싶어도 절대로 못 볼 사이라면 그것이 하찮은 풀이라도 어찌 한이 안 서리겠어요? 꽃이 필 때 보면 저것이 언제 잎사구가 있었는가, 상상도 할 수 없게 잎사구 흔적이라고는 없이, 잎사구하고는 아무 상관도 없는 거맨키로 벌겋게 꽃만 피지라. 잎사구는 잎사구대로 꽃하고는 구정물 한 방울 튀어간 사돈네 팔촌만큼도 상관없는 거같이 시퍼런 얼굴로 그리 무성해 있지라…….

3

한 시간이면 부웅하고 서울서 비행기 타고 날러올 것인디, 기차로 꼬박 여섯 시간이나 타고 와서 목포역, 그 청승맞게 흘러나오는 「목

포의 눈물」노래꺼정 다 듣고 기껏 여그 와서 혼자 소주잔을 들고 있
어라? 초면이지마는 손님도 조께 성가신 사람이요. 여그 와서 무슨
사업상 중차대한 일을 본다던지, 젊은 날 어찌하다 나란히 야간열차
라도 탔던 못 잊을 사람이라도 이제사 소식을 들어 여그까지 왔다먼
무슨 수로든 불러내서 못다한 정담을 나누던지…… 안 그렇소? 아짐
씨 생각도 그러지라? ……그런 손님이 더러 있다고라? ……아니, 서
울서 여그까지 와갔고는, 여그 포장마차에 앉거서 아짐씨 얼굴 한 번
보고 한숨 쉬고, 바다 한 번 보고 한숨 쉬고…… 뭔 생염불 소리나 하
고 돌아가는 사람도 있다고라? 하기사 그런 사람도 없으란 법도 없
것지라…… 뭐라드라, 시(詩)라든가, 뭣인가, 그런 거를 쓰는 것이
직업인 사람도 있는 갑다다만 그 사람들은 뭣을 묵고 사는지 그걸 모
르겠습디다마는 손님은 인상 본께 학교 공부도 많이 허신 거 같고,
그럴듯한 자리에 앉아 기셨던 거 같은 디, 목포에 눈물…… 그 노래
꺼정 다 듣고는 찬바람 부는 포장마차에서 나 같은 무지랭이 술동무
해줄라고 오신 것은 아닐 것이고…… 사람마다 지 취미가 다르고 생
각이 다른 것잉게, 어쩔 수가 없지라……. 아짐씨, 거 낙지를 야들야
들한 뻘낙지로 두어 마리 썰어보시오. 통째 묵기는 좀 크겄소…… 그
라고 서울 손님들은 작은 놈도 그거 통째 못 잡술 것이요. 잘못하면
발이 콧구멍으로 들어가분께…… 한 점 씹어보시요. 또 여그 목포꺼
정 오셨다가 이 산낙자를 못 묵고 가셨다 하면 우리 목포 사람 잘못
이제라…….

  우리 성님이라…… 60년대 월남전 갔다가 손목 하나 끊어져 가지
고 돌아왔는디, 우리도 첨엔 손목만 끊어진 줄 알았드먼 그것이 아니

었던 것이제라…… 나야 그때 아직 어려 가지고 뭘 모르기도 했구만
이요. 그날부터 날이면 날마다 20여 년을 남쪽 하늘만 쳐다보고 중얼
대드만, 시방은 베트남 하노이 북쪽 외딴 동네 공동묘지에 묻혀 있구
만요…… 다(da—예), 컴(khong—아니오), 쾌컴(khoe khong—
반갑습니다), 또이 라 거이 남쥬던(Toi la Nam Trieu Tien—나는
한국사람입니다)…… 나까지 성님 탓에 월남 말을 조각조각 몇 개는
안 잊어분 것 보시요…… 그 성님 땀에 참 마음고생께나 했지라……
왼손 하나를 거그 베트남에 내뿔고 돌아온 뒤로 손목 하나 없는 것이
사, 그대로 살아가먼 되지만도 혼을 빼놓고 온 것은 참 어찌할 수가
없드랑게요. 좋아 지내던 꽁까이(congai—아가씨)가 있었는 갑디다.
젊으나 젊은 나이, 언제 죽을지 모른 타국 땅에서 잠깐 계집에 빠진
것이 뭐가 그리 잘못이것소? 그런디 부상 당해서 돌아온 뒤에도, 인
자 공산당이 자리를 잡아서 가도 오도 못할 그 땅, 그 베트남 꽁까이
를 잊어불 수가 없다, 그리되니, 우리하고 총 마주 잡던 베트콩이 통
일을 해가지고, 공산 베트남 땅이 되았는디…… 그래서 월남 사람들
이 배를 타고 떠돌다가 죽고 안 그랬소? 그런디 생사도 모르고, 찾아
갈 수도 없는 땅, 새악씨 땜에 마음에 깊이 병이 들어부니 옆에서 보
던 우리가 환장할 노릇이었제라. 각시 생기면 마음 잡아질까 하고는
어무이가 어디서 색시를 하나 들였는디, 첫날밤도 안 치르고 내보냈
소. 그거이 그래도 우리 성님 양심이었겠제라. 찾아갈 수도 없고, 잊
히지도 않고…… 거 한 번에 서너 편씩 돌려주는 영화관에 가면 그런
이야기 찍은 영화가 옛날엔 더러 있었지라…… 월남 땅에다 손 하나
두고 와서, 그것 찾으러 가야 안 쓰겠냐?…… 부상 당해 돌아왔을 때
만 해도 그렇게 웃으며 씩씩하드만, 92년, 우리나라하고 그 공산 베

트남하고 서로 오가기로 할 때꺼정 꼭 허깨비로 휘청휘청 그리 살드라구요. 어무이 홧병으로 가고 나서도 그리 폐인으로 지내다가, 국교가 터졌다, 소식 나오고는 하노이로 아무 말도 않고 날아가부렀어라. 쥔 없는 서랍 속에서 흑백사진 한 장 찾아들고, 형 없어진 뒤 1년이 지나고야 나가 이번에는 형 찾아 삼만리 했구만이라…….

혹시 그런 소리 들어보셨는지 모르겄구만요. 남양군도 어디 이야기라고 형이 그럽디다만, 거그서는 사람이 죽으면 일단 묻었다가 몇 년 뒤에 다시 파내서, 뼉다구를 깨끗이 물로 씻어가지고, 소를 잡어 그 피를 뼉다구에 뿌려서 다시 보낸다고요…… 아이고, 손님이 그걸 알고 계시는구만요. 그걸 아는 사람은 나가 시방 처음 만나보구만요…… 본래는 산 사람 목을 짤라다가 그 사람 피로 조상 뼉다구를 싯거서 보내야 참으로 좋은 곳으로 간다고…… 맞소. 그것을 거기 사람들 '티와'라 부른다고, 성님한테서 그 소리를 듣긴 했는디, 그 '티와'가 '기와'인지, '티글'인지 지나다가 중간에 헷갈려서 잊어부렀구만요…… 암만 해도 손님은 그런 거 연구하고 하는 학자든가, 대학 선생님 아니면 신문사 그런 디서 그런 거 공부하는 사람이 있다든디 그런 일 하시는지 모르겄소만…… 이 촌구석에서 공갈이나 치는 그런 불상 놈들말고 말이요…… 그런디 하고 관계없는 사람이 어찌 사람 모가지 잘라다가, 그 피로 지 애비, 에미 뼉다구 씻는 것을 다 알겄소? ……한 잔 쫙 드십시다요. 이런 때는 말좆곱부로 해야 하는디…… 첨에 성님한테 그 소리 듣고는 비우가 팍 상해불드만은 가만 생각해 봉께, 인자는 산 사람 모가지는 못 자르고, 짐승으로 대신한다니께 고개가 끄덕거려지드라니께요…… 그렇게 한 번 더 정신 차려서 정식으로 이별을 해야 죽은 사람이 이쪽에 정을 끊고 저곳으로 가겄다……, 그래야 보내는 사람도 제대로 보내주는 것이 되겠다, 그런 생각이 들드랑게요. 처음에사 경황이 없어 슬픈지 어짠지도 모르고 떠나보냈지만, 차분하게 정신을 차려서 이 세상에서 다시 못 만나는 생사의 갈림길, 정식으로 새로 이별을 해야겠다…… 그래야 죽은 사람하고 완전히 이별이 되겠다, 그런 생각이 들드라께요. 여그 섬에 시방은 없어졌어도 초분(草墳)이라는 것이 있었다니께, 그것도 이치는 어찌 보면 그거하고도 같을 것 같지 싶구만요…… 20여 년 전, 전쟁 끝날 때 이미 그 꽁까이가 죽어뿐 거를 20년이나 지난 뒤에, 그 땅에 가서 알아내고는, 완전 진이 빠져서 우리 성님, 젊은 날 이미 혼을 빼놓고 왔던 씨클로 굴러다니는 그 베트남 땅에서 임종 해줄 사람도 없이 죽었어라…… 여자를 만난 것은 남쪽 사이공 쪽이었을 텐디, 그 식구들 소식을 묵고 물어 하노이꺼정 올라가서는, 그 여자, 옛날 죽었다는 소식을 알고 더 이상 살 생각이 없어졌겄지라…… 이민 간 고향 사람이 하노이, 거그서 여행사 하는 것을 어찌어찌 연줄로 알아서, 성님 방에 있던 사진을 수십 장 복사해서 보냈지라. 그 사람이 서너 달을 사방에다 줄을 놓고, 억척을 부린 바람에 성님이 그 땅에서 죽은 것도 알고, 그 옛날 그 꽁까이 언니 된다는 할망구까지 만나서 거그, 논바닥 한가운데, 공동묘지에 누워 있는 형 비석까지 찾아내었지라. 그 비석에 한국서 가져간 소주 뿌려주고 왔지라…… 티와 겉이 피는 아니었어도, 피 대신 소주 뿌려줌시롱…… 인자 떨어져 나간 손도 찾고, 그 꽁까이도 찾어서 훨훨 살어불소. 나도 우리 버버리 각시가 물에 빠져 죽어서 퉁퉁 불어 있는 것 그대로 묻을라다, 아니다 싶어 곱게 태운 뒤에 지 기저귀 차고 들어가 놀던 물, 지가 반지락, 낙지, 새조개, 피조개 잡다가, 지 숨 거둔 바닷물에 골고루 보내주었소…… 인자 귀머거리, 버버리, 다 내비리고 새소리, 물소리, 바람소리…… 무슨 소리든지 다 듣고, 하고 잡은 말, 인자는 애써 빙싯거리지만 말고 뭔 말이라도 다 해불어라…… 알겠지야? ……그리 뿌려주고 오는 길이어라…… 마누라 보내고, 인자 성님, 떨어진 손목마디 다시 붙는 땅, 좋아하던 처자 찾아서 가시라고…… 이 동상 수만 리 타향꺼정 왔소…… 나, 시방 형 뼉다구를 다시 씻어서, 성님 말한 참말로 좋은 그곳이라던 그 땅으로 가는 티와 하는 기분으로 술로 비석을 씻고 있구만요…… 그러고 눈물 흐르는 것을 어쩌지 못하고 있었는디…… 고놈의 소낙비, 그 열대지방 소낙비가 쏟아져 와서 눈물에다, 빗물에다, 소주꺼정 섞어져 갖고는…… 티와를 한 셈이구만요…… 월남으로 이민 가부린 고향 사람 아녔으면 하노이서도 북쪽 하롱 베이 쪽으로 두 시간이나 더 올라간 그 시골 농촌 논 한가운데 있는 동네 공동묘지에 성님이 누워 있는 것을 어찌 알았을 것이요? 고놈의 데는 산이 없응게, 논바닥에다 그리 사람을 묻읍디다…… 나가 시방 운다고라? 나는 다 울어불어서 인자는 안 울제라…… 그러니께 나는 각시도 물에다 묻고, 성님도 물에다 묻고, 그리 돌아온 셈이제라…… 강 사장이라고, 그 사람한테는 큰 신세를 저부렀구만요…… 옛날 광주서 시끄럽던 사건 났을 때, 그 사람, 지 친동생 죽고 나서 고향을 뜨더마는 결국은 이 나라꺼정 떠난 친구지라. 다행히 거그 색씨 얻어서…… 아오자이가 하늘하늘 어울리는 영 이쁜 각시를 얻었습디다. 하기사 우리 각시도 아오자이를 입었으면 그리 하늘하늘했을 것이구만이라…….

나는 여그 바다에다 오줌을 싸야겠구만이라. 나는 바닷가에만 나

오면 꼭 바닷물에다 오줌을 싸야 싼 것같이 시원해지구만요. 초겨울
비까지 내리는디, 내 오줌이 바다를 오염시키면 얼마나 시키겠소?
소독이 되면 되제. 바다가 너무 오염되었은게, 내가 시방 소독을 하
는 것이랑께요…… 아이고, 손님은 그 쪽 바우에다 대고 누시오……
거기다가 요새는요. 내 그 소리는 안 할라고 했는디…… 여그 바다
속에 우리 각시가 있당게요. 나 오줌 누는 거 보고, 우리 서방이 왔구
나, 그럴 것인디, 거그다가 나란히 다른 남정네가 턱, 물건을 같이 보
여불면 못 쓰제라…… 비가 안 오면 바닷 속에 별 그림자가 떠올라온
다 말이요. 가만히 들여다보면, 그 속에 우리 각시 눈이 들어 있당게
요. 운이 좋은 날은 나가 소주를 잔에다 하나 따라놓으면, 그 잔 속으
로 별이 되어서 우리 각시 눈이 그 안으로 기어들기도 하는디, 오늘
은 나가 너무 말을 많이 해서 이년이 삐쳤을 것이오…….

4

　둘이 살 때는 둘이 있을 때, 무슨 소리 내어 말할 것이 있었겠소?
버버리하고 사니 얼마나 답답하냐고, 그렇게 뭘 모르는 사람도 있습
디다만 우리 부부는 말 같은 거 안 하고 눈만 보고 있어도 할 말 다
하고, 그러고 살았어라…… 말이란 것이 목구멍에서 나오다가 옆으
로 가기도 하고, 입을 나오다가 잘못되기도 하지만, 눈으로만 말을
하면 오해 같은 것이 생길 수가 없어불지라. ……섬들에서 한창 김

수확할 때, 일손 딸린 집 일해주러 갔다가, 각시를 만났었는디, 첨 한 사흘은 나도 한마디도 말을 해본 적이 없었당께요…… 그때는 각시가 버버리고 귀머거리인지 몰랐제라…… 요새 촌구석에, 더구나 섬이라는 데는 남자고 여자고, 젊은 것들은 남어 있지를 않으니께 하다 못해 초등학교만 졸업해도 공단 같은 디 가고, 학교 간다고 육지로 나오고 허니, 젊은 여자라는 것은 씨가 말랐당께요. 그러니 처녀 없는 데 총각들이 살맛이 날 것이요? 그러니 총각들도 다 섬을 나와불고, 섬에는 노인들만 남어서 한참 김발 막고, 김 뜰 때는 육지서 일꾼들이 안 들어가면, 한 해 김 농사도 못하게 되불거등요. 섬에 남었던 콩자반같이 생긴 처녀가 내가 일할 집 딸인 것도, 그년이 버버리인 것도 한 이틀은 몰랐다니께요. 처음에는 내외하느라고 그러는 것이구나, 했제…… 그러다 같이 배 타고 김 뜨러 가고, 그 바람에…… 아, 사람이 눈으로만 말해도 할 말 다 하고 지내겄구나, 딱 그런 생각이 들더라니께요. 그것도 인연이었고, 더 못 살고 지 죽은 것도 인연이 다해서 그리 된 것이었지만 살어오면서 말다툼은 한 번도 안 했고만요. 말을 못하니께 큰 소리 낼 일이 없지라, 그러다가 나도 버버리가 되가는 거 아닌가, 그 생각이 들기는 했어도, 심성 곱고, 워낙 눈치 빨러서 무슨 서로 속상할 것이 있어야 싸우지라……참말로 어찌 생각하면, 사람이 보통 살면서, 참 쓸데없이 말을 많이 하고 사는구나, 그런 생각도 더러 했구면요. 오늘 저녁 이렇게 씨부렁대는 것도 생각하면 얼마나 부질없는 짓이겄소? 그저 전어회 썰어서 말좆곱부에 천천히 소주 따라 마시면 그것으로 되는 것을 이리 나도 떠들고 있구만요.

안 운다니께요…… 울기는 내가 왜 울겄소? 우리 아부님 말씀이 사네는 딱 세 번만 우는 것이다, 했는디, 고게 한 번을 더 넘어버렸구만요. 아부님 돌아가시고 한 번, 어무니 돌아가시고 한 번, 각시 물에 퉁퉁 불어 숨 넘어간 것 건져놓고는 안 울었는디, 너무 퉁퉁 불은 것이 영 마음이 안 좋아서 불 살라다가…… 밤에 몰래…… 물 오염시킨다고 법으로 못하게 되어 있다고 그래서 산에다 뿌려줄까 하다가는…… 지 기저귀 찰 때부터 맨날 바닷물에서 살았는디, 맨날 낙지 파고, 반지락 파고, 기 잡으면서 산 곳인디…… 그라고는 깜깜한 밤에 혼자 낚시하러 가능 거맨키로 배 타고 나가서, 깊은 바다에다 골고루 뿌려주었는디, 그때 많이 울었구만요. 처음에는 안 울 것 같았는디 참 많이 울었구만요…… 이렇게 세 번을 다 울어부렀는디, 마지막 우리 성님 만리 타국 논 가운데 묻혀 있는 것보고 나서, 한 번 더 울어부러서 네 번이 되었다니께요…… 아부님이 이왕이면 언제 울고, 언제 울어라…… 그리 자세히 가르쳐주셨으면 그리 했을 것인디…… 하기사 그 중에 어느 것을 빼먹을 수도 없었겄지라. 각시 뼛가루 뿌린 날이 빠져야 도리이긴 하겄지만…… 그날 밤, 각시 뼉다구 가루를 바다 사방에 골고루 뿌리고, 술 한 병 찌끄리고 났더니만…… 조금 전까지 그리도 깜깜했는디, 별이 하나, 두 개씩 바다 속으로 뜨드만요. 바닷가서 살았어도 생전 바닷물에 별이 떠올라온다는 생각 해본 적이 없었는디…… 그러다 보니 그 바다에 뜨는 별 속에 우리 각시, 막 잡아 올린 생선 눈 같은 눈이 보이드라니께요…… 그때부터 바닷가에서 소주를 묵을 때는 우리 각시 눈이 술 속으로 들어오는가, 아닌가, 보는 버릇이 생겼다니께요…….

기껏 몇 병 아닌데 오늘은 취하구만요. 각시 살았을 적엔 각시가 산낙지 잡아오먼 통째로 된장 찍어 한 마리씩 바수고, 말좆곱부로 한 잔씩 해서 한 되를 다 묵어도 별로 취한 것을 몰랐는디…… 그리 내가 낙지를 맛있게 묵어대면 옆에 앉아서 나를 보고 있는 각시 얼굴에 웃음이 상사화 꽃 무리겉이 피고 했어라. 콧잔등에 작은 주름을 짓고, 서방 술잔 비면, 옆에서 다시 또 따르고, 또 따르고…… 술이 그러니게 따라주는 손에 따라서 약도 되고 독도 되고 그런 이치인지도 모르겠구만이라.

  고놈의 승달산 골짝을 오늘 안 갔어야 하는디, 거그를 간 것이 오늘은 실수라면 실수였구만요…… 그 여름 그리도 많이 피었던 꽃들이 다 졌다고 해도 꽃대궁이 찌거기라도 남아 꽃 피었던 흔적이라도 남았어야제, 도통 거그에 꽃이 있었다. 저승에서 온 것 같은 벌건 꽃이 그 늦여름 그 냇물 가장자리를 무신 신혼 이부자리같이 다 덮고 있었다. 그런 흔적을 조금이라도 남겨놓아야제…… 세상에…… 막 돋아난 보리밭같이 무슨 놈의 퍼렁 잎사구는 그리도 싱싱하게 그 냇물 가장자리를 다 덮어부렀을 것이요?
  생각해보니 그때 우리 각시가 그 콩자반같이 까무잡잡한 얼굴이 허예짐스로, 그 상사화 붉은 꽃 무리가 얼굴을 덮었던지, 어쩐지 그 생각이 나드랑게요. 그러고는 생전 안 그러던 각시가 자꼬 내 손을 끄는 바람에 거그 여름이 끝나가는 풀밭에 그날같이 자빠져부렀지라.
  고것이 사단이었을까라? 잎사구하고, 꽃하고 한 번도 못 만나는 즈그들 그 깊은 한을 독기로 내뿜고 있는 하필 거그, 잔디밭에 둘이 같이 자빠진 것이 눈꼴이 시리고 시려, 우리 각시, 뻘밭에서 잠시 넋

놓고 있을 때, 이빨 갈고 달려오는 파도를, 그 상사화 붉은 꽃무더기 얽힌 혼이 바다꺼정 쫓아와서 두 손으로 각시 눈을 가려부렀는지 모르지라…… 아이고, 시간이 너무 많이 가부렀구만이요…….

5

　누릿누릿한 대가리 색깔을 보니께, 아짐씨 솜씨 믿어도 괜찮겄다 싶소. 가을 전어 대가리에 든 깨 서 말, 맛을 제대로 알라고 하먼 대가리 색깔이 뚝 요렇게 되어야 쓰거등요…… 잘 구워졌구만이라…… 요 전어 구이도 지금이 한 철 별미지, 한 계절 지나면, 나뭇가지 씹는 맛이 되어부러요…… 똑같은 전어가 시방은 맛이 기가 막히는디, 다른 때는 영 아닌 것도 생각해보면, 고놈의 상사화가 추울 때 같은 뿌리에서 잎사구만 나오고, 늦여름에는 한을 품고, 벌겋게 미친 꽃만 나오는 이치나 별반 다른 거 같지도 않구만요…… 벌써 여섯 병이면 오늘 저녁 많이도 묵긴 묵었소. 취하기도 했지라. 오늘 같은 밤에 술잔에 별 뜨기는 틀렸구만요. 암만 해도 금방 비꺼정 올 것도 같고만요…… 참, 손님 오늘 모습이 말이요, 오늘은 상사화 같으면 잎사구만 나오는 그런 날로 보이요. 서울서 여그까지 와서…… 여름도 아닌디, 찬바람 부는 여그, 대반동꺼정 와서 혼자 소주 마시는 사연이야 알 수 없지만…… 버버리하고 오래 살아서, 인자는 사람 만나서 서로 입 벌려 말 안 해도, 필요한 것은 짐작이 되고, 그리 되드라니께요……

나, 다시 장가요? 아니어라. 혼자 살 것이요. 죽을 때까지라······ 여
그 와서 바다에다가 오줌 싸고, 말좃곱부에다 술 따라놓으면 우리 이
쁜 버버리 각시가 별이 되어 술잔 속으로 찾어들고 할 것인게요. 그
것으로 되었제라······ 장가는요. 한번 가봤으면 그것으로 되제라. 훗
날 죽어서 아부님 만나고, 성님 만나서 장가도 한번 갔었소, 그 말이
면 안 되겠소?······ 암만 해도 비가 올 성싶으요.

(2001, 『라뿔륨』)

겨울 바다,
잠시
비 내리고

한삼동 이런 밤바다 앞에서 귀때기 떨어지게 찬바람 맞이먼서 더러 혼자 서 있어 보기도 해야 쓰는 것이여. 저놈의 시커먼 물결, 저 일렁일렁 달겨드는 시커먼 물을 보고 있으면, 인간지사가 허망하기도 하고, 살아온 세월이 다시 보이기도 허고…… 이런 바람, 저런 물소리는 세월 지나도 하나도 안 변하니께…… 그래서 살다가 더러는 이 힘든 세상, 딱 끈을 놓아부리고 죽어부러야 쓰겄다, 그런 생각했던 것도 이런 디서 밤비를 맞어보면 또 달리 생각이 들기도 하고……, 억울했던 일도 어쩔 것이여? ……젊은이하고 나하고는 인연치고는 신기헌 인연이여…….

1

어이, 젊은 친구, 사내자식이 눈물 함부로 흘리는 거 아니여. 사내자식이라는 것은 죽을 때꺼정 딱 세 번만 우는 것이여. 그런디, 미리 울어불먼 참말로 울어야 할 때 못 우는 것이거등…… 아줌니네 포장 지붕이 찢어진 모양이요. 빗방울이 낮바닥에도 떨어지는디…… 참, 아줌니는, 그래, 나 얼굴, 어디가 열 번도 더 울었겄다, 그리 써 있소? 잘못 봤어라…… 사능 거 바뻐 울 시간이 있어야 울제…… 우리 아부지는 나, 세상에 나오기 전 돌아가부렀응게 울 수가 없었고, 불쌍한 어무니 죽어서 한 번 울고⋯⋯, 죽어라고 뼈빠지게 잘 되면 같이 되고, 못 되면 같이 망한다고 기 쓰고, 일한 공장 망하고, 사장 놈 지꺼 챙겨 도망간 것 알고 나서 믿을 것이 없다, 싫어지니께 죽고 싶어서⋯⋯ 세상살이, 다 시들해 만사 잊어불고 물에 빠져 죽어뿔끄나, 그리 생각하고, 젊었던 때, 기차 타고 종점꺼정 온 것이 여그 목포였는디⋯⋯ 그때, 여그 바닷가꺼지 와서 소주를 한 두어 되 묵었으까, 그래 한 번 울고⋯⋯ 그라고는 오래 안 울었지라⋯⋯.

이 젊은 친구라? 나도 모르겄소. 기차 나 앞자리에 안거 있었는디⋯⋯ 어쩌다 보니께, 여그 포장마차까지 같이 왔응께⋯⋯ 이 젊은 친구, 세상 살아감서 울 일이 억수로 생기고 허는 것인디, 그것도 모르고 울고 안 있소? ⋯⋯되었구먼. 안 울었다니께, 안 운 걸로 허먼 되제⋯⋯ 그래, 술잔이나 들어. 다 이것도 인연이니께⋯⋯ 한두 시간도 아니고, 장장 여섯 시간도 넘게 같은 기차로 와서⋯⋯ 무슨 일인지는 모르겠지만 여그 목포 항구까지 와서⋯⋯ 이 한삼동, 바닷가에서 찬바람을 나란히 마시고 앉았으면 그것도 작은 인연이 아니니께⋯⋯ 이 사람, 뭘 영 모르는구만. 아줌니한테 물어봐⋯⋯ 객지 벗, 옛날부터 10년이여. 객지에서 만난 벗은 말이여, 10년 나이는 서로 벗해도 괜찮다, 그런 말이여. 언제 다시 볼지 모르는 이런 바닷가서는 원래 10년 아니고, 30년은 벗을 해도 되고⋯⋯ 그러니께 나하고 같은 기차 칸에 실려와서, 이런 바닷가에서 이 찬바람을 청승맞게 맞고 있는 인연이면 벗을 해도 된다, 그 말이여⋯⋯ 벗이 뭔지 몰라? 친구, 친구⋯⋯ 왜 이상헌가? ⋯⋯괜찮어. 옛날에 그랬었다니께. 거, 소크라레스라던가, 아, 그래도 자네는 야간학교라도 고등학교꺼정 다녔다니께 알 것구먼, 그 영감 말이…… 아주 옛날인데도 말이여…… 젊은 놈들 버르장머리가 없어서 세상이 큰 일이라고 걱정을 했다느면. 수천 년 전부터 그렇게 젊은 애들 버르장머리 없다고 어른들이 걱정을 했는디도, 세상은 요렇게 다 굴러가고 있다, 그 말이여…….

아줌니, 거 전어, 두어 마리 바싹 구워보실라요? 나도 몇 해 전 이런 바닷가에서 몇 년 살아서 알지라. 이 매운 바람도 알고, 이 갯내를 나 알지라…… 전어는 대가리가 별미니께, 대가리는 누릿누릿 바삭바삭하게 구워야 쓸 것이요. 알고 말고요. 찬바람 나면 전어 대가리, 깨가 서 말이라고 그런 말, 나도 많이 들었지라. 전어야 회로 묵어야 쓰는디, 이 젊은 친구, 얼굴이 허여멀금 해가지고, 회로는 못 묵을 성싶소…… 아줌니 말대로 그럼 두 마리만 썰어보시오…… 솜씨가 보통이 아니겄다 싶더구먼도 써는 쏨씨가 프로요. 아까 딱 나가 아줌니 첨 볼 때부터, 저쪽 집 아줌니하고는 다르게 안 봐부렀겄소? 맞소. 그것이 프로지라. 뭔 일이든지 프로가 좋고 말고라…… 멀리서도 탁 아줌니 얼굴을 보니 까무잡잡한데다가, 보조개가 죄송스럽소만 꼭 죽은 우리 각시 맨키로 생겨부렀습디다. 그래서 이리 얼릉 들어와부렀당게요. 아줌니도 이 전어 한 점에 내 술 한 잔만 잡쉬 버리시요…… 아이고, 고맙소. 우리 각시 연탄가스에 죽고는 여자가 따러주는 술은 첨이요…… 그라믄요. 젊은 친구도 따러주어여제, 나만 따러주었다 그라면 평등 정신, 헌법 정신에 어긋나지라.

비가 오기는 조께 오겄소. 그래도 한삼동 이런 비는 많이는 안 오는 것이니께…… 비오는 한삼동 바닷가라…… 참 서울서 여그까지 기차 타고 와서, 밤바람 맞이면서…… 거그다 젊은 친구하고 소주 한 잔이라…… 사는 거, 사는 맛이란 것이 별것 아니드랑께요. 젊어 한 때, 이 항구꺼정 내려왔을 때는 땅 끝나고, 바다가 나오면, 그것으로 땡, 할라고 했었지라. 모든 걸, 땡……, 할라고 말이요. 그런디 밤 기차를 타고 들인지, 산인지 아무것도 안 뵈는 깜깜한 풍경을 내내 보고 있자니, 하, 그 깜깜한 속에서 별것이 다 떠올라 오드라고요…… 영화 한 장면 맨키로, 얼굴도 모르는 아부지도 보이고, 불쌍한 어무니도 보이고…… 월남 갔다가 병신 되어 온 우리 성님도 보이고…… 많이도 떠올라 오는디…… 그때부터 다시 살았제라…… 많이 돌아댕기고, 사람도 많이 만나고 그리 살아야 되겠습다…… 그래, 자넨 새파랗게 젊으니께 많이 돌아댕기면서 살어…… 말이여. 나걷이 가난해서 학교라는 것, 딱 국민학교, 요새는 초등학교라드라만, 그거 끝내고, 우리는 다들 그랬제. 한 반에 두셋이나 되았으까, 땅 마지기나 있는 집 아들이나 대처로 중학교를 가고, 나걷이 아부지도 없는 아그들이야, 빛나는 졸업장으로 땡이었제. 다들 그러니 그러려니 했제. 학교 다닐 때도 그 시절에는 다 그랬어. 보리 비고, 모 심는 날은 집에서 새참 나르고, 동생들 봐야지, 학교가 뭐여? 그런디 그때는 다 그러려니 했었단 말이여. 반항? 그런 말은 그 시절 있도 없었던 말이여…… 그때는 농번기 방학이라는 것도 있어 가지고 한 일주일 일하라고 그랬재. 하, 그 빈 들판에서 이삭 주서서 그걸로 벼 한 가마니를 채와, 그것으로 학급 주전자도 사고, 바께스도 사고 그랬구만. 유리 깨진 것, 솥 단지 깨진 것, 그런 것들 모아다가 그걸 팔어 학용품도 사고…… 그거이 영 자랑스러웠다니께…… 아니여, 궁상맞은 옛날 이야기 할라고 하는 거가 아니고, 요새 젊은 사람들은 첨부터 많이

있는 거만 보고 커왔거등. 다 그런 건 아니제…… 요새도 끼니 못 때
우는 소년 가장 이얘기 나오고 하면 가슴이 아퍼…….

2

여그 바다, 부두 어디서 배 타면 소록도 가는 길이 있지 싶은디, 문
둥이들 사는 섬 말이어라…… 부두 어디서 그때는 그 소록도 쪽으로
가는 배가 있었거등요…… 사장이 직공들 적금까지 챙겨서 튀어불
고, 공장 문 닫고 나서는 참, 청춘이 서럽습디다…… 그래 그때, 죽
을라고, 우선 사람이 싫어져서 죽어불라고, 그 생각 하고는 여그 바
다로 왔다가, 마지막으로 세상이나 조께 더 보고 죽자, 생각하고 찾
어간 곳이 소록도였구만이라…… 옛날 이야기여. 사람이 세상 살다
보면 되는 일보다 안 되는 일이 워낙 많으니께, 다 베리고, 한 목숨
끊어뿔끄나, 겉으로 팔자 좋아 뵈는 사람들도 다 한두 번은 그 생각
들게 되어 있어…… 자네도 거기나 한번 가봐. 그 소록도…… 경치
가 참 좋아. 소나무 빽빽하게 들어섰지, 가로수로 야자수나무 한들거
리지, 물 맑고 바람소리 좋지…… 사슴도 놓아먹이더구먼…… 인자
는 약이 좋아지고 해서, 문둥병이 다 없어졌는지는 모르겠지마는, 거
그 섬에 한때는 6천 명이나 환자가 있었다든디…… 인자는 한 천 명
도 없는 거 겉드라고…… 천 명이 아니라, 아마 몇백 명밖에 없을 것
이여. 인자…… 그 소록도 가면 제일 중환자가 사는 곳이 있어. 그곳

이 중앙리인디…… 그러니께 여러 해 전, 교황님이 헬리콥터로 거그 운동장에 직접 안 내리셨소? ……교황님이 거글 다녀오셨거등…… 운동장에 내려서는 그 맨땅에다 교황님이 입을 맞추는디, 그걸 보고 환자들이 많이 울었다고 그러더라고요…… 나야 곧 죽기로 마음먹은 놈이었는디, 무슨 조화였는지 그 중앙리라는 곳, 중환자들이 얼마나 지독하게 병이 들었는지 그걸 한번 보고 싶더라니께요…… 사람이 이상한 것은 죽을라고 마음을 먹고 보니께, 아직 못해본 일 겉은 걸, 해보고 죽어야 쓰겄다, 그런 생각이 들더라니께요, 그래서 거기 중앙 공원…… 참나무들 잘 가꾸어놓았어. 조금 성한 환자들이야, 나라에서 먹을 거, 입을 거 다 주고 할 일 없으니께, 그런데다가 신경 쓰면서 세월 보내는지, 참 그 정원은 보통 잘 가꾸어놓은 것이 아니여…….

사람이 그러더라구, 에라, 죽어비리자, 해놓고는, 내가 물에 빠져 죽으면 몸이 퉁퉁 불어서 영 흉할 것인디, 갈치 같은 고기가 사람 시체를 먹는다는디, 고기가 나를 어디부터 뜯어먹을라나, 그런 생각을 하기 시작하면 그건 이미 죽기 틀린 것이다, 그런 이치는 알겠드라고…… 뭐라고라? 해삼도 사람을 뜯어묵는다고요? ……낄낄낄…… 고것이 술안주로는 괜찮은디, 고것이 고런 성질이 있어부렀구만…… 어이, 젊은 친구, 우리 해삼 한 접시 묵어쁠세…… 아줌니, 그 해삼 한 접시, 썰어 묵어부러야겠소…… 묵어봐. 오돌오돌 씹히는 것이 별미랑께…… 이놈의 친구야. 이런 것도 우두둑 우두둑 못 씹어 묵으면 연애도 못허고, 죽지도 못허고 그러는 거여…… 그래, 소주를 한 병 더 해부러야 쓰겄네. 이런 디서는 30년은 친구랑께, 그래 한 잔 묵고, 나한테도 한 잔 따러…… 술도 잘만 묵으면 약이고 말고, 많이 묵어놓으니께, 요 술이 사람을 묵제, 사람이 적당히만 묵으면, 이것이 약이고 말고…… 참, 내가 소록도 문둥이들 이야기하다가 옆으로 샜네…… 그 중앙공원을 걸어서 교황님이 헬리콥터로 내린 바로 그 운동장을 건너가면 거그가 바로 중앙리라, 이렇게 되어 있거등…… 무슨 학교 분교같이 생긴 것이 바로 그 환자들 사는 디여…… 육신이 아직 괜찮은 사람들은 다른 동네에서 살고, 거그는 완전히 다 망가진 환자들이여…… 창 너머로 방 안을 안 들여다보았겠어?…… 하이고, 숨이 턱 막혀불드만…… 양손이 없는 것이여. 두 다리도 떨어지고 없어…… 자네 한번, 생각해봐, 사람이 손도 없고, 다리도 없어……, 거그다 머리털도, 눈썹도 다 빠지고 코, 귀도 반씩은 없어져 가지고…… 그래, 비슷비슷한 환자들이 한 방에 너덧씩 있는 거 같던디…… 그런 사람들이 밥을 묵어, 아줌니도 생각해보씨요…… 손발 없이 어떻게 밥을 묵을지…… 참 환장하제…… 굼벵이여, 꼭 굼벵이가 꿈틀꿈틀하는 것같이 방 안을 이리저리 구르면서, 그래도 입으로 밥을 먹는 거를 보다가 그 자리에 주저앉을 거 같드라니께…… 보통 사람한테 물어보면 육신이 그 지경 되면, 머리라도 깨서 죽어뿔 것 같은디, 그 모진 목숨이 그리 질겨서 하루라도 더 살겠다고, 뒹굴뒹굴 몸둥이만 남은 그 육신을 굴려 먹을 거를 한도 없이 입에다 집어넣어…… 얼굴이고, 남은 몸둥이고, 방바닥이고…… 하이고, 정신없이 공원까지 도망을 간 거같이 거기를 빠져나가서, 나, 손을 들여다보았구면…… 돌아나오면서 나가 나 손을, 나 다리를 한 번씩 쓸어보고 생각했다니께…… 저래 가지고도 사는디, 내가 왜 죽어? 저래서도 살라는디…… 고개를 흔들고는 배 타고 섬을 나오면서…… 하늘 한 번 더 처다보고, 바다 한 번 더 처다보고, 내내 그러면서, 아니다,

안 죽는다. 나가 왜 죽냐? ……그랬다니께…… 사람이 죽어비리자, 그런 생각이 일생 살다보문 몇 번은 다 있는 것이제, 젊은 친구한테 그 말이 하고 잡었어…… 초등학교 달랑 나와 배운 것 없고, 가진 것 없어도 그 환자들에 대면 얼마나 많이 가졌는가, 그 생각이 들어서 휘파람이 다 나왔어…… 소록도서 건너오면, 거그가 녹동이라고 쬐그만 항구가 있거든. 그때 죽기 전, 몇 군데 둘러본다고 떠난 놈이 특별히 갈 곳이 있었었어? 돈이 많이 있었었어? ……그런디, 거그 항구서는 맨날 배에서 짐 내리고, 올리고 하다보니 늘 짐꾼들이 많어…… 요새 같으면 일용직이여…… 거그 서서 멀그머니, 그 일하는 걸 보고 있었는디, 십장이었겄제, 나를 딴사람으로 알고, 소릴 질러. 어, 장씨 뭐하는 거여? 이거 빨리 안 옮기고? 배에서 그때 산겉이 쌓인 말린 미역을 내렸어. 참 그때부터, 나는 원래 내 성이 박씨여…… 그런디 장씨가 되어부렀당께…… 얼떨결에 사람들 틈에서 한참 땀을 흘렸는디, 새참이 나와, 아나고라고, 아능가 모르겄다, 바닷장어지, 무를 뻬 져넣고, 이것으로 국을 끓여 한 대접씩에다가 됫병 소주를 대 크라스로 하나씩 돌리는디, 하이고 그 맛이 참 기가 막혀부러. 그 맛에 반해 가지고는, 거그서 4년을 내리 살어부렀당께…….

3

거그 가까운 섬에서 각시도 얻고…… 이쁘지는 않았어. 콩자반 맨키로 꺼멓고 조막만한 얼굴에다가…… 말도 못하고, 듣도 못했어도 그리 심성도 고왔는디…… 다 운명이제라…… 아줌니, 한 잔만 더 따라주시오. 고것이 갯것을 잘했어라. 아침에 눈뜨면 호맹이 하나 들고 갯바닥 나가, 낙지에다가, 기에다가, 해삼, 고동, 청각, 파래, 금방 들고 들어와서, 조물조물 반찬 맹글어 아침상에 올려주었제…… 나한테는 과한 각시였지라…… 나, 인생에서 그 멧년이 젤로 행복했을 것이오…… 사람이 그때는 몰라라…… 다 지나고, 인자 절대로 그 시절로 돌아갈 수 없게 딱 되아붙었을 적에서야, 그 시절이 행복했었다, 그리 되는 것이 사람 사는 이치입디다…… 어떤 미친 점쟁이 할망구가 우리 각시 인중이 짧아서 명이 짧겠다고, 그것도 물에 빠지는 운이 있다고 한다고 해서, 아, 지 기저구 차기 전부터, 지 이불 속겉이 들어가고 나온 바닷물을 조심허라니…… 기도 안 찼지만 영 그것이 살면서 자꼬 거슬립디다. 거그서 갯것 뜯어묵고, 그리 살어야 쓰는 것을 서울로 간 것이 죄지라…… 이 대명천지. 과학이 어쩌고저쩌고, 외국 돈이 얼마가 있다고 해싸도, 서민들 사는 세상이야 어느 세월이고 다 마찬가지여라. 기름 보일라…… 전기 보일라…… 그런 거, 다 남의 동네 이야기지라…… 썩을 년, 이 대명천지, 새 천년이 되었다는디…… 그놈의 연탄가스가 각시를 데려갈지 누가 알았을 것이요? 한 잔 더 묵을라요…… 아부지는 얼굴도 몰라 돌아가서 아부지 죽고는 안 울었응께, 그 몫으로 살아 생전 귀먹어, 무슨 소리 한번 지대로 듣지도 못하고, 허고 잡은 말 있어도, 덧니 들어내어 웃고, 콩자반 얼굴에 보조개 맨들어 웃으면서 그렇게 살다가, 나 겉은 못난 사내 만나, 지하실 방에서 연탄 때다가 죽은 것이 너무 원통해서, 고년 죽고…… 우리 각시 허망하게 죽고 참 많이 울었구만이요…… 한 잔 더 묵어야겠소. 사실 오늘이 각시 죽은 지 똑 1년 되는 날이요. 누가 알아줄 것 아니지만도 나, 혼자 죽은 각시 1년 복을 입고, 오늘 그 것 벗는 날이요…… 울쩍해서 그년 낳고 살아왔던 바닷물이나 싫것 보고 와야쓰겄다, 고년 혼백, 인저 지 살던 바다로 보낼라고…… 그래서 기차를 타부렀소…….

글씨, 나가 기차에서 딱 본께로 가차운 사람과 이별을 안 했으먼, 영영 죽어 사별을 하고, 허망한 마음으로 옛날 젊었을 때 나 맨키로 바다에나 한 번 가보고 죽어뿔거나, 그런 기운이 얼굴에 쓰였더라니께…… 아줌니도 참, 나가 무슨 관상을 보겠소? 밑바닥에서만 밑바닥에서만 살다보니께, 암만 해도 서러움 많은 사람들을 많이 봐왔겄지라…… 그러고 톡 까놓고 그러요. 요새 젊은 사람들도 저희네들은 저희들대로 속상허고, 괴로운 일이 어찌 없을까마는 그래도 배고파서 쓰레기통 곁에서 눈물 흘려본 사람은 그리 많지 않을 것이요…… 요새 젊은 사람들…… 하도 옆에서 공부, 공부 해싸니께, 그거이 싫다고 집 나오고, 사내 계집들 너무 쉽게 만나니께 쉽게 헤어지고, 그것으로 또 속상하고 그러는 모양입디다마는…… 그런 것이사 어느 세상에나 다 있었던 아니겄소? ……조금 마셔도 되어. 더러는 술이라는 것이 약이 된다니께…… 그라고 술이 그래…… 어른하고 마셔버릇하는 게 좋은 거여…… 암만 해도 또래들끼리 마시다 보면 함부로 마시고 해서 실수를 허거등…….

나, 설던 디, 가차이 주유소가 하나 있는디, 거그서 일하는 아그들, 인자 고등학교 1학년이나, 그리밖에 안 된 아그들이어서 가만히 봤더니, 다 즈이 집들 괜찮게 사는 집 아그들이 하도 공부, 공부 해쌌는 것이 죽는 것 맨키나 힘이 들어서 나왔다고 하는 애들이 있드랑께요. 애비, 에미 이혼해서 할 수 없이 지 혼자 살아가는 아들도 있고, 학교 공부는 못 따러가겠는디, 속없는 애비, 에미는 곧 죽어도 서울에 있는 대학 가라고 다그치제, 숨이 맥혀서 죽을 거 같어, 에라 집 나와서 그런 디 있는 아그들이 있습다…… 하기사 그래 가지고도 마음 잡은 놈들은, 다음에 검정고신가 뭐 봐 가지고, 지 힘으로 지 하고 잡은 공부 찾어 야간대학도 가고, 전문대학도 가서 성공하는 아 들도 있다 드만요…… 그런디도 속 창어리 없는 놈들도 너무 많어라…… 언제까지 지가 청춘이고, 나이도 안 묵을 거같이…… 지 놈들은 나이도 안 묵고, 항상 그 나이인 줄 알고 무슨무슨 표 옷 사고, 무슨무슨 표 구두 사고 할라고……, 또래 여자아들하고 나이트 갈 돈 벌라고 집 나왔다고도 하고, 돈 벌어서 오토바이 살라고 집 나왔다고 하는 놈도 있어라…… 그래서 영 나쁜 곳으로 가는 아그들도 많이 있는 갑디다…… 다 그러는 것은 아니겄지만도 집 나와서, 여자아그들, 힘 안 들고 돈 쉽게 벌라고 술집 겉은 디로도 빠져뿔고 하는 갑디다…… 그중 참말 착한 아그들도 있어라…… 쉬는 날, 고아원 가서 더 불쌍한 아그들 돌봐주고, 양로원 봉사 가서 노인들 목욕시키고, 밥 멕여주고…… 그리 오는 아들 보면 콧마루가 시큼해집디다…… 그 아들이야 다 복을 받을 것이요…… 포장마차에서 국수 파는 집이 있어 혼자 된 후로 자조 가고 해서…… 주유소서 일하는 아들 얼굴이 익고 해서, 즈그 하는 이얘기들을 많이 들었제라…… 아줌니도 한 잔만 더 하시오…… 비가 만히 와불랑가? 좋지라. 겨울에 비바람, 바닷가에 앉어 혼자 맞어보지 못한 사람은 인생을 모르지라…… 이 친구, 시방 또 울고 있는 거, 아니여? 허어, 사내는 일생에 딱 세 번만 우는 것이라니께…….

  아, 그랬었구나…… 그 소리 들으니, 내가 도리혀 미안해뿔구먼…… 어쩔 것인가? 한 번은 다 이별을 허게끔 세상 운명이 그렇게 만들어져 있는 거를…… 아부지가 돌아가셨다고 안 허요? 월남전서 고엽제 맞어가지고, 고생고생…… 어린 아들한테까지 고생시키고 떠나셨다고 안 하요? 어무니는 일찍 집 나갔고…… 그래, 그놈의 전쟁이 뭣인지…… 나도 그 말 안 할라고 했는디, 나도 나 위로 하나 있던 성님이 자네 아부님하고 똑같었어…… 나하고는 나이 차이가 많이 졌제…… 뭐할라고 월남전에 지원을 했는지 나, 어렸을 때였응께 깊이는 모르제…… 애비도 없이 가난한 집 큰아들, 홀로 된 어미에다 동생꺼정…… 제대할라고 생각해보니 짐이었겠제…… 그때만 해도 월남전에 가서 죽기만 안 허문 한 밑천 잡는다고 했을 때니께…… 자네 아부지도 마찬가지였을 것이여…… 가진 재산 뻔하고, 배움 없고, 어쩔 것이여? 잘 하면 한 밑천 잡을지도 모르고, 거그다 한참 혈기 왕성할 때 아니여? 나라도 그때 나이 되어 군에 있었으면 틀림없이 자원했겠제…… 맞어, 이 총각 아부지하고, 우리 성님하고 똑같다니께요…… 그래도 겉으로 사지육신 멀쩡허게 살어 돌아왔으니께, 식구들이사 얼마나 고마웠겠어? ……겉으로 멀쩡해 뵈는 삭신이 속으로 그리 멍이 들어 온 지 어찌 알았겠어? 그것이 고엽제 병이여…… 온몸이 아프니께, 날이면 날마다 술로 세월 보내고, 송장겉이 안방 차지허고, 그라고 잡어서 그라지 않았겠지만…… 날마다 신경질만 부려대는디, 물론 그라고 잡어서 그러는 거, 아닌 거 알제만 같이 사는 식구들이 옆에서 말러 죽제…… 자네 어무니만 집 나간 것이 아니여…… 나도 보따리 싸서 나오면서…… 앞으로 집 쪽에다가는 오줌도 안 누고 살 라고 했응께…… 그래도 자네 어무니, 어디선가 살아면 기시면 또 만 날 기약이라도 안 있겄능가, 나사 죄가 많어…… 성님 죽은 지도 모 르고 있다가, 어찌어찌해서 홀로 된 어무이 찾아갔을 때는, 어무이도 새끼들헌티 다 뜯겨먹은 거무가 되어서 포소송 무너앉어 재가 다 되 었더구만…….

4

공사판서 IMF 때 다 망해서 노숙자 생활 하다가 잡부 노릇 같이 했던 김씨라고 유식한 친구 하나가 있었는디…… 짐작컨대 대학꺼정 은 몰라도 고등학교 공부는 한 사람이 분명했어…… 그 친구, 무슨무 슨 약초 같은 거, 벌거지, 꽃 , 매미, 사마구, 거무, 그런 거 참 많이 알았어…… 재미있었어. 많이 배왔제…… 그 사람한테서 매미란 것 이 땅 속에서 칠팔 년을 있다가 세상에 나와서 길어봤자 열흘에서 보 름, 그리 살다가 후손 냉기고, 죽는다는 소리 듣고는 그전에는 매미만 보먼 만날 욕을 했거등. 저놈의 매미새끼들은 일도 안 하고, 싸가지 없이 노래만 하고 자빠졌다고…… 그런디 친구한테 그 소리 듣고, 가 만 생각해보니, 세상 미물한테서도 배울 것이 많이 있구나, 했제…… 사마구는 암놈, 수놈이 교미만 하고 나면, 암컷이 수놈을 아그작 아

그작 잡어 묵어분다고 해서 그런 잡것이 어디 있것냐, 했드만 그것이 다 암컷한테 영양을 줘서 지 후손이 뻗어나가라는 이치라는 소리도 들었고…… 거무란 놈은…… 맞어, 그거 거미라고 해야제. 습관이 되어갖고는…… 이름은 들었어도 잊어부렀제, 그 거무…… 아니, 그 거미도 종자가 하도 많으니께, 어떤 종자인지는 모르것어…… 거무 암놈이…… 알었어. 거미 말이여. 고것이 실을 뽑어서 집을 지어 가 지고는 그 속에다가 알을 다 낳아놓고는, 마지막 그 집 지붕을 안에 서 막어분다고 하드라고…… 훗날 알에서 제 새끼들이 나오머는 우 선 급하게 먹을 것이 없응께, 그때 그 지 어미 몸이라도 다 뜯어묵고 기운 차려 세상으로 나가라고 구녕을 막고는 엎져서는 알에서 새끼 나오는 것을 기다린다고 하더라니께…… 우리 어무니 찾어보았더니, 이미 성님이 다 뜯어묵고, 집 나간 나가 나머지는 속은 파묵어서 껍 질만 그리 남어서 사그러들고 있었어…… 직접 파묵는 것만 묵는 것 이 아니제…….

암만 해도 무슨 사정이 있었다, 싶더니만 그리 되었구먼. 효자구 먼…… 아줌니 그러제라? 요새 젊은 사람들, 물려준 재산도 없이 자 식 고생만 시키던 애비, 죽을 적 한마디 했다고, 지 애비 뼈다귀 싸 짊어지고, 여그 땅 끄트머리 바다까지 휘청휘청 찾어오는 자식이 쉽 게 있을 것이요? 그거이 쉬어 뵈도 쉽지가 않지라…… 지지리 어린 아들 가슴에 못박어가면서, 숨 거둔 그 애비래도, 그 애비, 숨 넘어가 기꺼정 그리 못 잊어했던 땅이었으니께, 뼛가루라도 바다로 흘러 흘 러서 청춘이고, 인생이고 다 바친 그 월남 땅에 가서 다시 건강한 청 춘으로 살어나라고 애비 뼛가루 안고, 이 바닷가꺼지 찾어온 그 자식

맘을 나는 알 거 같구면…… 누구 잘못도 아니여…… 그 시대에는 그것이 옳았으니께…… 남의 나라 전쟁에다 목숨 바치고, 청춘 바치고 그랬던 것이니께…… 어느 애비가 제 자식들 잘 먹이고, 잘 입히고 하고 잡지 않은 사람이 어디 있었어?

각시 살았을 때는 나도 통 말을 안 했어. 그거이 이상한 거는 말을 안 해도 서로 다 알아불게 되드랑께…… 시방 니가 무슨 말, 하고 잡구나, 다 알아부니께 별 성가신 거를 모르고 살았제…… 생각하면 우리 사람들이 너무 말을 많이 하고 사는 거 겉다, 그런 생각도 많이 들어…… 너무 말을 많이 허니께 자꼬 헛소리가 되고, 거짓말 되고 그러는 것 같드라니께…… 젊은 친구, 참 말이 없구먼…… 그래도 무슨 생각 허는지, 버버리하고 오래 살아서 나는 다 짐작이 되어불그먼…… 하이고, 아줌니, 나가 무슨 장가를 또 가요? 세상에 한 번 나왔다가, 한 사람하고 인연 되었으면 그것으로 되었제…… 아부지, 어무니가 못났다고 어디 시장 가서 물건 골르듯 바꾸고 새로 맨들고 그리 하겄오? 부부도 마찬가지여라…… 모르겄소. 이 젊은 친구도 보니께, 심지가 굳어서 한 여자 만나먼 그 여자하고 평생 해로하면서 그리 살 것 같구만이라…….

한 잔씩 더 따러주시오. 그라고 아줌니도 우리 사정 다 알아부렀응께, 오늘 초상집 조문 오셨다, 생각하고 한 잔 같이 해붑시다. 밤바람도 차고 비꺼정 오는디 인자 뭐 손님이 또 오겄소?

한삼동 이런 밤바다 앞에서 귀때기 떨어지게 찬바람 맞이먼서 더러 혼자 서 있어보기도 해야 쓰는 것이여. 그라다보면 살아온 일들이 꿈도 같고, 허깨비도 같고, 한 번만 다시 살아보았으면 그리 안 살았을 것이라는 후회도 오고 그러는 거거등…… 저놈의 시커먼 물결, 저 일렁일렁 달겨드는 시커먼 물을 보고 있으면, 인간지사가 허망하기도 하고, 살아온 세월이 다시 보이기도 허고…… 이런 바람, 저런 물소리는 세월 지나도 하나도 안 변하니께…… 그래서 살다가 더러는 이 힘든 세상, 딱 끈을 놓아부리고 죽어부러야 쓰겄다, 그런 생각했던 것도 이런 디서 밤비를 맞어보면 또 달리 생각이 들기도 하고……, 억울했던 일도 어쩔 것이여? 저 울렁울렁 달겨드는 시커먼 물결 보고 있으면 세상사가 하찮아지고 고러는 것이거등…… 젊은이하고 나하고는 인연치고는 신기헌 인연이여…….

나가 여그까지 와서 술 처먹고 바닷물에다 눈물 한 방울 찔끔 흘린다 해서 죽어부린 우리 버버리 각시가 살아올 리도 만무하고, 나라에서 열부 났다고 표창장 줄 것도 아니지마는…… 그래도 인연이라고…… 부부라고 살 비비며 살았던 정이 이렇게라도 해야 조금 가시겠다 싶어서 여그를 찾아왔는디…… 한 사람은 보니께, 아부지라고 어린 자식 가슴에 못만 박아놓고 떠난 아부지인디, 그래도 자식된 도리, 죽은 아부지, 그리 가시고 싶어했으니께, 마음으로라도 성한 육신으로 있던 그 월남 땅으로 가시라고, 그 아부지 보내줄라고……, 청춘 다 내비리고 온 그 월남 땅으로 영혼이라도 가시라고, 여그까지 왔으니껜…… 자네가 나보다 한 수 위여…… 나사, 우리 성님, 날마다 술만 취해서 소리지르고, 삐삐 말라가는 것이 보기 싫어, 불쌍한 어무니 혼자 그 성님 뒷감당 하게 하고, 우리 성님이 우리 어무니 껍

질꺼정 다 뜯어묵을 때까지 집 밖으로 도망을 갔는디…… 자네는 나보다 한 수 위여…….

　자네 아부지나 우리 성님이 가고 잡아서 간 전쟁터도 아니었고, 그 빌어먹을 고엽제 맞을라고 간 것도 아니었겄제만…… 그것이 운명이고 세상인디, 어찌 할 것이여…… 그래, 잘 생각했네. 비까지 오고, 파도도 높으니께, 잔잔한 날보다는 빠르게 떠나시겄네…… 조심허고…… 그냥 거그서 한 주먹씩 넣어부러…… 아부지, 인자 가시고 싶은 디로 가셔서, 옛날 부상 당허기 전으로 가셔서 건강하게 돌아다니시오…… 그럼시롱 뿌려드려…….

5

　나는 시방 딱 1년이 되었거등. 고년 그리 더럽게 죽을지 알았으면 연탄 같은 거 안 때고, 추우면 둘이 끌어안고 덜덜거리드라도, 그냥 지냈으면 죽기야 안 헐 것인디…… 다 끝난 이야기제…… 그러제…… 여그 바닷가서 그냥 지냈으면 쉽게 죽기야 했겄어? 물 조심을 해야 쓴다고, 인중이 짧아서 그리 오래 못 살 것이라고, 그 망할 점쟁이가 하는 소리만 안 들었어도 갯거 뜯어묵으면서, 버버리로 버버거리면서 시방도 살았을 거 아니여? 우리 각시, 나 만나 죽은 것이여…… 그래서 각시한테 그 소리를 하고 잡었어. 니 살던 디, 갯바람 부는 디로 다시 왔으니께…… 나가 살아 있는 동안은 우리 각시 나 맘속에 살어 있응께…… 나하고 여기까지 같이 온 것이제…… 인자 보내줄라고…… 죽은 사람 너무 오래 품고 있어도, 저도 괴로울 일이고…… 1년 동안, 내 오묵 가슴 한가운데 살고 있었으니께, 인자 보내줄라고…… 인자 그 막혔던 귓구녕 휑 뚫려서, 무슨 소리든지 다 듣고 살어라…… 바람소리, 물소리, 그 끼드둑 끼드둑 울어쌓는 갈매기 소리도 다 듣고……, 니 보고 콩자반 같다고 수근수근대든 소리. 가무잡잡한 것이 보통 아니겠어. 고기도 검은 고기가 맛있다고들 안 허등가…… 그런 소리까지 다 듣고, 니가 하고 잡은 소리, 맨날 히벌죽 덧니 내놓고, 볼태기에 보조개 만듬시롱 늘 웃는 얼굴만 말고, 늬 하고 잡은 욕도 하고, 하고 잡은 노래도 하고…… 인잔 그래 살어라…… 그리 이야기 할라고 내 1년 된 날, 옛날 나 죽을라고 찾아왔던 이 바닷가로 온 것이여…….

자네도 자식 속끓이던 아부지였제만 다시는 못 본다, 생각하니께, 새록새록 불쌍해지득키 사람이란 것이, 이승하고 저승하고 갈라져분 다음에사, 그 사람이 나하고 어쩐 사이였는가, 그거를 알게 되는 거 같어…… 어서 술 한 잔 따러서 훨훨 보내드려…… 자네 아부님은 갈 길이 머시잖어? 월남 땅까지 가실라면 아무리 영혼이래도 한참 걸릴 것 아니라고…… 빈 잔, 나를 좀 주소…… 생전 못 본 어른이라도, 우리 성님하고 같이들 그 썩을 놈의 전장터에 기셨던 분잉께, 나도 한 잔 안 따라드려야겠는가…….

그럼 그렇게 하소. 우리 각시도 요새 청년들 안 같게 심지 꼿꼿하게 생긴 자네 겉은 사람, 지 할 일 하먼서, 꼿꼿이 살어갈, 싹수 뵈는 젊은이 따러주는 술 어디 마다하겠능가?

울기는 나가 어쩨 울겄능가? 인자 보내주는 마당인디…… 지난 1년, 지가 떠나고 잡어도, 내 오목 가슴 밑에 내가 워낙 깊이 품고 있었으께…… 차마 못 갔겄지만 인자 보내줄라네. 생사가 다르고…… 이승, 저승이 다른디, 너무 오래 품고 있어도 혼은 얼마나 성가셨겄능가…… 아, 이거…… 금반지여…… 큰 거는 아니고, 두 돈짜리…… 10년을 같이 살먼서, 한번은 나가 지 손구락에 직접 끼워주고 잡었는디…… 나가 못나서…… 훗날 해주자, 해주자…… 그랬드만 이대로는 한이 될 것 같어서, 나가 한이 될 거 같어서…… 오늘 각시 보내주먼서, 줄라고 마련했제…… 울기는 나가 뭘 울겄능가? 남자는 딱 세 번만 울어야 한다고 옛 어른들이 말씀이 기셨는디…… 비가 조께 많이 올라는가 보네…… 자네도 우는 거 아니겄제? ……맞네…… 빗물이여…… 바람이 부니께, 고놈의 빗물이 자꼬 낯바닥에 내려와서 그러는 거제…… 맞어…… 나 얼굴도, 자네 얼굴에도 그거이 빗물이구먼…….

(2002, 『문예운동』 봄호)

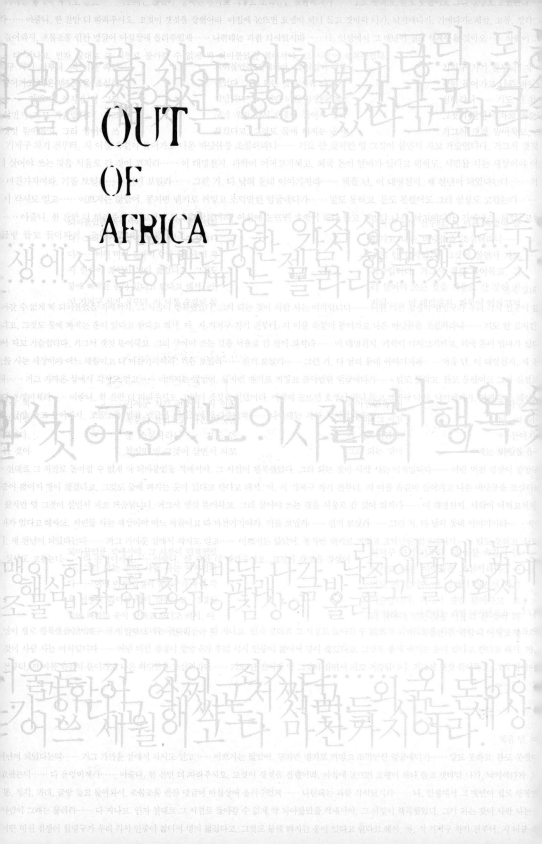

그날 밤 나는 초원의 모닥불 앞에서 그토록 듣고 싶었던 사자의 울음소리를 들었다.

에파타가 지금 살고 있는 마을에서 마사이 청년 두 사람과 젊은 여자 한 사람이 악어 고기와 그네들 토속주를 구해 가지고 어두워질 무렵 우리에게 왔다.

여자 이름은 에트하라고 했다.

청년들 이름은 바르나바스와 시아프. 그런데 시아프라는 이름이 사파리개미를 뜻한다고 해서 우리는 웃음을 터뜨렸지만 본인은 우리가 왜 웃는지 이해가 안 되는 모양이었다.

"작은쥐여우원숭이에 대해 들어본 적 있어요?"

K가 정식으로 내게 관심을 보이며 맨 처음 던져온 말이었을 것이다.

요하네스버그(Johannesberg) 면세구역에 'OUT OF AFRICA'라는 간판이 붙은 가게 앞에서였다.

"작은 뭐라고요?"

"손가락만한 작은 원숭이, 핑거몽키라고도 한다는……."

사흘 동안 룸메이트로 지내면서도 그때까지 같은 화제로 말을 나눈 적이 없던 K의 갑작스러운 질문에 나는 잠시 당혹스러웠다.

아주 작아요. 엄지손가락만한…… 아마존 정글에서 서식하는 작은 원숭이인데……. 그는 혼자 중얼거리면서 가게 쪽으로 걸어가버렸다.

그곳 국제공항 면세구역에 들어서면 대부분 승객들은 'OUT OF AFRICA'라는 가게 앞에 잠시 걸음을 멈추게 마련이었다. 출국장을 빠져나오면서 맨 먼저 눈에 들어오는 위치에 가게가 있기 때문이다.

거대한 등신대 목각들과 정교한 짐승 조각들, 전통 악기들이 유리창 밖까지 늘어놓여 있는데다 여 종업원들 복장의 원색 배합이 강렬하게 시선을 붙잡는 그 가게 안으로 K는 한순간 빨려 들어가버렸다.

아프리카를 떠나는 승객이나 이 도시에 처음 기착해서 다른 도시로 옮겨가는 사람들에게 같은 제목의 영화 화면 속 '메릴 스트립'과 '로버트 레드포드'가 떠올라올 것이라는 생각을 하고 있던 참이었다.

작은쥐여우원숭이……. 나는 입 속으로 K의 말을 되씹으며 가게 간판과 각종 목각들 사이를 움직이는 여자 종업원들의 복장을 번갈아 바라보았다.

"저건 코사(Xhosa)족 복장인 것 같은데……."

그때 일행 중에 코가 긴 남자가 중얼거렸다.

여 종업원 셋의 원색 무늬 수놓인 검은 망토와 넓고 둥근 모자 때문이었을 것이다. 그러나 자신있는 목소리는 아니었다. 줄루(Zulu)족이나 벤다(Venda), 느데베레(Ndebele) 여자들이 머리 장식을 요란하게 하고 가슴을 내놓고 춤추는 것을 이틀 전 요하네스버그 민속촌에서 구경한 적이 있어 그렇게 추측한 모양이었다. 아프리카에 살고 있는 종족을 며칠 간의 여행 중에 구별해낸다는 것은 불가능한 일이었다. 줄루족이나 벤다족 복장이 더 좋을 건데……? 그가 우물거렸지만 거리에서 여자들이 가슴을 내놓은 전통 복장을 한 모습들을 본 것도 아니었다. 나라 이름만도 남아프리카공화국, 스와질란드, 보츠와나, 나미비아, 짐바브웨, 잠비아, 모잠비크, 말라위, 탄자니아, 앙골라, 케냐……. 생소하기만 한데다 그 수많은 크고 작은 부족 이름이라니…… 줄루, 코사, 스와지, 딩카, 바소토, 키쿠유, 카렌, 루오, 마사이, 투루카나, 삼불, 소말리, 스와힐리, 캄바, 니투와나, 페디, 통가, 벤다, 산족들……. 며칠 사이 사진첩 두어 권에 실린 사진으로 그들의 인종적 특성이나 복장, 관습을 구별해낸다는 것은 힘든 일이었다. 세계적으로 알려진 넬슨 만델라가 줄루족 출신이라는 것, 그네들 전통적 복장에 여자들이 가슴을 내놓는다는 것 정도가. 며칠 사이 남아공에서 터득한 인종에 대한 우리들 상식의 한계였다.

막연하게 끝없는 초원이나 황량한 죽음의 사막, 혹은 악어와 하마가 우글거리는 늪지, 내전, 에이즈……, 그 어느 하나도 요하네스버그와 케이프타운을 오가는 나흘간 여정에서는 확인해볼 수도 없었으니까.

나는 그때 케냐의 암보셀리(Ambosely)와 마사이마라(Maassimara)가 목적지였다.

〈내셔널 지오그라피〉에 실려 있던 사진 한 장이 동기라면 동기였다.

우연히 집어든 그 잡지에서 낳은 지 얼마 안 되어 보이는 새끼 사자를 우람한 수컷 사자가 몸통의 반쯤을 먹어치우고 머리통을 던지는 충격적인 사진이 실려 있었다. 저만치 우산아카시아나무 아래 암컷 두 마리가 걱정스럽게 지켜보고 있는 모습을 배경으로 입 언저리가 피투성이가 된 수컷 사자의 발 밑에 이미 물어 죽인 피투성이 다른 두 마리 새끼 사자가 나뒹굴고 있었다.

초원에서 무리를 이룬 사자들 틈에서 재롱을 부리고 있는 새끼 사자들의 천진한 모습이나, 암컷들 사냥에 무관심하게 하품을 하고 있다가 포획물이 쓰러진 뒤에야 먹이에 다가가 내장부터 먹는 수컷 사자들의 습성을 TV 화면에서 자주 보아서 그런 풍경들을 내가 실제 여러 번 본 것 같은 착각이 머릿속에 저장되어 있던 때였다.
나는 수사자가 암사자와 교미를 하기 위해서 암컷 무리를 습격, 그 새끼들을 물어 죽인다는 기사를 읽으며 상당히 충격을 받았다.

실제 그 짐승들의 포효를 직접 한번 듣고 싶다는 충동은 그 사진을 보고 나서 시작된 게 확실했다.
아프리카 여행에서 방을 함께 쓰게 된 K에 대해서는 아는 것이 없었다.
열두 명의 일행 중, 골프 이야기만 화제에 올리고 있는 네 쌍 부부는 전부터 친한 사이였고, 코가 유난히 긴 남자는 이집트로 가는 길에 잠깐의 동행이었다. 여행사 사장, 나와 K, 세 사람만이 일행 중의 초면이었다.
K의 짐 꾸러미에 전문가가 사용할 법한 사진기가 있는 것으로 보아 사진에 취미가 있는가 보다 했을 뿐이었다.
그러나 처음 그 'OUT OF AFRICA' 가게 앞 빈 의자에 나란히 앉아 있을 때까지, 나흘을 동행하면서 그가 카메라의 앵글을 들이대는 모습을 나는 별로 보지 못했다.

1,067미터의 케이프타운의 테이블 마운틴(Table MT) 정상에 올라갔을 때, 화산암을 연상시키는 바위들의 움푹 파인 구멍들에 차 있던 물과 사람을 졸졸 따라다니는 케이프 망구스에 잠시 관심을 보였다고 할까.

　해변의 젖은 바위 빈틈에 남아 있는 물같이 바위 구멍들에 물이 들어 있었다. 비가 온 것 같지 않은데…… 하늘은 청명하게 맑아서 고산의 누운 향나무 사이로 돌아다니는 케이프 마우스의 가는 털들이 햇빛을 반사했고, 내려다보이는 시가지 풍경도 실제보다 더 가까워 보였다. 그는 망구스가 바위 위로 올라가 우리를 빤히 쳐다보는 모습을 처음으로 몇 컷 찍었다. 그러면서도 그의 표정은 지루하고 무료해 보였다.

　"암보셀리 쪽에 가면 사자들을 보겠지요. 코뿔소, 비비원숭이, 얼룩말, 버팔로에다 우산아카시아나무도……."

　"우산아카시아나무?"

　그가 잠깐 관심을 보였다.

　"우산같이 생긴…… 그 나무 아래에 암사자와 교미하기 위해서, 수컷들이 새끼들부터 물어 죽이는 그런 광경이 있을지도 모르겠고요."

　그가 고개를 끄덕였다. 곧잘 사자들이 그 그늘에서 낮잠에 빠지거나, 표범들이 가젤이나 임팔라를 끌고 올라가 가지 사이에 끼워놓곤 하는 위쪽이 평평한 그 나무들이 남아공을 떠날 때까지는 눈에 띄지 않았다.

　새끼들을 물어 죽인 수컷 사자가 피 묻은 주둥이로 낮게 울부짖는 풍경과 함께 그 나무들의 모습은 내게 상당히 깊이 각인되어 있었다.

그 사진을 본 무렵, 동거하던 여자가 나를 떠났다.

그러나 그녀, 윤지의 결별 선언이 그 사진과 관계 있는지는 확실하지 않다.

우리의 반 년 간 동거는 그때 긴장감을 잃고, 얼마간 부담스러워지고 있던 때였다. 네 살짜리 그녀의 딸, 운아의 까만 눈이 나를 쳐다보다가 잠시 흔들거렸지만 그것 역시 내 기분이었을지 모른다. 그 사진을 들여다보던 윤지, 그녀의 눈이 갑자기 커지면서 의혹과 적의로 이글대는 듯 싶더니 운아를 싸안으며 뒷걸음질을 했다.

내가 마치 새끼 사자를 한 입 뜯어 삼키고, 남은 고기를 내동이치며 피묻은 주둥이를 치켜들고 우우우웅…… 그렇게 울부짖는 수사자라도 되는 듯이…….

그 가게 앞에 두 번째로 앉은 것은 짐바브웨에 있는 빅토리아 폭포를 구경하고, 폭포 가까이 있던 1,500년이 넘었다는 바오밥나무 앞에서 기념사진을 찍은 뒤 케냐의 나이로비행 비행기를 타기 전이었다.

여인들의 복장이 바뀌어 있었다. 머리에 장식을 한 털실 모자와, 허리와 팔에 색색으로 된 네 겹의 띠를 두르고 긴 구슬 목걸이를 여러 겹으로 하고 있었다. 페디(Pedi)족 복장 같지요? 코가 긴 남자가 중얼거렸다. 그러나 종업원들은 여전히 가슴은 가리고 있었다. 사진첩의 전통 복장이라면 가슴을 내놓고 아래쪽도 구슬을 꿰어 늘어뜨린 가리개를 해야 했다.

그날 내가 〈내셔널 지오그라피〉에서 읽었던 사자 새끼 죽이기 이야기를 K에게 꺼냈다.

　나는 그에게 『Into Africa』라는 책을 혹시 본 적이 있느냐고 물어보았다.

　그는 고개를 흔들고 「Out of Africa」라는 영화를 봤다고 말하면서 그 가게 간판을 침울하게 올려보았다.

　나는 1994년 시카고 대학 출판부에서 출간된 크레이그 패커(Craig Packer)의 『Into Africa』라는 책에 대해 설명했다.

　사자들과 침팬지, 개코원숭이의 행동 양식에 대한 저자의 20여 년에 걸친 집요한 연구와 이를 분석한 탁월한 저서라고. 침팬지 연구에 전 생애를 걸었던 전설적인 여성 동물학자 제인 구달의 조수로 출발, 그녀와 공동으로 영장류 연구를 시작한 그는 자신의 아내이자, 동료인 앵 퓨지와 함께 탄자니아 세렝게티와 응고롱고로 크레이터에 서식하는 사자 연구를 1972년에 시작해 6년 전인 1994년까지 대부분의 시간을 아프리카에서 보냈다는 이야기를 했다.

　그는 제인 구달의 이야기를 영화로 만든 것은 본 적이 있다고 했다.

　크레이그 패커는 아프리카의 정치적 변화의 와중에서 생명의 위협까지 수없이 넘기며 사자에 대한 그의 집요한 관심과 연구 결과를 이 한 권의 책에 집대성하고 있다는 점까지 이야기했지만 그는 그다지 흥미를 느끼지 않는 것 같았다.

　물론 그 책이 나오기 전에도 그는 〈내추럴 히스토리〉와 〈내셔널 지오그라피〉에 동물행동학에 관한 글들을 기고해와서 이 방면에 관심이 있는 사람들에게 대중적으로 읽혀왔을 것이다.

　〈내셔널 지오그라피〉에서 낳은 지 얼마 안 되어 보이는 새끼 사자를 우람한 수컷 사자가 몸통의 반쯤을 먹어치우고 머리통을 던지는 충격적인 사진을 본 후, 서점에 가서 나는 크레이그 패커의 책을 샀다.
　몇 마리의 암컷과 그 새끼들, 그들을 보호하는 수사자 두세 마리—그렇게 무리를 지어 사는 것이 사자들의 일반적인 습성이다. 그러다 어느 날 다른 무리에서 수컷 두세 마리가 침입해 원래 무리의 수컷들과 싸움을 하게 되고, 침입자가 싸움에 이기면, 암놈들은 제 새끼를 숨기고 침입자에게 대항해보지만 결국 몸집이 두 배나 큰 수컷들은 무리 속에 있었던 모든 새끼들을 남김 없이 죽여버린다는 것이었다. 새끼를 잃은 암컷들은 얼마 지나지 않아 새로운 침입자들의 새끼를 갖게 되고…… 새끼를 기르는 2년 동안 암컷들은 발정을 않고, 새끼를 잃지 않으려고 무리 지어 생활하지만, 아비 사자가 무리를 지키지 못하면 새끼도 살아갈 수 없는 셈이다. 초원에서는 보다 강자만이 제 유전자를 전할 수 있는데, 이러한 자연의 질서는 영장류라는 침팬지의 세계에서도 똑같이 일어난다는 내용이었다.

　그리고 우리는 나이로비행 비행기에 나란히 앉았다.
　"Y형, 그래, 크레이그 패커, 그 사람 사자 연구에 뒤늦게 조수로 동참이라도 할 참이오?"
　"동거하던 여자가 갑자기 왜 떠났는지 그걸 알고 싶었다고 하면 이상한가요?"

"나는 수도 없이 내가 떠날 궁리를 하는 쪽인데……."

그가 낄낄대면서 내 어깨를 두드렸다.

비행기에서 주는 와인 두 잔씩에 얼마큼 술기운이 돌자 별로 입을 벌릴 것 같지 않던 K가 말이 많아졌다.

그러면서 자기는 이번 아프리카 여행이 두 번째라고 처음으로 이야기했다.

"5년 전 처음 와서는, 그때 이집트로 해서 수단에 들렀는데, 딩카족이라고 소만 키우는 꺽다리들이 있어요. 소똥을 얼굴에 바르고, 소 오줌 세수를 하는 친구들인데…… 진짜 웃기는 건 비가 자주 내리는 우기 때, 4개월간을 젊은 남자들이 살찌우기 시합 준비를 하는 거요. 날마다 우유를 한 통씩 마시면서, 살이 빠질까봐 움직이지도 않고…… 최고로 살이 많이 찐 놈이 영웅이 되는데, 심사 때 동네 남녀노소가 다 모인 광장으로 이 살찐 돼지들이 실오라기 하나 안 걸치고 나와요. 젊은 여자들 눈이 번쩍번쩍허지…… 그렇게 너무 갑자기 살을 찌우다가 그 시합 날 심장병으로 죽는 놈들도 있으니까…… 참 세상은 요지경 아니오? ……그래서 나도 거기 끼어 살이나 찌우고 살까 했는데, ……케냐 쪽 마사이들을 만나고 보니 이쪽이 더 매력이 있어요. 소똥으로 지은 움막에서, 살아 있는 소피만 마시고……, 긴 막대기 하나…… 세상 모든 가축이 처음부터 저희 것이라고 믿으니 얼마나 부자들이오? 이 친구들에게 서구식 문명, 국가, 그런 건 웃기는 것이라고요…… 하기야 아프리카인들에게는 원래가 국가 개념이 없어요. 종족 개념이지…… 유럽 친구들이 땅따먹기 하느라고 갈라놓은 국경 같은 거 이네들에게는 지금도……."

전혀 다른 사람처럼 말이 많아진 그의 진면목이 드러난 것은 사바나를 달리면서부터였다.

암보셀리 국립공원으로 향하는 먼지 이는 메마른 사바나를 지날 때부터 소나기가 지나간 초원같이 그의 표정이 몰라보게 밝아지기 시작했다.

나는 그동안 차창 밖으로 계속되는 초원 위에 지난번 가뭄으로 죽었다는 짐승들의 메말라 푸석거리는 시체들과 긴 지팡이를 들고 서 있는 마사이 목동들의 빨간 원색 망토들 뒤로 윗가지들을 옆으로 펼친 나무들의 행렬에 시선을 빼앗기고 있었다.

처음 몇 그루씩 보이기 시작하더니 점점 나무란 나무 모두가 우산 아카시아뿐이라는 것을 발견하면서 나는 그 나무 이름이 그곳 말로 '로꼬니(Lokonyi)'라고 한다는 것을 아캄보 출신 운전기사에게 들었다.

나이로비를 출발해 세 시간쯤 달리다가 우리는 작은 마을에서 잠시 차를 세웠다.

네 쌍의 부부가 랜드로바 한 대에, 여행사 사장과 코가 긴 사업가와 나와 K가 한 차였는데, 몇 사람이 화장실에 다녀오면서, 짧은 영어로 가게 안 기념품들을 놓고 종업원들과 흥정하고 있는 사이, K는 가게 밖에서 그곳 원주민 남자와 놀랍도록 큰 소리로 웃으며 떠들고 있었다.

K는 늙은 원주민 한 사람과 어깨를 끌어안고 있었다.

잠보…… 사나……(안녕하세요)?

잠보…… 하바리 치 시구 니잉기(그동안 어떻게 지냈어요)?

응추리 사나. 아흐산테……(잘 지내고 있습니다).

하바리 차마마…… 나 와토토……(가족들은 어떠세요)?

K는 차에 오른 뒤에도 창문을 내리고 방금 포옹한 노인에게 오래
도록 손을 흔들었다.

"아호산데 음제."

"……"

"저 노인 아들이 수면병으로 죽었대요. 트리파노소마증이라고……
계속 잠자는 병으로…… 계속 잠만 자니까…… 죽을 때까지 잠만 자
니까…… 체체파리한테 물린 모양이라는데……."

"파리에 물려서?"

"체체파리…… 그 체체파리한테 잘못 물리면 잠만 자요. 계속 자다
가 죽어요."

암보셀리 국립공원 안에 있는, 철조망으로 둘러친 로지(lodge)에
서 일행은 하루를 묵었다.

철조망 밖 초원 위로 수십 마리의 코끼리떼가 어슬렁거렸고, 우리
가 사파리에서 돌아온 해질녘에는 사바나원숭이들 십여 마리가 철조
망 사이로 기어들어와 우리가 묵고 있는 로지 현관 가까이까지 와서
손을 내밀었다. 다른 일행들은 오후 늦게 잠시 뿌렸던 빗방울과 함께
모습을 감춘 킬리만자로 산 꼭대기가 고개를 내밀었다며, 환호성을
질러댔지만 K는 다시 원래의 침울한 표정으로 돌아가 있었다.

우리는 로지 앞에 놓인 등나무 의자에 밤늦게까지 나란히 앉아 한
국에서 가져간 소주를 마셨다.

암컷으로 보이는 사바나원숭이 한 마리가 서너 발자국 앞에서 물

끄러미 우리가 술 마시는 모습을 올려다보고 있었다.

"원숭이 팔에 안고 있는 거 보여요?"

그가 소주잔을 비우며 물었다.

"죽은 새끼 같은데……."

"죽음이 쟤들에게 이해가 안 되는 것인지, 받아드릴 수 없는 건지…… Y형은 어때요? 죽음이란 거……."

"끝이죠. 그래, 끝이에요. 그건……."

윤지 딸이었던 운아가 유치원 소풍 때 사고로 숨졌다는 이야기를 들은 것이 우리가 결별하고 나서 두 달 뒤의 일이었을까.

뱃속에 딸아이를 남겨놓고 미국으로 간 그녀의 첫 남자는 그곳에서 교포 여자와 곧바로 결혼했다고 했다. 여자는 그 남자를 미워할 이유가 없다고 했다. 그 남자와 사랑이 식어가고 있을 때 남자가 떠났고, 아기야 제 자식으로 기르면 된다고 했다. 그런 당당함 때문에 그녀에게 끌렸을 것이다. 그러나 동거를 제안해온 것도 그쪽이었고, 결별을 선언한 것도 그쪽이었다. 그러나 아이가 죽었다는 소식을 들었을 때 나는 혼자 오래도록 술을 마셨다. 헤어질 때 나를 쳐다보며 잠시 흔들리던 그 아이의 까만 눈이 기억의 바닥에서 살아났기 때문이었을 것이다.

새끼 사자를 물어 죽인 건 새끼 달린 어미 사자와 교미하기 위해 습격해온 수컷이 아니었다.

그런데도 그 소식을 들은 날 나는 지오그라피의 그 충격적인 사진을 다시 꺼내 보았다.

"내가 손가락만한 작은 원숭이 이야기 했던가요?"

"여우원숭이라 그랬던가요?"

"일반적으로 작다고 알려진 피그미마모셋원숭이보다 비교도 안 되게 더 작은 몸집을 한 작은쥐여우원숭이란 놈이 아마존 정글에 실제 있거든요. 저 앞에 있는 사바나원숭이가 손가락만하다, 상상을 해봐요. 그런데 그건 실제니까 별 문제지만…… 코끼리란 놈이 만약 이 주먹만한 게 있다면……?"

어느새 새끼 시체를 안은 사바나원숭이는 우리 앞을 떠나고 없었다.

"그건 코끼리라 할 수 없겠지요."

"고정관념만으로는 실체가 파악 안 될 때가 있지요. 가령 사람이 손가락 크기로 줄어들었다, 그럼 그건 어떻게 되겠어요? ……살아 있는 것과 죽은 거 정도의 차이가 되어버리는 건가?"

한동안 침묵 속에 잔을 비우다가, 그가 갑자기 정색을 하더니 내일 마사이마라에서는 로지에서 자지 말고 하루쯤 야영을 하는 게 어떻겠느냐고 물었다. 나는 고개를 끄덕였다.

마사이마라로 이동한 다음 그의 의견대로 우리는 두 사람만 로지 가까운 초원에서 하루 야영을 하기로 했다.

그날 오전 우리는 마사이족 마을에 들러 소똥 냄새를 실컷 마신 다음 그 마을이 건너다보이는 로지 가까운 야영장에 텐트를 쳤다.

난색을 표하던 여행사 사장은 K가 마사이족 마을에서 붉은 원색 망토의 그곳 남자들과 어울려 높이뛰기를 하며 금방 어울리는 것을 보고 나서는 우리 차를 운전하던 아캄보족 친구와 요리를 할 수 있는 에파타라는 이름의 노인 하나를 묶어주었다.

탄자니아와 케냐 국경지대의 큰 마을 나록(Narok) 출신이라는 노인은 앞니가 하나도 없이 다 빠졌지만 늘 입을 벌리고 웃는 얼굴을 하고 있어 인상이 좋았다. 대부분의 마사이족이 날씬하게 깡마른 데 비해 에파타는 몸에 살집이 꽤 붙어 있었다. 관광객들이 먹는 음식을 얻어먹어 이도 빠지고 살이 쪘다고 운전기사가 놀려댔다.

사파리에서 돌아왔을 때 에파타는 미리 두 개의 천막과 저녁을 먹을 수 있게 식탁까지 준비해놓고 있었다.

"소똥으로 지은 집은 벌레도 안 꼬이고, 시원하다는 거요. 그렇게 살던 사람들이 사탕을 먹으면 이가 썩고, 어린애들은 당뇨병이 오거든⋯⋯."

K는 오늘밤 악어 고기를 먹을 수 있을 거라고 어깨를 으쓱해 보였다. 얼룩말과 코끼리, 기린, 악어 고기를 나이로비의 유명한 고깃집에서 케냐 도착 첫날 먹은 적이 있었지만 초원 위에서 밤늦게 모닥불에 악어 고기를 구워먹을 수 있다는 말은 기대되었다.

그날 밤 나는 초원의 모닥불 앞에서 그토록 듣고 싶었던 사자의 울음소리를 들었다.

에파타가 지금 살고 있는 마을에서 마사이 청년 두 사람과 젊은 여자 한 사람이 악어 고기와 그네들 토속주를 구해 가지고 어두워질 무렵 우리에게 왔다.

여자 이름은 에트하라고 했다.

청년들 이름은 바르나바스와 시아프. 그런데 시아프라는 이름이 사파리개미를 뜻한다고 해서 우리는 웃음을 터뜨렸지만 본인은 우리가 왜 웃는지 이해가 안 되는 모양이었다.

모닥불 위에 악어 고기가 쇠꼬챙이에 꿰어져 익어가고 있었고, 사바나원숭이 몇 마리가 계속 우리 곁을 서성거렸다.

우리는 모닥불을 가운데 두고 한국에서 가져간 소주와 그네들이 가져온 막걸리 비슷한 토속주를 나누어 마셨다. 옥수수와 카사바를 섞어 발효시켰다는 그곳 토속주는 막걸리 맛과 비슷하면서도 도수가 높아 금방 취기가 돌았다.

……이 세상을 처음 만든 렝가이 신은 모든 가축을 마사이족에게 주었다. 다른 부족들이 가축을 가지고 있는 것은 그들이 마사이족 재산을 일시 보호하고 있는 것에 불과하다. 그래서 언제든 필요할 때면 다른 종족이 가지고 있는 가축들을 마사이들이 도로 가져올 수 있는 것이다……. 마사이 청년들은 그래서 때로 다른 부족의 가축들을 끌어오고, 그 보복으로 와이코마, 와쿠리아, 수쿠마족 같은 유목생활을 하는 다른 종족들이 다시 마사이족 마을을 기습해 저희가 잃어버린 것보다 더 많은 가축을 가져가기도 한다……. 그래서 마사이족은 모두가 전사인 것이다……. 트리파노소마증이라고 불리는 수면병을 퍼뜨리는 체체파리는 무덥고 습기 찬 삼림지대에서 번성하는데 야생동물에게는 전혀 피해를 안 준다…… 마사이 목동들은 그래서 야생동물들이 사는 삼림지대에서 살지를 못한다…….

청년들 둘이 토막진 영어로 하는 이야기들을 듣는 동안 주위는 점점 음험한 공모 속에 깊고 검은 밤 그림자에 잠겨가기 시작했다.

그네들이 로꼬니라고 부른다는 우산아카시아나무들이 마치 불타버린 빈터에 남은 타다 만 나무 밑동같이 검은색으로 형체만 드러내고 있을 때쯤 그 검은 윤곽들 사이로 붉은여우와 하이에나의 푸른빛 품은 눈들이 나타났다가 사라지곤 했다.

얼마큼 술이 돌았을 때 노인과 청년 둘이 낮에 마을에서 보았던 높이뛰기 춤을 추기 시작했다.

어깨를 나란히 해서 단조롭게 좌우로 움직이다가 한 사람씩 차례로 껑충거리며 높이뛰기를 하는 마사이 전사의 춤은 내가 보기에 아프리카 춤 가운데서 가장 단조로워 보였다.

그러나 그 단조로움이 며칠간 자주 보아왔던 톰슨가젤이나 임팔라의 경쾌한 몸짓과 닮았다는 생각이 들었다. 그들의 장작개비처럼 날씬한 몸매 때문일지도 몰랐다.

K가 그들의 춤판으로 끼어들자 모닥불을 가운데 두고 나는 에트하라는 여자와 서로 마주 보게 되었다.

불빛의 열기로 짧게 밀어버린 머리와 검은 얼굴이 윤기를 내고 있었다.

한순간 그녀 뒤의 검은 공간을 배경으로 그녀의 눈 흰자위와 반쯤 벌린 입술 사이로 드러난 이만이 허공 중에 떠 있는 느낌이 왔다.

K가 억지로 나를 춤판으로 끌어내자 그녀의 흰 눈자위와 이가 더욱 커다랗게 확대되었다.

"거짓말 같겠지만 동남아 밀림 속에 바로 이 미니 코끼리가 살고 있어요."

K도 꽤 취해서 비틀대며 텐트로 돌아가더니 손바닥 위에 큰 쥐 크기의 바짝 마른 동물 표본 하나를 들고 나와 손바닥 위에 얹어 보였다. 하기야 나도 반신반의니까……. 그는 소주를 연이어 비우고 나서 그 표본을 내 눈앞에 들어올렸다. 과학자들이 엑스레이 투시기로 분석을 했는데…… 결론은 코끼리가 갖추어야 할 모든 조건을 갖추고

있다는 사실이 밝혀졌거든…… 미라가 있다면 살아 있는 미니 코끼리도 어딘가 있다는 이야기이고 나는 그걸 찾아봐야 할 사명이 있다는 말씀이야…… 한국에도 몇 사람 호사가들이 이거하고 같은 미니 코끼리 미라를 가지고 있으니까…… 걸리버 여행기가 거짓말이 아닐 수 있다, 어때요? Y형……?

모닥불 빛과 가스등의 조명 속에서 취한 눈으로 확실하지 않았지만 나로서는 짓궂은 사람들이 만들어낸 가짜 표본이겠거니 했다.

"호디(들어가도 됩니까)?"

에파타가 다시 잘 익은 악어 고기를 알루미늄 쟁반에 담아서 우리 곁으로 다가왔다.

"카리부 음제(어서 와요, 노인장)."

"하바리 야코(기분은 어떠세요)?"

K는 소주를 종이컵에 따라 노인에게도 자꾸 권했다.

"시카모(존경의 뜻)…… 마라하바(대단히 기쁩니다)."

"사피, 하바라 차하파. 하바리 차 아피아(괜찮습니다. 여긴 어떠세요. 건강은 괜찮아요)?"

"아흐산데 음제(좋습니다)."

알코올 기운도 있었지만 아프리카 사바나에서 밤을 맞고 있다는 사실에 나는 깜박깜박 간헐적으로 까마득한 비현실의 공간으로 흘러가고 있는 느낌이었다.

에파타와 바르나바스, 시아프와 K의 토착어와 영어들이 뒤섞인 대화를 들으면서 투시경으로 밤의 초원에 눈을 주고 있는 내가 꿈을 꾸고 있는 것인가 하는 생각이 들기도 했다.

밤이 깊어졌을 때 차분히 가라앉은 저녁 공기 속으로 길고 긴장된 수사자의 신음소리가 울려퍼지기 시작했다. 낮처럼 환하면서도 차갑고, 불분명한 녹색의 대지 위로 그때 사자의 울음이 들려왔다.
우우우웅, 우우우웅 우우우우웅…….
신음소리가 조금씩 커지고 있었다. 처음에는 나지막한 저음이던 것이 점차 높아지다가, 이윽고 다시 낮아지면서 자기 목소리를 되찾는다. 드디어 깊고도 단조로운 '으르렁' 소리가 짧게, 다시 짧게 한참을 이어진다. 그리고 마지막으로 지친 듯한 한숨을 길게 내쉰다. 이 모든 과정이 30초 가량. 조용한 밤이면 8킬로미터 밖까지 그 사자의 포효소리가 퍼져나간다고 한다.

나는 그 짧은 시간 동안 새끼 사자를 물어뜯어 피투성이가 된 주둥이를 치켜든 수사자와 수풀 뒤에 숨어 있는 암사자의 모습을 머릿속에 그렸다.
그 울음소리가 끝나자 K가 노인과 마사이 방문객들에게 손바닥 위의 그 미니 코끼리 모형을 보여주는 듯했다. 여자가 낮은 소리로 비명을 질렀고, K가 커다랗게 웃음을 터뜨리는 소리를 들었다.
야행성 몽구스 한 마리가 언제부턴지 바로 눈앞에서 우리를 빤히 올려다보고 있었다.

새벽 3시가 가까워서야 간이침대 위의 모기장 안으로 앞서 들어간 나는 곧장 곯아떨어진 듯 싶었다.

그러나 새벽녘 현실과 꿈의 경계에서 내 몸이 초원의 맨땅에 그대로 누워 있다는 느낌이 왔다.

까슬한 잔디 아래쪽에서 메마른 땅의 매캐한 먼지 냄새가 콧속으로 기어들면서 깊은 수렁 안쪽으로 조금씩 빨려드는 기분이었다.

수사자가 내는 낮고 우우우웅거리는 소리, 하이에나가 내는 이상한 신음소리들이 귓속에서 계속되었다.

눈을 뜨려고 있는 힘을 다해 눈꺼풀을 움직였다. 그리고 한순간 모기장 밖으로 푸르스름한 새벽 안개 속에 커다란 우산아카시아의 위로 퍼진 가지와 굵은 밑둥이 부조처럼 떠오르는 것을 보았다.

아, 나는 갑자기 숨이 막혀왔다.

실루엣으로 떠오른 나무 밑둥치를 끌어안고 있는 두 마리의 동물이 흐린 먹빛 새벽 안개 속에서 눈에 들어왔기 때문이다. 나는 처음 그것이 나무를 타고 오르는 표범이거니 했다. 그러나 앞쪽 동물은 허리를 깊이 굽혀 엉덩이를 잔뜩 치켜든 자세였고, 뒤쪽 동물이 앞발로 그 허리를 깊이 싸안은 채 격렬하게 몸을 앞뒤로 움직이고 있는 모습이었다. 안개 속에서 앞의 검은빛 동물은 때로 나무 밑동과 하나처럼 보였다. 그러나 뒤쪽에서 움직이는 형체는 어둠 속에서 희읍스레 부조처럼 떠올라 보였다.

그러나 나는 심하게 밀려드는 두통 속에서 시선을 모으지 못하고 깊은 어둠 밑바닥으로 침전해가고 있었다.

그리고 아침, 심한 두통 속에서 눈을 떴을 때 내 곁 간이침대가 비어 있는 것을 발견했다. K의 모습이 보이지 않았던 것이다.

　K의 실종이 확인되면서 여행사 사장과 현지 경찰들이 몰려와서 소란스러워졌을 때 나는 문득 내가 꿈이었는지 생시였는지 구별이 안되는 기억 속에 남아 있던, 새벽 어스름을 배경으로 우산아카시아 밑동을 안은 채 격렬하게 허리를 움직이던 형체가 K였던 것 같은 의아심이 들었다.
　그러나 나는 아무 말도 할 수 없었다.
　렝가이 신이 처음부터 모든 가축을 마사이족에게 주었으니까 마사이 청년들이 와이코마, 와쿠리아, 수쿠마족들에게서 가축들을 가져오는 것은 당연한 일인데…… 체체파리는 야생동물에게는 피해를 안주지만 사람이나 가축에게는 치명적이어서…… 어젯밤 K와 마사이족 사람들이 나누던 토막 영어의 기억 속에서 K의 표정이 너무 당당하고 유쾌해하던 표정들이 내 머릿속을 어지럽혀왔다.

　출국을 위해 요하네스버그 국제공항 출국장에 들렀을 때는 난 혼자였다.
　K의 실종과 함께 원래의 여행 일정은 깨져버렸다. 코가 긴 사업가가 앞서 혼자 이집트로 떠났고, 네 쌍은 남아공 인공도시, 선 시티로 골프를 치러 가버렸다. 여행사 사장이 대사관과 경찰서를 들락거리느라 나이로비에 남게 되자 나 혼자 홍콩행 비행기를 탈 수밖에 없었던 것이다.
　"잠보! 카리부(안녕하세요? 어서 오세요)."
　그날 마사이족 복장으로 갈아입은 여 종업원이 흰 이를 드러내며 밝게 웃어 보여 잠시 에트하라는 이름의 여자 생각을 했다.

"잠보! 마사이 마마?"

내가 내 귀를 길게 늘어뜨리는 모양을 해 보이자 여자가 자기 머리를 완전히 밀어버리는 시늉을 하며 낄낄 웃었다. 마사이족 여자들은 머리를 완전히 밀어버리기 때문에 그들처럼 머리를 수십 가닥으로 촘촘하게 땋은 마사이 여인들은 있을 수 없었다.

"아임 코리안 마사이……."

여자가 더욱 큰 소리로 웃었기 때문에 역시 마사이족 복장을 한 다른 두 명의 여 종업원들이 우리를 돌아보았다.

가게 'OUT OF AFRICA' 1층의 잡다한 기념품들─ 동물의 작은 목각, 열쇠고리, 코끼리 가죽 지갑과 벨트, 기린 가죽 가방, 볼펜, 동물 그림과 아프리카 지도가 수놓인 티셔츠와 반바지, 마사이 원색 망토가 걸린 뒤편 벽에 액자에 끼우지 않은 유화와 수채화가 수십 장 붙어 있는 것을 지난번에는 보지 못했다.

새로 그림들이 붙었는지, 옛날에 붙어 있었는데도 눈에 띄지 않았는지는 알 수 없었다.

눈 덮인 킬리만자로 산정을 배경으로 한 코끼리떼와 초원을 그린 그림, 싸우고 있는 얼룩말 두 마리, 졸고 있는 사자 가족의 나른한 오후, 먹이를 나뭇가지 사이에 끼워놓고 나뭇잎 사이로 날카롭게 전방을 쏘아보는 표범의 모습, 하마가 있는 강변…… 케냐 암보셀리 초원에서 보았던 풍경들이 아주 사실적으로, 혹은 약간 추상적 분위기를 가미해서 그린 그림들이 뒤쪽 벽면을 가득 채우고 있었다.

그 그림들을 눈으로 훑다가 나는 20호쯤 되어 보이는 유화 한 점 앞에서 걸음을 멈추었다.

 황혼의 사바나. 너무 강렬한 색채의 그림이었다. 막 해가 지고 난 다음의 검붉은 저녁 노을이 초원의 끝과 하늘을 덮고 있고, 검은 음영으로 우산아카시아나무 한 그루가 근경으로, 중간에 한 그루, 거기에 마사이 여인 하나가 그 초원 쪽으로 걸어가다가 잠깐 고개만 돌린 구도의 그림이었다. 강렬한 검붉은 색조 위에서 뒤돌아보는 여자의 눈자위와 표정없이 방심한 듯 반쯤 벌린 입술 사이로 드러난 이의 흰색이 대조적으로 나를 향하고 있었다.

 종업원이 다른 손님 쪽으로 뛰어가면서 '잠보! 잠보!' 하는 소리를 들으며 나는 다시 그 그림에 시선을 주었다.

 예술적 수준 같은 건 아무래도 좋았다. 복사판 수준의 그런 그림이 널려 있을지도 몰랐다. 그러나 검붉은 황혼을 배경으로 한 마사이 여인의 눈과 흰 이는 이상한 주술적 힘을 내뿜고 있었다. 아, 나는 짧게 신음했다.

 마사이 여인의 등뒤에 서 있는 커다랗게 줄기를 내보이고 있는 우산아카시아나무 뒤쪽에서 잠시 남자와 여자의 실루엣을 본 듯한 착각이 왔기 때문이다. K의 모습이라는 생각이 들었다. 거리를 두고 윤지의 모습이 있었다는 느낌도 들었다. K와 윤지의 모습은 빠른 속도로 작아져서 손가락만하게 줄어든 다음 어둠의 틈 사이로 스며들어 버린 듯했다.

 빛이 약해지면 현재의 풍경은 짧은 시간 내에 변화할 것이다.

 황혼은 점차 검정빛에 침식당하고, 지평선과 하늘이 같이 용해되면서 마사이 여인의 눈 흰자위와 이만이 검은색을 배경으로 야행성 동물의 눈처럼 확대될 것이다.

　새벽이 가까운 시간 수사자의 포효소리가 대지에 깔리면 K도, 윤지도 아마 사자 울음소리 속에서 축소되어가다가 한순간 그림 뒤편 세계로 빠져나갈지도 몰랐다.

(2001, 『월간문학』)

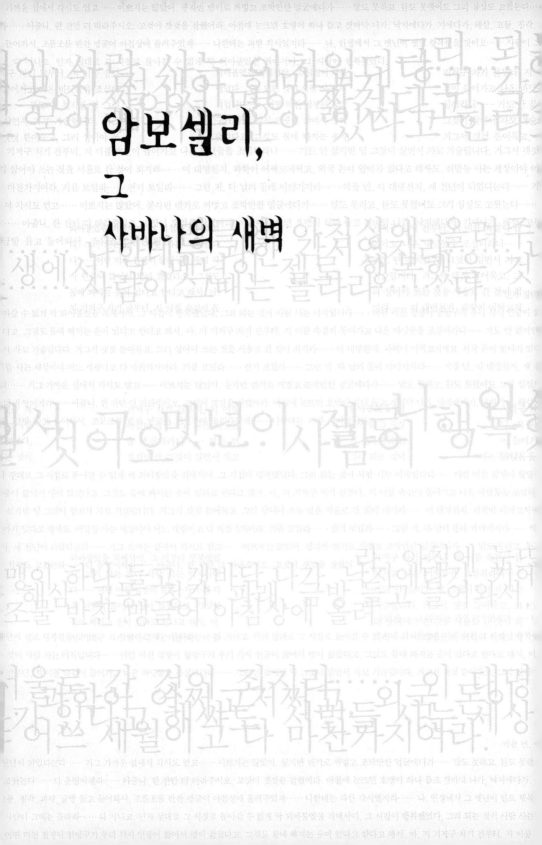

암보셀리,

그
사바나의 새벽

수잔이 내 방 안으로 표범처럼 발소리를 내지 않고 스며들어와 가슴을 파고든 것이 우산아카시아 밑둥을 안은 채 무엇인가가 격렬한 몸놀림이 진행되는 때와 같은 시간대였을까.

그녀의 날카로운 손톱이 내 어깨에 표범 발톱처럼 파고들면서 우리는 마룻바닥으로 굴러떨어진 채, 멀리서 들리는 하이에나 울음소리를 아련하게 들었다.

그녀에게서는 처음 맡아보는 온갖 향기가 모두 함쳐져 섞인 뒤, 정제된 수잔의 냄새가 되어 내 혼의 뿌리로 스며들었다.

킬리만자로 산정의 만년설이 스카이

라인을 이루고 있는 서쪽 하늘과 사바나의 지평선은 검붉은 황혼 빛 깔이었다.

초원의 끝부분, 톰슨가젤 무리와 우산아카시아 몇 그루가 검은 윤 곽을 드러내고 있는 초원 한가운데서 잠깐 고개를 돌린 마사이족 여 인이 한 사람. 검은 피부색이 어둠에 묻혀들고 있는데, 그녀의 흰 눈 자위가 이쪽을 향하고 있었다. 황혼의 어두운 색조를 배경으로 뒤돌 아보는 여자의 방심한 듯 반쯤 벌린 입술 사이에서 드러난 이의 흰색 과 눈자위가 사뭇 도전적이었다.

벌겋게 물들었던 하늘이 밤의 어둠 속으로 잠겨가는 시간, 고개를 돌려 이쪽을 향한 여인의 흰 눈자위가 소름 돋도록 강렬하게 다가왔다.

from SUJAN. PARK.
Nairobi. Kenya.
엽서 뒤쪽 발신인 이름을 확인하면서, 순간이었지만 명치 끝으로 혹 뜨거운 열기가 밀려 올라왔다.
아프리카 여행을 계획하고 있던 연말이었다.
수잔이 한때 여행사에 근무했다는 것 외에는 까마득히 잊고 있었는데, 아프리카에서 그녀가 생각지도 않게 내게 엽서를 보내온 것이었다.

　―지금도 안 팔리는 소설 쓰시고, 새에 대한 꿈을 꾸고 그러세요?
　물레새, 긴발톱할미새, 흰눈썹긴발톱할미새, 노랑할미새, 백할미새, 검은등할미새, 밭종다리, 붉은가슴밭종다리…… 할미새들은 다 여름철새, 밭종다리는 겨울철새, 붉은가슴밭종다리는 경기지역에서만 발견되는 나그네새……. 이만하면 제 기억력 괜찮죠? 지극히 선택적 기억력이지만요.
　한국과는 밤낮도, 계절도 정반대의 공간에 온 지 4년입니다.
　아프리카는 선배님이 좋아하는 많은 새와 동물들의 천국이죠.
　여행 오시면 성심껏 가이드 노릇 해드릴 용의가 있어요.
　흰코뿔소(White Rhinoceros: Faru) 표지가 아프리카에서 최고의 사파리 안내 여행사 로고랍니다.

　여행자 명단과 스케줄이 나이로비 쪽 여행사에 팩스로 전달되었을 것이고, 사무 처리 중 내 이름을 발견하고 가벼운 기분으로 엽서를 썼을 것이다.

그러나 그 엽서를 손에 쥔 순간, 나는 초원을 뛰어달리고 있는 수백, 수천의 버펄로 무리 한쪽 커다란 우산아카시아 그늘에서 잠시 고개를 치켜든 가젤 몇 마리를 떠올렸고, 그 속에 섞여 수잔의 모습이 살아나는 것을 어쩌지 못했다. 왜 옛날 그녀에게서 야생동물을 연상하지 않았을까.

뒤늦게 5년 전, 내가 박사학위 논문을 마무리하고 있었을 때 그녀는 석사과정 재학생이었다. 그 무렵 강의가 늦게 끝난 저녁이면 더러 싸구려 소주집이나 생맥주집에서 같이 어울려 내가 새 이야기를 화제에 올렸을 것이다.

……'날다'라는 단어는 꿈이며, 동시에 절망이거든. 우린 날 수가 없으니까…… 일탈의 꿈을 '새'에게 의존한다고 할까. 그들 중 누군가 내게 문학을 전공할 게 아니고, 조류학을 공부했어야 하는데 잘못한 것 같다고 웃었다. 그 말에 나도 낄낄대며 동의했지 싶다. 그리고 시골에서 자라면서 여러 종류의 산새 새끼들을 길렀던 이야기를 했을 것이다. 떼까치나 종달새 새끼들을 꺼내다놓고, 녀석들 먹이를 구하느라고 7월 땡볕, 새까맣게 그을린 시골 소년은 오후 내내 지치도록 메뚜기며, 잠자리를 잡으러 다녔다고…… 때로 개미집을 삽으로 파 뒤집어 허연 개미 알들을 모아다 새끼 새에게 먹였는데, 개미 알을 줍느라 쭈그리고 앉아 있으면 개미떼가 종아리를 물어뜯고, 땀방울이 눈으로 흘러들어 눈앞이 흐려지는데, 때로 개미들이 고추 끝을 물어뜯었다고. 그때 일행 속 건너편 자리에서 평소 화제에 잘 끼어들지 않던 그녀가 히히힉거리며 웃어댔던 것이다……. 개미한테 동정

을 뺏긴 희귀 동물이네요. 선배님은요.

어떻게 해서 그해 겨울, 수잔과 같이 자게 되었는지는 영 확실치 않다. 그녀의 석사 논문이 통과된 것을 같이 축하했던 들뜬 기분이 예기치 않게 한순간, 정반대의 깊은 처연함 속으로 함몰되면서 같이 눈물을 흘렸던 듯 싶다.

자세한 내용은 모르겠지만, 그녀가 무속(巫俗)과 관계되는 논문을 썼던 것만은 확실하다. 술잔 수효만큼이나 많은 추상적 어휘와 명제들이 둥둥 떠다니던 그런 자리에서 그녀가 내게 물었다.

보통사람들은 인지하지 못하는 샤먼(巫堂)의 현실과 초현실적 세계의 왕래가 샤먼 자신에게 그만큼 자기 세계의 확충일 수 있을지, 어느 한쪽도 안주 불가능한 외로운 영혼인지 모르겠다는 이야기를 그녀가 했던 것 같다.

그 화제 후에 그녀가 많이 울었고, 그 울음을 달래다가……. 그건 외로움이야. 피할 수도 없는 숙명적 외로움이야. 중얼거리면서, 그녀 울음에 내가 전염되어, 나까지 출구 없는 껌껌한 늪 속에 가라앉아간 것 같다.

학교 부근 모텔이었다.

새벽에 눈을 떴을 때, 나는 황망하게 지난밤 일들이 나 혼자 꾼 꿈이었는지, 실제 일어난 일이었는지조차 영 가늠할 수 없었다.

그녀는 머리털 한 올 남겨놓지 않고 내 기억의 다른 쪽으로 이미 증발해버리고 없었다.

기억의 조각들은 내가 한국을 떠나 홍콩을 거쳐 요하네스버그행 남아공 비행기에 오르면서 조금씩 선명하게 살아났다.

SA286 Johannesburg(約翰尼斯保)
우리 일행은 아홉이었다.

글쓰는 친구들이 처음에 대여섯 명쯤 호기심을 보이더니, 출발을 앞두고 한두 명씩 빠져나가 결국 소설가 B와 시인 R, 그리고 나 이외에는 모두 일반 여행객들로 일행이 이루어져버렸다.

B와 R은 아프리카 여행으로는 처음이라 홍콩에서부터 들떠 보였다.

홍콩에서 요하네스버그까지만 열한 시간.

다시 남아공 비행기로 갈아타고 케이프타운까지 날아가는 동안 내내 나는 수잔에 대한 기억 속을 헤맸다.

그뒤에도 어울린 자리가 있었지만, 그녀의 표정 어디에도 우리 둘만의 시간이 있었다는 흔적은 남아 있지 않았다. 나 역시 덮여진 인연의 뚜껑을 다시 열어야 할 만큼 감정의 여유가 없었을 것이다.

눈에 띄게 검은 피부였던 그녀, 수잔이라는 이름조차 애칭이었는지, 본명이었는지도 확실하지 않게 세월이 지난 후에야, 문득 그녀에게서 야생의 체취가 풍겼다는 회상이 왔다.

야생동물이 연상되었던 것은 검은 피부 탓이었을지도 몰랐다.

그러나 그 연상은 내가 결혼을 결정할 무렵 얼마 동안 몹시도 나를 괴롭혔다. 산새 새끼 기르던 유년 이야기를 나누었던 여자가 그녀밖에 없었다는 생각과, 같이 눈물을 흘렸다는 사실에 내가 그녀를 깊이 사랑했던 게 아닌가 하는 생각까지 들었기 때문이었다. 합석했던 자리에서 내가 곤줄박이며, 오색딱따구리, 꿩 새끼 기르던 이야기 같은 학문과 관계없는 화제를 꺼냈을 때, 늘 그녀가 합석했다는 새삼스런 회상까지 덧붙여졌다.

제일 기르기 쉽고 사람을 쉽게 따르는 야생 조류가 곤줄박이고, 끝까지 순치가 안 되는 것이 꿩이었다는 결론에, 수잔은, 그럼 난 꿩 새끼 쪽인가? 하다가, 선배님 이쁜 새들은 남미나, 호주, 아프리카 쪽에 훨씬 많은 거 아닌가요? 했던 말도 떠올라왔다.

어느 날, 소설 쓰는 일이 절박감으로 다가오지 않는다는 것을 느끼면서, 엉뚱하게 아프리카를 다녀오면 그 땅의 원시적 주술력이 나를 일깨워줄 것 같다는 막연한 기분에 젖고 있었는데, 주변 작가들 몇이 겨울방학 때 아프리카에 가겠다는 이야기를 술자리에서 듣고는, 그들에게 아프리카가 얼마나 매혹적인 공간인가를 내 나름대로 상상력을 보태어 꽤 많이 떠들어댔다.

끝없는 모래바람의 사막, 기아와 무질서, 내전과 종족 분쟁, 에이즈…… 그런 선입견과 상관없이 이집트 카이로 거리에 밤이면 어슬렁거리며 나타나는 들개떼, 미라와 투탕카멘의 황금 가면, 나일 강의 적요, 빅토리아 폭포와 희망봉, 거기 사는 수많은 종족들의 놀라운 주술과 관습. 야생의 동물들, 그 중에서도 그곳 사람들의 순수와 그 땅의 풍요에 대해 한번 그곳을 스쳐왔다는 우월감으로 주책스럽게 떠들었던 기억이 부끄러웠다……. 잠보!! 한마디면 모든 대화가 통하는 그 땅에 다녀오면, 우리가 골머리 싸매고 찾아 헤맸던 언어들이 얼마나 하찮은 쓰레기 같은 것이었나, 얼마나 무의미한 도로였나를 확인할 수 있을 거라고…….

우린 남아공을 돌아 케냐로 들어가기로 일정이 짜여 있었다.

백인들이 건설한 케이프타운은 유럽의 작은 도시를 방문한 듯한 느낌이었지만, 테이블 마운틴 꼭대기의 축축한 안개 속에서 사람을 두려워하지 않는 망구스들과 구관조 크기의 금속성 검은빛 깃털의 새들, 수선화과에 속하는 붉은 꽃의 왓소니아(Watsonia), 들국화를 닮은 노란 꽃무더기들, 인도양과 대서양이 만나는 희망봉 절벽 끝에서 바라본 바다와 사람을 무서워하지 않는 작은 체구의 아프리카팽귄떼 곁에서 B와 R은 정신없이 카메라를 눌러댔다……. 돌아가면 뭘 좀 쓸 것 같은데요. 술을 좋아하는 B는 한국에서 챙겨간 팩 소주를 희망봉 끝자락 바닷가에서 내게 건네면서 즐거워했다……. 이렇게 해야 제대로 격이 맞는 것 아닌가요? R은 바닷가를 검게 뒤덮고 있는 다시마 넝쿨에서 다시마 줄기 한줌과 조개껍질을 찾아들고 뛰어오며 소리쳤다.

우리 셋은 다른 일행과 거리를 두고, 조개껍질에 소주를 붓고, 다시마 줄기를 안주로 브라보를 했다.

그 시간 한국엔 많은 눈이 계속 내리고 있다는 뉴스를 그때만은 믿을 수 없었다.

똑같은 시간대에 전혀 다른 기후가 있다는 것을, 또 같은 절대의 시간인데도 밤과 낮, 다른 계절이 공간에 따라 동시하고 있다는 사실을 우리는 여행 동안 자주 화제에 올렸다.

다시 요하네스버그를 거쳐 케냐의 나이로비로 들어오면서, 이질 세계의 공존, 그 많은 다원적 삶과 사고에 관한 이야기를 더 많이 했다.

서울은 추위가 기승을 부릴 것이고, 일기예보는 빼놓지 않고, 영동

지방의 눈 소식을 전할 1월 상순의 나이로비는 한국의 5월 초 정도, 공기는 쾌적하고, 거목으로 자란 거리의 자카란다 꽃이 제철이 아닌데도 꽃들을 숨겨놓고 은은한 향기를 내보냈다.

"10월에서 11월은 저 보랏빛 꽃들이 처음 이곳에 온 사람들 혼을 다 빼놓아요. 아프리카 대륙 전체가 저 자카란다 꽃향기에 뒤덮인 것 같다니까요. 여기 사람들이야 그걸 못 느끼지만."

수잔이 한국에서 석사과정으로 문학을, 그것도 나와 같은 학교에서 공부했다는 것이 B나 R은 많이 부러운 모양이었다.

"전 그냥 무속 쪽에 조금 흥미가 있었나, 그랬었죠. 문학은 전혀 몰라요. 현재는 여행사 직원이고요."

달라졌다면 일하는 여성들의 자긍심, 상대방의 눈을 똑바로 바라보고 이야기하는 자신만만함, 그런 정도의 변화라 할까. 5년 전과 달라진 모습이 그녀에게선 느껴지지 않았다.

나이로비 최고의 호텔 중 하나라는 한국인이 경영하는 '사파리파크호텔'의 아열대성 정원의 수림과 야생고기 전문점인 '육식동물'이라는 뜻을 가졌다는 '카르니보르(Carnivore) 레스토랑' 요리를 앞에 놓고, 고국에서 참으로 멀리 떠나와 있다는 실감을 일행은 많이 했다.

쇠고기와 돼지고기 외에 기린, 얼룩말, 임팔라, 타조, 악어 고기를 긴 쇠꼬챙이에 꽂아 커다란 불판에서 구운 뒤, 차례대로 손님 앞에 내놓는 야생고기 집에서도 B는 잊지 않고 한국산 소주를 팩으로 내놓았다……. 학교 앞 소주집 생각이 나요. 잠시 수잔의 시선이 내 눈과 부딪쳤다……. 악어 고기가 제일 귀한 거니까 많이 잡수세요. 우리 일행은 그녀의 조언대로 임팔라와 악어 고기 쪽을 주로 먹었다. 악어 고기는 닭고기의 붉은 살맛과 비슷한 느낌이었다……. 악어 고기는요, 말린 소똥 불에 구워먹어야 제 맛이에요.

"전혀 소설을 못 썼어."

사파리 호텔 로비 커피숍에서 수잔과 나는 참으로 오랜만에 마주 앉았다.

"학교에 계셔서 그런가요……? 새를 안 길러서일지도 모르고요. 학교 생활은 별 변화가 없잖아요? 감정이 탄력을 잃고, 타성에 안주하고……."

그녀가 반병쯤 남은 위스키와 잔 두 개를 가져왔다.

"제 꺼 맡겨둔 거죠. 자주 관광객들 안내해 오니까요."

이곳에서 절 보니까, 그렇게 안 새깜하죠? 몇 잔씩 잔이 비었을 때, 그녀가 그렇게 말하고, 후훅 웃었다…… 어렸을 때, 아이들이 맨날 깜상, 깜상 하고 놀렸거든요. 그래서 생각했어요. 그래 나는 토종 한국 사람이 아닌가 보다…… 어른이 되면 까만 사람들 사는 아프리카 고향으로 찾아갈 거다. 그 생각을 더러 했어요. 아버지 얼굴을 한 번도 못 봤으니까, 아버지나 할아버지가 흑인이었을까, 그런 생각도 들었고요. ……참, 선배님은 지금 아이 몇이나 두셨어요? ……나는 고개만 저었다. 결혼을 했고, 곧바로 이혼을 했다는 말은 하고 싶지 않았다. 수잔은 결혼했어? 그렇게 묻고 싶었는데도 나는 그 말도 목 구멍 안으로 밀어넣어버렸다……. 이렇게 있으니까 옛날 학교 앞 소주집에 같이들 앉아 있는 것 같아요……. 그 무렵 아프리카에 대해 지금만큼만 알았다면…… 문명과 야만, 문화와 원시가 충돌되거나 반대 개념이 아니라는 결론을 내렸을 건데요…… 뭐랄까, 그것은 서로 다른 차원, 다른 질서의 세계…… 아프리카에 와서 느낀 건데요. 원주민들이 병이 나면 마을 주술사가 치료를 해요. 문명인의 눈으로 보면 말도 안 되지만 병이 나아요. 그렇게 수천 년 동안 그들은 그들대로 살고 있다는 사실이에요. 지금도 이곳 원주민들은 근대적 개념의 국가, 정부라는 것이 왜 있는지 이해를 못해요. 국경도요……. 두 잔 정도씩만 마실 생각이었는데, 결국 술병이 바닥을 보인 뒤에야 우리는 일어섰다.

"일찍 주무셔야 해요. 내일은 선배님 좋아하는 이쁜 새들도 많이 보시고, 동물들도 만나봐야 하니까요."

사실 수잔, 널 보고 싶었어, 그렇게 말하고 싶은 것을 참으면서 악수를 하고 그녀와 내 방 앞에서 헤어졌다.

"엄마는 제 석사학위 받고, 그해 돌아가셨어요. 아, 엄마 이야기 안 해드렸나요?"

내가 고개를 저었다.

"이야기를 못했군요. 우리 엄마…… 중년에 무병(巫病)이 들었어요. 사춘기 시절 많이 고통스러웠지요."

그녀의 어깨를 감싸안고 싶은 충동을 간신히 억누르며, 나는 몸을 돌렸다. 아열대의 정원은 깊은 정글같이 어둠에 덮여 있었다.

이튿날 점심때가 못 되어 우리는 암보셀리의 올투카이로지(OL Tukai Lodge)에 짐을 풀었다.

작은 도요타 사파리 차 두 대에 나누어 탄 일행은 나이로비에서 탄자니아 국경도시인 나망가까지의 포장도로를 달린 뒤, 왼쪽으로 꺾어져 우산아카시아나무가 띄엄띄엄 자라는 먼지 나는 황토길을 오전 내내 달렸다.

초원 곳곳에 말라죽은 고사목들과 동물들 시체가 뼈와 가죽만 남아 뒹구는 광경이 보였다.

"3월에서 5월까지가 우기라 지금 1월은 건기지요. 풀이 적어서 동물들이 많이 죽어요."

'에파타'라는 이름의 나이 든 기사가 모는 우리 차에는 수잔이 가이드로 타고 있었다.

"영국 지배를 한동안 받아서 원주민들도 다들 짧은 영어는 해요. 영국식 영어라 미국식으로 굴리지 않아서 한국 사람들에게는 더 쉽게 통하죠."

메마른 초원을 원색의 망토에 긴 막대를 들고 소떼를 몰고 가로지르고 있는 마사이족 소년들의 모습도 눈에 들어왔다. ……사슴 좀 봐요. 사슴. 갑자기 같은 차에 타고 있던 B가 창 밖을 가리키며 소리를 질렀다. ……쟤네 이름이 톰슨가젤이에요. 아프리카 초원에 가장 많이 사는 동물이어서 육식동물의 식량 역할을 하죠. 엉덩이에서 앞다리 쪽으로 옆구리에 까만 무늬가 보이지요? 무늬가 없이 조금 큰 것이 그랜트가젤, 꼬리와 양쪽 엉덩이에 검은 줄이 있는 놈들이 임팔라, 조금 더 큰 토피, 클립스프링거…… 다 친척들인데요. 있다가 나밍가 게이트를 지나 국립공원 안으로 들어가면 그때부터는 큰 동물도 보실 수 있어요…… 마사이기린, 제브라, 버펄로, 코끼리, 표범, 사자…… 사자는 내일 마사이마라에 가면 많은데요. 운이 좋으면 이

암보셀리, 그 사바나의 새벽 **117**

곳서도 사자를 볼 수 있을지 모르겠어요.

"저 동물, 사람들이 잡아먹어도 되는가요?"

심심찮게 톰슨가젤 무리들가 눈에 자주 들어오자 B가 군침이 도는 모양이었다.

"시장하세요? 벌써?"

"……제한적으로 정부 관리 하에서만 잡지만 밀렵도 아직 많아요…… 저 미스터 에파트를 구슬려서요. 오늘밤 소똥 모닥불에 구운 악어 고기를 잡수시게 해드릴게요. 기대하세요. 선배님한테 옛날 진 빚이 있거든요…… 아, 선배님, 체체파리 이야기 아시지요?"

"수면병 일으킨다는……."

"물렸다 하면 '트리파노소마'라고 계속 잠이 쏟아져서 결국 깨어나지 못하고 죽는…… 그런데 사람이나 가축이 물리면 그렇게도 치명적인데 야생동물에게는 전혀 해가 없어요. 사람이나 가축은 체체파리가 많은 음습한 숲에 가까이 가면 안 되지만, 거기서 사는 사자나 코끼리, 저런 톰슨가젤 같은 놈들은 그 경계를 저렇게 넘어 다닐 수가 있지요."

초원에 사는 농민이나 목축업자들 입장에서는 자신들 삶에 끼어드는 사자나 다른 동물들에게 증오심을 가질 이유가 충분하다는 것이다.

사자는 때로 송아지나 새끼 염소를 잡아먹고, 코끼리는 밭에 가꾸어놓은 곡식을 짓밟고, 집까지 무너뜨리기도 한다는 거였다.

야생동물 사냥허가지역에서 수컷 사자 한 마리를 죽인다는 것은 생태계에 별 영향을 미치지 않을 것처럼 생각될 수도 있다.

쓰러진 수컷 주변에는 더 젊은 수컷들이 널려 있고, 암컷들은 새로운 수컷과 금방 교미를 하고 새끼를 가질 것이다. 그러나 수사자의 경우는 그렇게 단순하지 않다는 거였다. 한 집단의 수컷 사자가 제거될 경우, 남은 가족들은 다른 수컷들의 도전에 그만큼 약해질 수밖에 없고, 침입해온 새로운 수컷은 제 유전자를 남기기 위해 그 집단에 남아 있던 새끼들 모두를 물어 죽여버린다는 거였다. 이것은 자연 상태에서 사자 집단만이 아니라, 비비원숭이나 고릴라 세계에서도 흔히 일어나는 일이라고 했다.

아카시아 숲과 관목 덤불이 사라지면서, 킬리만자로의 만년설이 지하로 녹아내려 이루고 있는 습지는 물새들의 천국이었다.

젖어 있는 도로변까지 몰려나와 있는 아프리카황새는 제일 흔하면서도 참 못생긴 새였다. 벗겨진 붉은 머리에 목에 칠면조같이 늘어진 주머니가 지저분해 보였는데, 생김새처럼 이 녀석들은 더러 도시의 쓰레기까지 뒤진다고 했다.

그러나 공작의 벼슬 같은 노란 관을 단 관학은 그 우아함과 달리 우는 소리가 깨진 나팔소리 같다고 했다.

싸움닭처럼 생긴 비서새, 작은 닭만한 호로호로새는 한국에서도 식용으로 사육되고 있는데, 빠르게 풀숲 사이를 빠져나가는 것이 여러 번 눈에 들어왔다.

제일 많이 보이는 작은 새로는 붉은배찌르레기와 베짜는새 무리였다. 아카시아 줄기 끝에 수십, 수백 개의 둥그런 둥우리들을 매달아 놓아 그것들이 마치 열매처럼 흔들거리는 것을 우리는 계속 보았다.

유리빛 광택의 붉은배찌르레기들은 전혀 사람을 두려워하는 기색

없이 우리가 짐을 푼 로지의 현관까지 깡충거리며 뛰어다녔다.

……헤밍웨이에게 그 유명한 「킬리만자로의 눈」을 쓰게 한 5,895미터의 킬리만자로가 지금은 제 이마를 구름으로 가리고 있습니다. 오른쪽으로 멀리 보이는 산이 탄자니아의 4,556미터의 메루 산입니다. 아래쪽 녹색 벨트를 쳐놓은 듯한 습지대의 물은 저 킬리만자로의 눈이 녹아서 지하로 스며든 것이라고 지질학자들이 말합니다…… 아, 여러분은 아주 운이 좋으시네요. 저 왼쪽으로 아카시아 숲이 보이시죠? …… 잘 보세요. 코끼리떼가 벌써 인사를 하러 나타났습니다. ……암보셀리 내에서 유일하게 차를 내릴 수 있는 낮은 언덕을 올라가 옵서베이션 힐(Observation Hill) 전망대에 섰을 때, 수잔이 가이드답게 목청을 높였다.

그때 숲 사이에서 한 떼의 코끼리가 눈에 들어오는가 하더니, 큰 소리로 울부짖으며 고사목들을 몹시 화가 난 듯 이마와 어깨로 들이받는 것이 보였다.

죽은 나무만이 아니라, 아름드리의 살아 있는 나무들도 들이받기 시작했다……. 아프리카의 사바나가 점점 사막화해간다고 합니다. 숲이 줄어드는 것이지요. 코끼리의 이해할 수 없는 저런 행동들이 큰 나무들을 죽여가는 것도 그 이유의 하나라고 합니다. 코끼리를 보호해야 하고, 그 코끼리를 보호하다 보니 숲이 파괴되고요.

코끼리들의 포효와 난동이 계속되는 동안 초원은 잠시 다른 소리들이 정지되어 깊은 정적 속에 묻혀버렸다. 계속되던 코끼리들의 난동이 멎고 나서야 초원 위로 한 떼의 얼룩말이 모습을 드러냈다.

마사이족 마을을 돌아보고 사파리가 끝난 뒤, 로지로 돌아와 저녁을 먹고 나서 일행들이 민속춤을 관람하는 동안 나는 B와 R을 불러 내어 살그머니 수잔을 따라 로지를 빠져나갔다.

낮에 실컷 맡았던 마사이 마을의 소똥 냄새를 다시 찾아나선 셈이 었다.

소똥이 잔뜩 깔린 마사이 전사의 집 마당 한가운데에는 이미 피워 놓은 모닥불이 타고 있었다. 잠보!! 잠보 사나!! 귀에 구멍을 뚫어 길 게 늘어뜨린 주인 노인이 우리 손을 마주 쥐고 흔들었다.

그날 밤 나는 초원의 모닥불 앞에서 그토록 듣고 싶었던 사자의 울 음소리를 들었다.

운전기사 에파타와 마사이 청년 두 사람이 악어 고기와 카사바를 발효시킨 토속주를 구해 가지고 나타난 것은 꽤 어두워진 뒤였다.

청년들 이름은 바르나바스와 시아프.

그런데 시아프라는 이름이 사파리개미를 뜻한다고 해서 우리는 웃 음을 터뜨렸지만 본인은 우리가 왜 웃는지 이해가 안 되는 모양이었 다.

에트하라는 이름의, 주인의 셋째부인이 악어 고기를 쇠꼬챙이에 꿰어 모닥불 위에 올려놓았다.

고기가 익어가는 동안 사바나원숭이 몇 마리가 계속 우리 곁을 서 성거렸다.

모닥불을 가운데로 둘러앉은 우리는 B가 늘 챙겨다니는 한국에서 가져간 소주와 카사바를 발효시켰다는 그곳 토속주를 번갈아 마셨 다.

토속주는 막걸리 맛과 비슷하면서도 도수가 높아 금방 취기가 돌았다.

"마사이들은 세상을 처음 만든 렝가이 신이 세상의 모든 가축을 마사이족에게 주었다고 믿어. 그러니까 다른 부족들이 가축을 가지고 있는 것은 잠시 그들 재산을 보관하고 있는 것에 불과하고, 필요할 때 언제든 마사이들이 가져올 수 있는 것이라 믿지요…… 수천 년 동안 그렇게 살아왔으니까 유럽 사람들이 그어놓은 국경이 무슨 의미가 있겠어요? 이네들에게는 오직 종족 개념이죠…… 마사이 청년들이 다른 부족 가축들을 끌어오고 와이코마, 와쿠리아, 수쿠마족 같이 유목생활을 하는 다른 종족들이 다시 마사이족 마을을 기습해서 가축을 빼앗아가고…… 그래서 마사이족 남자는 모두 전사가 되는 거지요, 남자가 부족하니까 일부다처제가 되고…… 체체파리 때문에 마사이 목동들은 야생동물들이 사는 삼림지대로 들어가지 못한다는 것, 그 경계만 받아들이면 이네들 삶은 단순해지고 편해져요."

청년들과 B와 R은 나름대로 금방 친해진 듯했다.

그들의 토막진 영어와 모닥불이 타면서 내는 투투둑거리는 소리가 점점 음험한 깊고 검은 밤 그림자에 묻혀가기 시작했다.

그네들이 로꼬니라고 부른다는 우산아카시아나무들이 마치 불타버린 빈터에 남은 타다만 나무 밑동같이 검은색으로 형체만 보일 만큼 밤이 깊어지면서 그 검은 윤곽들 사이로 붉은여우와 하이에나의 푸른빛 품은 눈들이 나타났다가 사라지곤 했다.

얼마큼 술이 돌았을 때 에파타 노인과 청년 둘이 낮에 마을에서 보았던 마사이 춤을 추기 시작했다. 어깨를 나란히 해서 단조롭게 좌우로 움직이다가 한 사람씩 차례로 껑충거리며 높이뛰기를 하는 그 단조로움이 톰슨가젤이나 임팔라의 경쾌한 몸짓과 닮았다는 생각이 들었다. 그들의 장작개비처럼 살이 붙지 않은 몸매 때문일지도 몰랐다.

모두 춤판으로 끼어들자 모닥불을 가운데에 두고, 나는 수잔과 나란히 주인의 셋째부인이라는 에트하와 마주 바라보게 되었다.

불빛의 열기로 수잔의 얼굴도 원주민처럼 윤기를 냈다.

순간 에트하의 모습이 엽서 속의 여인같이 그녀를 둘러싼 검은 공간을 배경으로 그녀의 눈 흰자위와 반쯤 벌린 입술 사이로 드러난 이만이 허공 중에 떠 있는 느낌이 왔다.

B가 나를 마사이 춤판으로 끌어냈을 때, 에트하만이 아니라 수잔의 얼굴도 어둠 속에서 흰 눈자위와 이가 커다랗게 확대되었다.

알코올 기운도 있었지만 아프리카 사바나에서 밤을 맞고 있다는 사실에 나는 깜박깜박 간헐적으로 까마득한 비현실의 공간으로 흘러가고 있는 느낌이었다. 에파타와 바르나바스, 시아프, B와 R의 토착어와 영어들이 뒤섞인 대화를 들으면서 밤의 초원에 눈을 주고 있는 내가 꿈을 꾸고 있는 것인가 하는 생각이 들기도 했다.

밤이 깊어졌을 때 차분히 가라앉은 저녁 공기 속으로 길고 긴장된 수사자의 신음소리가 울려퍼지기 시작했다. 차갑고, 불분명한 녹색의 대지 위로 한 순간 사자의 울음이 들려온 것이다.

우우웅, 우우우웅 우우우우웅……

처음의 저음이 점차 높아지다가, 이윽고 다시 낮아지면서 깊고도 단조로운 '으르렁' 소리가 짧게, 다시 짧게 한참을 이어지다가 마지막 지친 듯한 한숨을 길게 내쉬는 모든 과정이 30초 가량. 조용한 밤이면 8킬로미터 밖까지 그 사자의 포효소리가 퍼져나간다고 했다.

나는 그 짧은 시간 동안, 다른 수컷의 새끼 사자를 물어뜯는 젊은 수사자와 수풀 뒤에 숨어서 제 새끼들이 찢겨져 죽어가는 모습을 보고 있는 암사자의 모습을 머릿속에 그렸다.

수잔이 언제부턴가 내 어깨에 고개를 기대고 있었다.

야행성 몽구스 한 마리가 바로 눈앞에서 우리를 빤히 올려다보고 있었다.

탄자니아와 케냐 국경지대의 큰 마을 나록(Narok) 출신이라는 주인 노인은 앞니가 하나도 없이 다 빠졌지만 웃는 얼굴을 하고 있어 인상이 좋았다.

대부분의 마사이족이 깡마른 데 비해 우리의 기사, 에파타는 몸에 살집이 꽤 붙어 있어서 다른 종족 사람처럼 느껴졌다.

에트하가 잘 익은 악어 고기를 은박지 쟁반에 담아 우리 곁으로 내밀었다. 저 마사이 청년들이 밀렵해온 악어 고기예요. 수잔이 내 귀에 낮게 소근거렸다.

"우린 지금 케냐의 국법을 어긴 범법자들이에요."

"마사이족에게 귀화해? 그럼?"

"이쁜 새들도 많고…… 선배님, 이곳서 사세요."

수잔은 주인 노인과 기사에게 종이컵에 소주를 따라주며 그네들 말로 내가 마사이들과 같이 살고 싶어한다고 한 모양이었다.

"시카모(존경의 뜻)…… 마라하바(대단히 기쁩니다)."

노인이 술잔을 내 잔에 부딪쳐왔다. ……잘 되었네요. 선배님, 이곳서 사시래요. 받아준대요. 수잔이 크게 웃으며 내 귓불에 입김을 보냈다.

"아흐산데 음제(좋습니다)."

새벽 3시 가까워서야 잔뜩 취해서 숙소에 들어간 나는 침대에 얼굴을 묻고도 현실과 환상의 경계 속에서 계속 헤매고 있었다.

수사자가 내는 낮고 우우우웅거리는 소리, 하이에나가 내는 이상한 신음소리들이 귓속에서 이어졌다.

그리고 한순간 고개를 들어 바라본 모기장 밖 푸르스름한 초원의 어둠 한가운데 우산아카시아의 굵은 밑동이 부조처럼 떠올라 보였다.

아, 나는 갑자기 숨이 막혀왔다.

실루엣으로 떠오른 나무 줄기에 밑동을 안은 두 개의 검은 형체가 격렬하게 몸을 움직여대고 있는 것이 보였기 때문이었다.

원숭이였을까, 잔뜩 몸을 구부려 엉덩이를 치켜든 앞쪽 동물을 앞발로 뒤에서 껴안은 채 격렬하게 엉덩이를 흔들고 있는 것은 수컷 사바나원숭이일까,

어쩌면 이곳 원주민일지도 몰랐다. 우리 일행 중의 B나 R, 그들 중 누구 하나가 지금 암컷 원숭이나 마사이 여인을 끌어안고 교미에 열중하고 있는지도 알 수 없었다.

수잔이 내 방 안으로 표범처럼 발소리를 내지 않고 스며들어와 가슴을 파고든 것이 우산아카시아 밑동을 안은 채 무엇인가가 격렬한 몸놀림이 진행되는 때와 같은 시간대였을까.

그녀의 날카로운 손톱이 내 어깨에 표범 발톱처럼 파고들면서 우리는 마룻바닥으로 굴러떨어진 채, 멀리서 들리는 하이에나 울음소리를 아련하게 들었다.

그녀에게서는 처음 맡아보는 여러 가지 냄새, 검은등재칼과 그레비얼룩말, 워터벅과 오릭스, 디크디크, 클립스프링거, 토피와 비서새, 그 모든 동물의 체취와 히비스커스, 부겐빌레아, 바오밥, 소시지나무와 봉황목 꽃들이 내뿜을 수 있는 온갖 향기가 모두 합쳐져 섞인 뒤, 정제된 수잔의 냄새가 되어 내 혼의 뿌리로 스며들었다.

내 얼굴과 가슴 위에 수잔이 쏟아놓은 눈물이 다 마른 뒤 내가 간신히 눈을 떴을 때, 모기장 밖 초원에는 이른 새벽이 시작되고 있는 것으로 느껴졌다.

수잔의 흔적은 내 곁에 아무것도 남아 있지 않았다.

나는 눈을 감은 채 깊이 심호흡을 했다. 제대로 맡은 적이 없는 자카란다의 아련한 꽃향기, 톰슨가젤에게서 풍겨나올 듯한 낯선 냄새가 아주 깊은 곳에서 남아 있다가 스며나왔다.

"가축들은 체체파리가 무서워서 습지로 못 들어가요……. 하이에나, 사바나원숭이, 제브라…… 그 애들은 더 큰 놈들에게 쫓기고, 자주 배고프긴 해도 야생동물에게는 경계가 없어요. 야생동물에게는 경계가 없어요."

그녀가 중얼거렸던 말과 낯선 냄새는 천천히 멀어져갔다.

눈을 크게 떴다.

큰 아카시아나무가 어슴푸레 눈에 들어 왔다. 유난히 큰 아카시아나무에서 확실하지 않은 형체 하나가 분리되어 천천히 새벽이 열리고 있는 사바나를 향해 움직이고 있었다.

원숭이가 나무에서 내려와 걸어가는 것으로 보였다. 공원관리인일지도 몰랐다. 여자였다. 여자 혼자 야생동물들이 돌아다니는 초원을 혼자 걸어서 멀어지는 것으로 느껴졌다.

여명 속에서 흐릿하게 부조처럼 떠올라 보이던 형체가 더 작아졌을 때, 움직이던 형체가 잠시 멈추어 서서 이쪽으로 고개를 돌렸다. 환각이었을까, 희뿌연 새벽 속에서 되돌아선 사람의 윤곽은 어둠에 묻혀 알아볼 수 없었지만 흰 눈자위가 이쪽을 향해 잠시 머물러 있는 것이 보였다.

나는 심한 혼란과 두통 속에서 더 이상 시선을 모으지 못하고 다시 깊은 어둠 밑바닥으로 침전해가고 있었다.

로지 입구에 'GOOD BYE AFRICA'라는 작은 간판이 붙은 기념품 가게가 있었다.

잡다한 기념품들— 동물의 작은 목각, 열쇠고리, 코끼리 가죽 지갑과 벨트, 기린 가죽 가방, 아프리카 지도가 수놓인 티셔츠와 반바지, 마사이 원색 망토. 그러다가 나는 액자에 끼우지 않은 유화와 수채화 수십 장이 뒤쪽 벽에 붙어 있는 것을 보았다. 어제 가게에 들렀을 때는 눈에 띄지 않았던 것들이었다.

눈 덮인 킬리만자로를 배경으로 한 코끼리떼와 초원을 그린 그림, 싸우고 있는 얼룩말 두 마리, 사자 가족의 나른한 오후, 먹이를 나뭇가지 사이에 끼워놓고 나뭇잎 사이로 날카롭게 전방을 쏘아보는 표범의 모습, 못생긴 아프리카황새, 관학, 타조— 어제 오후 실컷 초원에서 보았던 풍경들이 사실적으로, 혹은 약간 추상적 분위기를 가미해서 그린 그림들이 뒤쪽 벽면을 가득 채우고 있었다.

그 그림들을 눈으로 훑다가 나는 20호쯤 되어 보이는 낯익은 풍경의 유화 한 점 앞에서 걸음을 멈추었다.

황혼의 사바나. 강렬한 검붉은 색조 위에서 여자의 눈자위와 표정 없이 방심한 듯 반쯤 벌린 입술 사이로 드러난 이의 흰색이 대조적으로 나를 향하고 있었다. 수잔이 내게 보냈던 엽서와 같은 구도의 그림이었다.

그리고 그 곁에 똑같은 구도의 새벽이 시작되는 시간의 그림 하나가 또 있었다. 새벽에 반쯤 환각 속에서 본 풍경이었다. 예술적 수준 같은 건 아무래도 좋았다. 모조품 그림은 널려 있을지도 몰랐다.

그러나 곧 새벽이 열릴 것 같은 초원을 배경으로 한 여인의 뒤돌아보는 눈자위와 흰 이는 이상한 주술적 흡인력으로 잠시 나를 붙잡았다.

같은 공간의 시간에 따른 정반대의 세계. 현실세계와 초현실세계, 속(俗, Cosmos)과 성(聖, Chaos)이 잠시 혼재(混在)하는 시간, 여인은 지금 낮의 시간을 향해 걸어가다가 고개를 돌린 듯 싶었다. 그것은 문명과 야만(野蠻)이 상치되는 것이 아니고, 전혀 다른 차원에서 공존하는 것을 알려주는 것 같았다.

수잔은 이미 눈치채고 있을 터였다.

아프리카에 대한 원시성과 야만성이라는 시각 자체의 근원적 오류에 대해서, 세상에는 단일 척도로 규정지어질 수 없는 것이 너무 많이 존재한다는 것을 그녀는 유년기에 제 어머니가 지니고 있던 양서류(兩棲類)적 삶에서 고통스럽게 짐작했을 것이다.

　마사이 여인의 등뒤, 커다란 우산아카시아나무 뒤쪽 검은 어둠 저쪽에 존재하는 주술적이고, 야만적 세계의 생명력과 활기에 대해 그녀는 내게 말하고 싶었을 것이다.

　삶의 풀 길 없는 외로움을 그 새벽, 같이 흐느끼고 서로의 살을 탐하던 어둠이 떠나면, 낮 시간이 전혀 다르게 열린다는 것을 내게 이야기해주고 싶었을 것이다……. 샤먼은 굿이 끝나면 대개 지쳐서 쓰러져요. 저쪽 세계에서 이쪽 세계의 적응까지 그 불균형의 혼란을 전 이해해요. 어느 한쪽에도 머물지 못하니까 외로운 거지요. 아프리카에 와서 편해졌어요. 빛이 약해지면 빛이 머물렀던 자리를 어둠이 오면서 전혀 다른 세계가 시작될 것이다.

　초원의 그 어둠이 밀려 가고 새로운 아침이 시작되면서 수잔은 오늘 가야 될 마사이마라 초원까지의 도로 사정과 일정, 거기 살고 있는 사자들의 생태에 대해, 다음날 찾기로 되어 있는 나꾸루 호수의 수만 마리 플라밍고떼에 대해 정확한 발음으로 설명을 시작할 것이다.

(2002,『한국소설』)

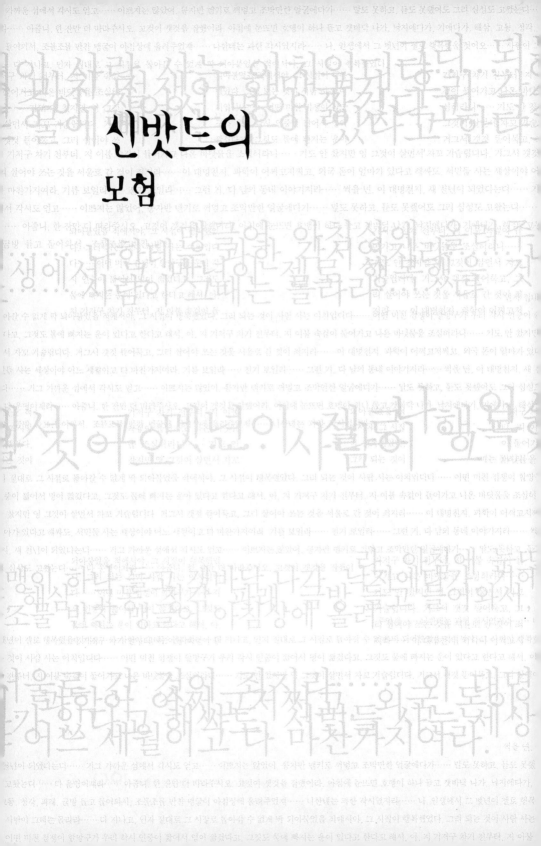

신밧드의
모험

나도 모르게 한 학기 내 등록금을 내놓고도 시치미를 뗀 놈이라고…… 착한 놈인데……. 술이 취해 감상적이 될 때면 흥주는 그 이야기를 했다. 나도 대학원 때 그 자식이 등록을 대신 해준 적 있어…… 나 역시나 목구멍이 따끔거려왔다…… 어디로 간 거지? ……돌아올 거야. 맨날 그랬는데 별일 있겠어? 별일 있으면 안 되지. 그런데 이상하게 신문쟁이들, 그 이상한 육감 있잖나? 그게 말이야…… 아니야. 그 착한 친구에게 무슨 일이 있겠어? 자, 한번 부딪쳐……. 우리는 영 취기가 오르지를 않아 위스키를 시켜 폭탄주를 만들어 서로 부딪쳤다. ……자, 우리 신밧드의 새로운 성공적인 모험을 위하여, 이 세상 제일 착한 우리 친구, 신밧드를 위하여.

우리 친구, 신밧드가 또 증발했다는
홍주의 전화를 받은 때는 막 연구실을 나서려던 해질 무렵이었다.

가을이 끝나고 겨울로 넘어가려는 계절의 문턱, 해질녘의 싸아한
냉기가 그 순간 열어두었던 창문으로 기다렸다는 듯 밀려들었다.

"자네에게도 아무 연락 없었어?"

주간지 기사 한 꼭지를 넘기고 한숨 돌리려는 참에, 친구 아내가
신문사로 전화를 해왔다는 거였다.

"여권은 집에 그대로 있더래."

신밧드의 아내는 남편 여권부터 확인해본 모양이었다.

"외국에 나간 것 같지는 않고, 일주일째 소식이 없는 게 이번에는

이상하게 불안해져서 자네나 내가 혹시 짐작하는 게 있지 않을까 전화를 했다는 거야."

"그 친구, 우리한테 언제 보고하고 돌아다녔어?"

나는 수화기에다 필요이상 큰 소리로 대꾸했지만, 가슴 안쪽으로 한 자락 안개가 스치고 지났다.

지난여름 휴가철, 그의 강권으로 그가 비용까지 부담한, 계획에 없던 미얀마 여행을 내가 따라나선 적이 있기 때문이었다.

"지금 나, 퇴근할 건데 소주라도 한 잔 같이 하지. 거기서."

"그 도깨비. 이번에는 또 어디로 사라진 거지? 죽을 때까지 아예 땅에다 발을 안 붙이고 살아갈 모양인가? ……나도 지금 그리로 갈게."

홍주의 한숨 섞인 말 속에, 너 역시 약간 비슷한 놈 아니냐? 하는 힐책이 들어 있는 듯했으나, 나는 그냥 수화기를 내려놓았다.

시간과 시간의 틈새, 공간과 공간의 틈새……. 미얀마에서 돌아오며 그가 중얼거리던 말들이 떠올라 마음이 편치 않았다. ……가령 우리들 방 말이야. 벽이 있지 않나? 그 벽과 벽이 만나는 모서리가 도배지로 발라져 있지만, 도배지를 뜯어내면 아무리 잘 지은 집도 작은 틈이 있어…… 그렇듯이 그런 공간과 공간의 빈틈이 시간 사이에도 존재하는 건 아닐까, 그런 생각이 언제부터 들었거든. 시간의 틈새랄까, 그런 거……. 귀국하던 비행기에서 무심하게 흘려들었던 그의 말들이 생선가시처럼 목에 걸려 떠올랐다.

사실 그는 1년에도 두세 번씩 훌쩍 예고 없는 여행을 떠나곤 했다.

그런 습벽을 아는 친구들은 그가 얼마 동안 보이지 않아도, '신밧드 모험'을 떠났거니 하고 치부하고 말았는데, 그의 아내까지 걱정하는 이번 증발은 조금 불길한 기분이 들었다.

엄연한 이름, 신병두(辛秉頭)를 두고도 그가 친구들 사이에서 신밧드라 불리게 된 것은 고등학교 때부터였다.

한창 입시 준비 중이던 그 무렵, 엉뚱하게 『신밧드의 모험』에다 『밀림의 왕 타잔』, 『바다 밑 2만리』 같은 책을 문제집 대신 가방에 잔뜩 넣고 다니는 것을 우리에게 들키고부터 그의 이름과 엇비슷한 신밧드가 되어버린 거였다. 그런데도 본인은 그 별명에 아직껏 불만을 말한 적이 없었다.

거기에 때로 농담과 진담을 구별할 줄 모르는 그의 성품이 동화 속 주인공 같다고 해서 그는 지금껏 우리에게 신밧드였다.

고등학교 2학년 수학여행 때였을 것이다.

경주를 돌아보고, 그때 우리는 아침 나절 우르르 부산에 도착했던 것으로 기억된다.

해운대 부근이었는데 아낙네들이 해삼이며 멍게, 낙지 등속을 커다란 플라스틱 통에 담아 바닷물 속에 넣어놓고 팔고 있었다. ……저기, 산낙지 있지? 저게 축농증 환자나, 비후염 있는 환자들에게는 직방이라는 거야. 저건 원래가 통째로 먹는 게 원칙이거든. 머리통부터 초고추장에 찍어 깨물어 먹는 거야. 그때 저놈들 여덟 개나 되는 다리가 잘못하면 얼굴에 달라붙는데, 다리 두 개는 틀림없이 콧구멍 속으로 파고들게 되어 있어. 저 다리 흡반이 되게 강하거든. 일단 콧속으로 발이 들어갔다 하면 콧속을 완전히 청소해버리는 거지…… 그래서 일부러 축농증 환자들은 좀 큰 놈으로 콧속 청소를 시켜서 쉽게 병을 고치지…… 축농증에 병원에는 뭐, 미쳤다고 가니? 우리 동네서는 옛날부터 다 그렇게 콧병을 치료해왔어. 심한 사람도 두 번씩만 하면 땡이니까. 마침 중년 남자들이 소주에다 산낙지를 통째로 먹고 있는 모습이 눈에 들어와서 멋대로 내가 지껄인 말이 화근이었다.

10여 분 후 우리의 친구 신밧드가 두 콧구멍만이 아니라, 목구멍과 안경까지 낙지 발에 휘감겨 자칫 호흡 곤란으로 질식 직전까지 갔던 사건이 발생했다.

덕택에 담임선생님이, 이 자식들, 두 놈들이 완전 바퀴벌레 한 쌍이네, 어쩌면 그렇게도 궁합이 잘 맞냐? 그래……? 하는 꾸중을 듣고 나서 얼마 동안 다른 친구들에게서 바퀴벌레 한 쌍이라는 놀림을 받기도 했다.

그 사건을 인연으로 나와 홍주, 몇 친구가 지금도 그의 가까이에 남아 있지만, 졸업 후 초대받아 간 그의 어마어마한 큰 집―풀장이 딸린 400여 평의 정원과 운전기사, 가정부, 요리사, 사우나실에 넓은 창을 가진 서재와 당구연습실까지 확인하고는 얼마간의 위화감 역시 버리지는 못하고 있었다.

아무튼 신병두는 어른이 된 후에도 정서의 일부가 성장을 멈추기라도 한 듯 독서 취향이나 사고에서 가끔 현실감각을 잃고 있을 때가 있었다.

순진무구함이랄까. 그의 의식 일부는 때로 꿈과 현실이, 유년과 장년이, 설화와 현재가 뒤섞여 있는 듯했다.

결혼하면서 그는 7층짜리 빌딩 주인이 되었고, 경제에 밝은 유능한 약사 부인 덕에 7층 건물의 3개 층에 개설되어 있는 학원 원장이 되었다.

그러나 그의 관심은 보통사람들, 밥 먹고사는 일하고는 아무 상관없는 일들에 늘 쏠려 있는 듯했다.

그래서 친구들 사이의 대화에서 가끔씩 허공을 맴돌았다.

……식물이 음악에 반응한다는 사실 알고 있어? 난을 기르는 데 클래식이 팝송보다 효과가 있다는 실험 결과가 나왔다는군.

……새들이 알에서 깨어나고 맨 처음 본 대상을 어미라고 생각하고 따라다니는 것 말야, 가령 우리가 인지하는 이 세계에 대한 인식 역시 실체가 아니라 그런 선입관, 가령 집단 무의식으로의 선입관 같은 게 많은 비중을 차지하는 건 아닐까.

……흥부, 놀부가 실제 살았다는 집이 전라북도 남원지방에서 발견되었다는 이야기 들었어? 그거 북한에서 단군 두개골 찾아냈다는 거나 비슷한 거 아니야?

친구들이 그의 이야기에 별로 흥미를 안 보여도 그는 자기 생각들을 골고루 화제에 올렸다.

……나, 오래된 생각인데 언젠가 이집트 기자 지역의 쿠푸 왕 대피라미드 지하실에 들어가서 4,500년도 더 전에 화강암을 파서 만들었다는 그 석관 속에 직접 누워보려고 해……. 아마 거기 누워 있으면 무게가 50톤에서 70톤이나 되는 거대한 돌들을 어디서 무엇으로 옮겨왔고, 어떤 식으로 쌓아서 그 어마어마한 피라미드를 쌓아올렸는

지, 그 비밀을 자연스레 알 것 같거든.

　……자네들, 그 이야기도 알지? 시베리아의 영구 동토(凍土) 속에서 발굴해낸 매머드 위장 속에, 아직 소화되지 않은 오늘날 열대지방 과일과 풀들이 들어 있었다는 사실, 이상하지 않아? 한순간 열대식물이 자라던 시베리아가 한순간 얼어붙었다. 그렇게 되는데.

　……또 페루의 이카 강, 그 강바닥에서 발견된 수만 점의 돌 위에 그려져 있는, 지금은 남미에서 오래 전 멸종된 동물들의 그림, 잠수함과 우주선의 그림들을 어떻게 설명해야 하는 거야? 우리가 사실 세계의 아주 작은 외피만 보고 있다는 생각이 들지 않나?

　그때의 그의 눈빛은 열기를 뿜으면서 몽롱한 자기 혼자만의 세계를 향해 열려 있는 듯했다. 어쩌다 나도 그때쯤 그의 화제에 동참하는 경우가 있었다.

　……현재 인류 역사보다 훨씬 이전에 이 지구 위에 또 다른 고도의 문명이 존재해 있지 않았을까 하는 생각. 그래이엄 핸콕(Graham Hancock)인가 하는 친구의 『신의 지문(Pingerprints of the Gods)』이라는 저서에 그런 이야기가 많이 모아져 있던데.

　……자, 그러지 말고 자네 말이야, 방학 때 그래, 나하고 우선 페루에 있는 나스카의 거대한 지상 그림하고, 마추픽추에 한번 안 가볼 거야? 비용 걱정은 말고, 시간만 좀 내봐.

　갑자기 그의 음성에 생기가 돌고 눈빛이 타올랐다.

　나는 황급하게 그때쯤 고개를 젓는다. 난 안 돼. 시간도 없고, 사실……. 나는 금방 꼬리를 내릴 수밖에 없었다.

　그가 꾸는 꿈의 일부에 그렇게 반 발자국 정도 나도 발을 디밀다가 놀라 빠져나오곤 하는 경우가 그렇게 더러 있었다.

그러다가 지난여름에는 가깝고 짧은 일정이라는 조건으로 그와 미얀마로 동행했다.

그는 실제적으로 완전히 자유롭게 살았다.

중국과 국교가 열리기 바쁘게 일찍 백두산에 다녀와서, 짙은 안개 사이로 갑자기 드러난 천지의 위용을 우리에게 들려주었고, 실크로드를 따라 돈황에 머물다 와서는 명사산(鳴沙山)의 모래언덕 울음소리 이야기도 해주었다.

인도의 뭄바이에도, 남미의 아마존과 이과수 폭포에도, 그리스 아테네에도, 눈 내리는 바이칼 호수에도 기분 내키는 대로 그는 다녀왔다.

직접 내가 가보지 못한 그곳 낯선 풍광에 대한 이야기를 그에게서 듣는 것이 가끔 내겐 즐거움이었고, 때로는 한 가닥의 쓸쓸함이었다.

바둥거리며 앞만 보고, 잠을 줄여가며 쉬지 않고, 열심히 달려왔는데도 현재 근무하는 변두리 전문대학 전임강사 자리에 턱걸이하기까지만 해도 나는 너무 힘이 들었고 버거워 있었기 때문이다. 더구나 앞으로도 친구처럼 어느 날 오후, 훌쩍 국제선 터미널에서 가벼운 기분으로 휘파람을 불며 출국신고서를 쓸 수 있을 것 같지 않았다.

병두에게는 숙명적으로 현실적 삶의 치열함이 끼어들 틈이 없었던 듯했다.

결혼 후, 아내는 항상 그의 통장을 넘치게 채워놓았고, 빌딩이나 학원 운영 같은 것 역시 처음부터 아내 몫이었다. 말하자면 그는 결혼 후에도 우리들 소시민이 느끼는 생활에 대한 곤비함, 피할 길 없는 선택이나 계획, 압박감 같은 것에서 비켜 서 있었다. 성장기 역시 막대한 유산과 부유한 홀어머니 밑에서 외아들로 자라왔던 그에게 보통사람들의 스산한 삶의 궁핍이나 생존에 따른 가혹한 긴장 따위가 내재할 공간이 없었을지도 몰랐다.

어스름이 시작되는 도심의 거리는 가을과 겨울이 절반씩 섞인 주황색을 기조로 침착하게 가라앉아 있었다.

가로수로 심어진 은행나무들이 잎을 반쯤 떨구고 있어서 보도 위 한켠으로 낙엽이 누렇게 쌓이기도 하고, 더러는 아직도 짙은 황색 잎들이 나무 전체를 감싸고 있기도 했다. 그런가 하면, 완전히 나목이 되어버린 가로수도 있었고, 쌓여 있는 낙엽들을 회오리 한 줄기가 나무 꼭대기까지 흩어 올렸다가 다시 아스팔트 위에까지 흩뜨려 놓기도 했다.

그가 집을 나갔다면 지금 거리 전체를 덮고 있는 노란색의 색감 때문이었을 거라는 기분이 들었다.

언젠가 그는 고흐의 『해바라기』 앞에서 그 노랗고 강렬한 분위기 때문에 한순간 해바라기 줄기 사이로 스르르 빨려 들어가 강렬하게 내리쪼이는 햇빛 속에 상당한 시간 서 있다가, 너무 눈이 부셔 빠져 나왔다는 이야기를 웃지도 않고 한 적이 있었다.

늦가을과 초겨울이 구별 안 되는 거리는 노란색을 기본으로 서울에서는 보기 드물게 청명하고 높다랗게 올라간 하늘과 저녁 노을이 묘한 조화를 이루고 있었다.

그 노란 색감이 지난여름 그와 함께 보았던 미얀마의 양곤의 스웨다곤 파야(shwedagon paya)의 황금색 하나로 번져나던 저녁 하늘을 떠올리게 했다.

높이가 100미터나 되는 종 모양의 파고다 전체를 덮고 있던 금 도금(塗金)의 휘황하던 누런 색감의 음영. 영국 중앙은행 지하금고에 보관되어 있는 금의 양보다 그곳 스웨다곤 사원 지붕 위를 덮고 있는 금의 양이 훨씬 많을 거라던 가이드의 음성이 아직도 생생했다. ……기원전 600년경 몬족의 오클라파 왕이 이곳 싱구타라 언덕에 왕궁을 가지고 있었어요. ……오클라파 왕은 석가모니 부처가 탄생하기도 전에 이곳에 왔던 세 사람의 부처가 소유했던 지팡이와 가사와 바리를 보관해두었다가, 훗날 보리수 아래서 수행 중이던 싯다르타의 머리카락 여덟 개를 얻어와서 이 언덕에 같이 묻고, 높이 20미터의 파고다를 세웠답니다. 금(金)판 8,688개로 파고다의 겉을 덮고, 파고다 첨탑 꼭대기 10미터 높이 우산에는 5,448개의 다이아몬드를, 그리고 2,317개의 루비, 사파이어, 토파즈를 올려놓아 새벽빛과 황혼빛에 세상을 빛내도록 했지요. 이 우산은 1,065개의 금종, 420개의 은종으로 꾸며져 있는데, 바고의 스웨도모오 파야와 함께 이 양곤의 스웨다곤 파야는 기원전 인도 불교의 원형을 간직하고 있습니다……. 입구에 서 있던 집채만큼 엄청나게 큰 보리수를 지나 100여 개의 파고다와 여러 형태의 불상이 모셔진 건물들 사이의 회랑을 맨발로 걸으면서 언뜻 바라본 친구 신병두의 얼굴은 그때 꿈꾸듯 평화로워 보였다.

"맨발이 이렇게 편할지 몰랐어."

조금 전 스콜이 한바탕 지나간 그 넓은 황금 절 안의 축축한 습기의 땅바닥에 와닿던 맨발의 감촉은 나 역시 신선했다. 사원 내에서는 어느 곳에서건 맨발이 원칙이었다. ……이따가 시장 가서 우리도 이 곳 사람들같이 '론지'를 하나씩 사 입자고. 맨발에 얼마나 잘 어울려? 거기다 얼마나 단순해? 남녀가 같이 입을 수 있고, 1년 내내 언제나 입어도 되고, 밤이면 벗어서 이불로 덮고, 모든 공식, 비공식 석상에 구별 없이 입을 수 있고, 속옷, 겉옷 개념도 없고……. 커다란 한 개의 천으로 몸을 싸고, 허리에서 몸에 맞게 잡아당겨 고의춤에 찔러넣기만 하면 되는 미얀마 특유의 '론지'를 시장에서 나란히 사서 입고, 그는 아주 행복해했다. 이보다 간단하고 좋은 옷이 한 가지 더 있기는 해…… 들어봤어? 코데카라고 하는 것…… 뉴기니아 쪽 원주민들이 왜 생식기에 끼우는 기다란 도구 있잖아? 난 사실 그게 하나 갖고 싶은데 거기까진 용기가 아직 없고…… 이봐, 우리 뉴기니아에 가서 그거 하나씩 구해서 척 끼우고, 공항으로 들어가면 어떨까? 우린 갑자기 그 북적거리는 양곤 시장통 한가운데서 허리를 꺾고 같이 웃었다.

붉은 가사를 어깨에 두른 일고여덟 살쯤 되어 보이는 꼬마 스님 서넛이 사람들 틈에서 걸음을 멈추고, 우리가 웃고 있는 모습을 건너다보며 싱긋이 미소를 지어 보였다.

"좀 엎디어 있는가 했더니 언제 또 사라진 거래?"

홍주는 나보다 몇 걸음 앞서왔던지 우리가 자주 들르던 내 직장 앞의 작은 카페에서 이미 맥주를 홀짝거리고 있었다.

"1주일이 지났다는데 아무 연락이 없다는 거야……. 외국 나갈 때는 그래도 집으로 국제전화를 한다는데, 이번에는 집에서도 전혀 짐작이 안 가는 모양이야. 부인은 혹시 자네한테 무슨 연락이 없었을까 하는 눈치던데, 뭐 감잡히는 것 없어?"

"글쎄, 전혀."

공모자나 된 듯 나는 괜스레 몸이 움츠려졌다.

"미얀마에 가서는 지난여름, 이상한 증후 같은 거 없었고?"

"그곳 미얀마에서 아무 생각 없이 그대로 살았으면 좋겠다, 뭐 그런 소리 정도…… 아웅산 수지가 10년째 연금 상태이고, 대학은 3년째 휴교령이 내려 있는 군사정권의 불안한 정치상황에다 GNP 300달러의 가난한 나라지만, 보통사람들에게는 굶주리지 않을 만큼 3모작 쌀이 있고, 춥지 않는 기온으로 난방비, 의상비 걱정 안 해도 되고…… 원래 400만 개였다나, 전국이 사찰이라도 좋을 만큼 수많은 파야(寺院)가 있어 정신적으로 풍요한 그 순수한 공간이 마음에 닿는다고, 그런 소릴 했지만 늘 하던 소리니까 별다른 건 없었거든. 그리고 벌써 석 달 전이야. 그건…… 그리고, 뉴기니아에 가보고 싶다, 그런 소리는 했어…… 옷 같은 건 코데카라는 좆 가리개 하나만으로 충분하고, 가족 시체를 차마 묻지 못해 남은 가족끼리 생명을 나누어 간직하는 의미로 사람 고기를 먹는 부족 속에 들어가 며칠 있어봤으면…… 그런 이야기를 했지만."

"미친 놈. 다들 살아가려고 헐떡거리고 있는데…… 새벽에 동대문이나 남대문 시장에 한번이라도 나가본 적 있어, 그 짜식이?"

홍주는 두 병째 맥주 병마개를 비틀어 던지고 목구멍에 맥주를 털어넣고 있었다.

그의 불만이 내게로도 이어지는 것 같아 나는 얼른 내 앞의 병을 땄다.

"진짜로 먹을 것이 떨어져 냉수만 먹고, 멀겋게 천장만 쳐다보고 있는 사람들이 아직도 있다는 걸 그 자식 상상이나 해봤겠어? ……
고등학교 졸업 때까지 돈이란 걸 직접 손에 들어본 적이 없었다더군.
뭐든지 저희 어머니가 다 미리미리 해주니까 돈 만질 일이 없었던 거
지. 장가까지 저희 어머니가 기획에, 연출까지 해줘서, 지놈 한 일,
아마 첫날밤 신부 옷 벗기는 일이나 했겠지. 거기다 이제 마누라는
한술 더 떠서 서방님이 해야 될 일을 더 남겨놓지를 않는 거야. 뭐든
지 척척…… 그러니 그 짜식, 더 이상해진 거라고. 눈치 볼 상관도 있
고, 치밀러 올라오는 후배들 눈치도 받고 그래 봐. 무슨 만화 같은 공
상이나 하겠느냐고?"

　사실 홍주 말도 맞는 말이었다.

　고학으로, 장학금으로 어렵게 학교를 다녔고 스트레스를 제일 많
이 받는다는 중소신문에서 노트북 하나로 버텨가는 홍주 입장에서
삶은 만화나 공상일 수 없을 터였다.

　우리는 결국 취기도 별로 느껴지지 않는 술을, 사라진 친구의 흥을
안주 삼아 마실 수밖에 없었다.

　"한 달쯤 되었나? 언젠가 불쑥 퇴근 무렵에 신문사에 들렀어. 피곤
해 보이기에 어디 아프냐고 했더니 뭐라더라? 겨울 대밭 바람소리를
아느냐고 그러는 거야……. 그게 무슨 이야기냐고 했더니, 우리나라
남쪽 어느 산사에서 겨울철 새벽에 대밭을 스치는 바람소리를 참 스
산하게 들은 적이 있는데, 그 소리를 한낮 광화문 네거리에서 들은
것 같다는 이야기야. 어디 아픈 데 없느냐고 했더니, 약사 마나님이
몸뚱아리 건강은 하두 꼼꼼하게 챙기는 통에 아플 틈도 없다고 히죽
거리며 웃더라고…… 술만 몇 잔 같이 하고 헤어졌지…… 작년 여름

이었나…… 그때는 몽골에 다녀왔다고 신문사에 와서 칭기즈칸 무덤 이야기를 했어. 옛 몽골제국의 수도였던 하라호름까지 갔는데, 그 강대하던 몽골제국의 흔적이 아무것도 남아 있지 않더라고, 그 텅 비어 있는 초원이 그래서 차라리 모든 사람에게 그 강대하던 제국의 규모를 더욱 크게 상상하게 해주더라고, 칭기즈칸 역시 무덤이 없으니까, 모든 초원에서 그 위대했던 칸의 무덤이 자기 고장에 있는 것으로 믿는 것이 아니겠느냐고…… 이야기 다 들어주고, 학원이나 약국 경영은 잘 되느냐고 했더니, 증권 사놓은 것만도 거의 세 곱이 올랐다고, 마누라가 그러더래. 너무 잘 되는 것 같아 흥미가 없대. 물론 부인 수완이지, 제가 뭘 해? 학원 원장이라는 주제에 강의실 의자라도 한번 둘러보았을 것 같애? 그 짜식 말야, 억지로라도 신경과나 정신과 같은 데 우리가 한번 끌고 가봐야 되는 게 아닐까……"

갑자기 홍주의 음성이 떨려왔다.

"글쎄……"

나도 같은 생각을 한 적이 있었지만 그가 치료를 요하는 환자라는 데 동의하기에는 머뭇거려졌다……. 그 이야기, 옛날 했지? 너무 힘들어서 휴학 준비를 하고 있었는데…… 나도 모르게 한 학기 내 등록금을 내놓고도 시치미를 뗀 놈이라고…… 착한 놈인데……. 여러 번 들은 이야기였다. 술이 취해 감상적이 될 때면 홍주는 그 이야기를 했다. 나도 대학원 때 그 자식이 등록을 대신 해준 적 있어…… 나 역시나 목구멍이 따끔거려왔다…… 어디로 간 거지? ……돌아올 거야. 맨날 그랬는데 별일 있겠어? 별일 있으면 안 되지. 그런데 이상하게 신문쟁이들, 그 이상한 육감 있잖나? 그게 말이야…… 아니야. 그 착한 친구에게 무슨 일이 있겠어? 자, 한번 부딪쳐……. 우리는

영 취기가 오르지를 않아 위스키를 시켜 폭탄주를 만들어 서로 부딪
쳤다. ……자, 우리 신밧드의 새로운 성공적인 모험을 위하여, 이 세
상 제일 착한 우리 친구, 신밧드를 위하여.

현관에서 울리는 벨소리를 꿈속처럼 듣게 된 것이 홍주와 만나 술
을 마신 지 이틀이 지난 새벽이었다.

전날 밤, 직장 동료 둘과 지금이 가을인지 겨울인지 확인을 해야
한다는 싱거운 소리를 해가며 꽤 과음을 한 덕분에 서재에서 그대로
잠이 든 모양이었다.

새벽 4시가 조금 지나고 있었는데, 누군가 조심스럽게 현관 벨을
울리는 소리가 들려왔다.

"누구야? 이 시간에?"

목소리를 낮췄는데……. 나야. 병두, 신병두. 더 낮고 조심스럽게
문 밖의 방문객 음성이 들려왔다.

"신밧드?"

"그래, 나야. 좀 춥군."

정말 도깨비에게 홀리기라도 한 듯 문을 따고 나는 잃어버릴 뻔한
우리의 친구, 신밧드의 어깨를 끌어안고 내 서재로 들어갔다.

자칫 연기처럼 한순간 사라져버릴 것같이 불안해했는데 그는 얼굴
가득 웃음을 띠고 있었다.

흰 얼굴이 약간 그을려 보였을 뿐, 친구에게서는 그날 양곤의 시장
에서 '론지'를 사 입고 낄낄거리던 때 같은 생기가 전해져왔다.

"어디서 오는 거야? 도대체."

너무 뜻밖이라 나 역시 아직 꿈을 꾸는 듯한 기분으로 그의 두 손을 쥔 채 물었다.

"시실리에서."

"어디, 이태리…… 시칠리 섬?"

"아니야. 우리나라 바닷가, 시실리(時失里)라는 마을에 있었어. 그동안……. 아침에 돌아오려 했는데 시간을 잘못 잰 모양이야. 너무 이른 시간이라 호텔로 갈까 하다 보고 싶기도 하고…… 그래서 그냥 이리루 왔어. 아무래도 혼자 사는 노총각 집이 나을 것 같아서."

"가만있어, 우선 커피라도 끓여줄까? 그리고 시장하면 집 앞에 24시간 해장국 끓이는 집 있는데 조금 있다가 그리로 같이 가자고. 나도 어젯밤, 지금이 가을인지 겨울인지 확인하자는 괴물 친구들하고 술을 좀 마셨거든."

"가을인지, 겨울인지. 하, 괜찮은 괴물들도 있네…… 그래, 결론은 내렸어?"

"서로 겨울이다, 아니 아직은 가을이다, 그렇게 다투다 헤어졌어."

나는 고개를 저으며 컴퓨터 곁에 늘 대기하고 있는 커피포트의 스위치를 올렸다.

점퍼 차림의 옷이 좀 구겨 있다는 인상말고 친구의 얼굴은 다른 때보다 밝고 건강해 보였다.

여행지에서 곧장 내게로 왔다고 친구는 말했다. 모처럼 기분 좋은 여행이었어……. 그는 커피를 마시며 한쪽 엄지손가락을 치켜세워 보였다.

전화 같은 게 없는 곳이었으니까 집으로 연락도 안 했지……. 그는 해장국 집으로 옮겨온 후, 새삼스럽다는 듯 주위를 돌아보며 웃었다. 지금이라도 집에 전화를 거는 게 좋겠다는 내 의견에 그는 고개를 저었다. 날이 밝는 대로 전화하고 들어가겠다는 거였다. 지금 전화했다가는 아내며, 나이 든 어머니마저 이쪽으로 몰려와 모처럼 나와 마주 앉아 들려줘야 하는 여행 이야기를 끝내지 못한다는 거였다.

해장국을 한 그릇씩 시켜놓고, 그는 지그시 눈을 감은 채 이번 여행의 포만감을 즐기는 눈치였다. ……그냥 대밭 바람소리를 다시 들었으면 좋겠다, 그 생각에다 갑자기 바다에 가본 적이 오래되었다는 생각이 겹쳤거든. 그런데 대나무 바람소리에다 파도소리, 거기에 덤으로 솔바람소리까지 싫도록 들을 수 있어서 그렇게 행복할 수 없었어. 거기다 또 하나 이게 제일 큰 수확인데, 여행을 다니다 보면 언어라는 게 그렇게 많이 필요한 것이 아니더라는 이야기, 전에 더러 했지? 내가 고개를 끄덕였다. ……그 생각 평소 많이 하곤 하는데, 이번에는 참 언어라는 것이 얼마나 무의미한가를 확인했다고 할까, 말이라는 게 그렇지 않아? 밖으로 튀어나오면서 변질되고, 전달되면서 또 달라져버리고, 좌우간 이번에는 아주 행복한 경험을 했어. 시실리. 마을 이름이 꽤 근사하지 않나? 투박한 바윗돌에 조잡해 보이는 필체의 '時失里'라는 동네 이름이 새겨진 걸 보고, 여기라면 되겠다, 무작정 들어간 거야. 어디 민박할 곳이 없나 하고. 집이라야 전부 일곱 채였나, 참 작은 동네였는데 안개에다 어스름까지 겹쳐서 그날 저녁에는 내가 묵은 집 한 채밖에 그것도 눈에 띄지 않았거든. 무작정 며칠 좀 묵을 수 없느냐 하고 들어갔지. 내 행색을 훑어보던 바깥 노인네가 손으로 들어오라는 시늉을 해서 이 노인네가 벙어리인가 했는데, 이튿날 보니까 그 집 안 노인네도, 그 집 딸도 끝내 입으로 말

소리 내는 걸 못 보고 왔으니까. 말하자면 언어가 생략된 공간에 끼워 있다가 돌아온 셈이야. 그 집만이 아니라 그 동네에서 누구도 웃음소리 내는 것말고는, 말하는 걸 들어본 적이 없어. 그럴 수가 있는가 했는데 하루 지나고, 이틀째부터는 나 역시 원래 내가 언어라는 것을 사용했는지 까마득한 생각이 들기 시작하더라니까. 그 집, 사립문 앞에서 100여 미터 아래가 바다라면 믿어져? ……끼니때가 되면 뭘 하는 줄 알아? 이 노인이 작은 뜰채 하나를 들고 갯가로 나가는 거야. 굵은 갯돌들로 물이 밀려오는 한쪽 바닷가에다 작은 울타리를 만들어놓았어. 다른 집들에서도 조금 크게, 혹은 조금 더 높게, 작은 돌무더기의 어장을 만들어놓은 거야. 밀물 때 물고기들이 물을 따라 밀려 올라왔다가 물이 빠질 때 게으른 고기들이 거기 갇혀 있는 거지. 노인은 갇혀 있는 수십, 수백 마리 물고기 중에서 몇 마리를, 그 끼니에 먹을 만큼 몇 마리만 뜰채로 건져올려 안 노인네와 딸이 마른 삭정이로 밥을 짓는 부엌에다 디밀어주고, 이번에는 해안의 언덕으로 올라가. 돌무더기의 언덕에는 수백, 수천의 갈매기들과 오리떼가 몰려들어 둥지를 틀고 있어. 참, 엄청 많은 물새들이었어. 바위틈 사이의 수백 개 둥지에 낳아놓은 알들을 노인은 자기 집 닭장 둘러보듯 돌아보고 나서, 두세 개씩 낳아놓은 둥지에서만 한 개씩 꺼내 식구 수대로 가지고 내려오는 거야. 이미 네댓 개씩 낳아놓은 둥지는 부화가 시작되는 둥지라는 것을 짐작하게 된 게 한 사흘 지나서였을까……집 뒤에서 시작된 낮은 동산이 왕대나무 숲이었고, 그 뒤로 산 정상까지는 온통 늙은 소나무였어. 솔바람소리와 대나무 잎을 스치는 사그락거리는 소리, 거기에다 해안을 훑고 가는 물소리가 밤이면 같이 섞여서 들려와. 그렇게 편하고 마음이 가벼울 수 없었어. 첫날 아침만 혼자 밥을 따로 먹었을 거야. 그리고 다음 끼니부터는 한 상에서 그 집 식구들과 같이 식사했어. 식구 수만큼 소금만 뿌려 구운 팔뚝 굵기만한 생선 한 마리씩에다 삶은 물새 알, 거기에다 잡곡밥하고 푸성귀, 내 피부가 좀 맑아진 것 같지 않나? 바깥 노인이 꽤 술을 좋아해서 둘이 여러 번 대작을 했는데 자네들 생각이 나더라고…… 솔잎으로 담근 술 같았는데…… 딸아이가 한 열여섯이나 열일곱쯤 되었을까, 어찌나 눈이 맑고 깨끗한지 가만있어봐…… 여기 빈 컵 두 개만 좀 달라고 해봐……. 우리의 친구, 신밧드는 내게도 눈에 익은 그의 손때 묻은 여행용 가방에서 투박한 흙으로 빚은 병 하나를 상 위에다 꺼내놓았다.

오지로 만든 흑갈색의 투박한 병은 한쪽만 배가 부르고 한쪽은 편편한 기형을 하고 있었다. 아, 이건…… 나는 한참 만에야 그 생김새에서 조선 중기, 전쟁 때 병사들이 물병으로 사용했다는 어느 도록(圖錄)의 사진을 기억해냈다.

"자네도 내 이야기를 제대로 이해 못할 것 같아서 거기서 마시던 술 한 병을 일부러 가져왔지. 같이 맛 한번 보자고."

친구가 나무로 깎아 만든 병 뚜껑을 뽑았을 때 나는 분명히 아스라한 소나무 향기를 맡았다.

"어때? 맛이?"

엷게 푸른색을 내고 있는 맑은 술에서는 지상의 냄새 같지 않은, 신비하고 유현한 소나무 숲 향기가 배어나왔다.

어젯밤의 술로 아직 맑지 않던 머릿속이 솔잎 술 한 모금으로 청량하게 맑아지는 기분이었다.

"이제, 홍주도 부르는 게 좋지 않겠어? 자네 때문에 홍주가 걱정 많이 했거든. 그 친구에게도 이 술맛을 보여주는 게 좋을 것 같고."

"그 자식, 나한테 기행문 같은 거 쓰라고 하지 않을까? 나, 그런 건 사절이야."

"홍주는 다른 신문쟁이하고는 다르잖아?"

내가 휴대전화기를 꺼내들자 그가 고개를 끄덕였다

"이제 곧 날이 새니까 마누라 침대에서 기어나오라고 해도 괜찮겠어. 그래…… 오라고 해."

나는 서둘러 다이얼을 눌렀고, 잠에 취한 목소리로 전화를 받던 홍주는 우리 친구, 신밧드가 새로운 모험을 끝내고 지금 내 앞에 돌아와 있다고 하자, 잠시 얼이 빠진 듯하더니…… 꼼짝 말고 잘 붙들고 있어. 금방 갈 테니까, 서둘러 제가 앞서 전화를 끊었다.

"그런데 자네가 갔다는 곳이 어디쯤이야?"

그의 이야기를 들으면서 그런 곳이 있다면 나도 한번은 그곳에 가보고 싶은 충동이 치밀었다.

"지도로 좀 확인해보아야겠어. 택시를 대절해 가다가 잠이 들었거든. 안개까지 잔뜩 끼고……."

"잠이?"

"별별 곳을 멀리로도 나, 많이 싸돌아다녔지 않아? 몽골 원주민의 겔에서 새벽 별을 보기도 했고, 남미 아마존 밀림에서 원주민들과 악어잡이도 해보고, 바이칼 호숫가에서 내리는 눈을 맞아보기도 했지만, 그때도 손짓 발짓으로 의사 소통이 얼마간은 필요했는데, 그저 눈빛으로 의사를 전달하며 살아가는 곳이 있으리라곤 생각을 못했거든…… 여행이란 게 그래…… 지금 내가 속해 있는 곳하고는 무엇인가 다른 곳, 다른 사람과 다른 풍물, 다른 습관, 그런 걸 확인해보는 게 아니겠어? ……지난여름 미얀마도 생각해봐. 성스러운 공간에서는 발에 양말이나 신발을 신지 않는 것, 그 맨발이 재미있었지 않나? ……젊은 여자들, 곱게 화장까지 하고, 그 화장한 얼굴 위에다 다시 왜, 다나까던가 하는 나무 뿌리 빻은 허연 물을 가면처럼 다시 바르고 있었잖어? 우리하고는 전혀 다른 언어를 쓰는 사람들을 만나면 그것대로 좋았는데…… 아예 말이라는 것을 생략하고도 의사 소통에 불편이 없는 곳이 가까이 있다는 게 얼마나 신선하게 느껴졌겠어? 몇 해 전, 아마존 숲 속 인디오 원주민들이 강에서 끼니때면 뜰채로 그 끼니에 먹을 만큼만 물고기를 건지는 걸 봤다는 이야기 했지? 강 자체가 말하자면 저희들 음식보관소니까 더 잡아다 음식을 상하게 할 필요가 없는 거 아니겠어? 그 모습도 내게는 대단한 감동이었는데…… 그런데 이번에는 바닷고기들이야. 자네 생선 좋아하지? 자네, 생각도 했지. 한번 같이 그 마을에 다시 가서, 거기서 건져올린 생선 안주 삼아 자네하고 한 잔하면서, 자네 지난밤 고민했다는 가을인지 겨울인지 따져볼 수도 있겠지…… 그런데…… 자네하고 같이 있으면 결국 말을 하게 되나? 그건 좀 문제가 되겠다……."

그는 잠시 눈을 지그시 감고 심호흡을 하더니 눈을 빛내며 말했다.

"부탁 좀 하나 들어줘. 아주 작은 마을도 다 나오는 지도, 자네네 학교 도서관에 없는지 모르겠네. 내일이라도 그 마을 좀 제대로 위치 확인을 했으면 좋겠는데."

나는 고개를 끄덕였다.

"자, 우리 홍주 오기 전에 한 잔씩 더 하자고. 그 친구는 이 술에서 대나무 숲, 소나무 숲 바람소리까지는 못 들을지도 모르니까."

그가 다시 병을 기울여 잔을 채웠다.

"술 다 비우고…… 그 술병 나, 가져도 되겠어?"

그 흑갈색의 투박한 오지 술병이 친구가 다시 여행을 떠나고 없을 때, 나 혼자 사는 오피스텔의 탁자 위에 놓여 있었으면 하는 생각이 갑자기 절박하게 떠올랐다.

"그래, 자네 책상 위에다 보관해둬."

어차피 그가 다녀온 마을에 내가 동참할 가능성이 희박할 것 같은 느낌과 함께 그가 따라준 세 번째의 술을 목으로 넘기면서 이제 완전히 가을이 갔구나, 그리고 지금부터는 겨울이야, 그런 인식이 아주 맑게 명치 끝에서 시작되고 있었다.

"확실히 이제 겨울이야."

"이제 겨우 결론이 났어?"

그가 낄낄거리며 웃었다.

홍주가 병두의 아내와 함께 그 해장국 집에 나타난 것은 우리가 그 술병을 거의 바닥내버린 30여 분 후였다.

홍주는 어쩌면 영 못 만날지도 몰랐을 우리 친구, 신밧드를 다시 만난 것이 너무 감격스러웠는지…… 이 도깨비야, 이젠 안 돼…… 알았어? 이젠 혼자 맘대로 안 돼. 이제 곧 자넨 애 아버지가 되는 거야……. 그렇게 중얼대며 만난 순간부터 내내 친구의 손 하나를 쥐고 있었다.

홍주의 눈에 물기가 어려 있는 것이 보였다. 이 병(甁), 임란 때 우리 수병들이 물병으로 허리에 찼던 병이 맞을 거야. 어부들 그물에 더러 걸려 올라오곤 하지……. 친구의 손을 놓지 않은 채 홍주가 비어버린 술병에 대한 설명을 간단히 했다.

"이제 정 선생님도 결혼하세요. 이런 사람하고 자주 어울리지 마시고요."

병두의 아내가 자동차에 시동을 걸면서 내게 우아한 목소리로 말했다.

밝아오는 초겨울 새벽 거리에서 병두는 자기 아내의 차에 오르면서 내게 찡긋 윙크를 한 번 해 보였다.

이튿날 홍주에게서 병두가 입원했다는 소식을 들었다.

특별히 겉으로 아픈 곳은 없어 보이지만, 건강 진단을 겸해서 C.T와 M.R.I 촬영을 한번 해보는 게 좋겠다는 홍주 의견에 친구와 그의 아내가 동의했다고 했다.

"신경정신과에 알아주는 선배가 한 사람 있어. 잘 될 거야, 아마."

문득 몇 잎씩 남아 있기도 하던 은행나무 잎들이 하나도 없이 떨어져버린 거리 위로 회오리가 낙엽을 소용돌이로 만들어 흩날리는 모습이 보였다.

한 열흘쯤 지나 첫눈이 내린 날 저녁, 나는 친구 신병두의 아내에게서 처음으로 직접 전화를 받았다.

병원에 다녀온 후 얼마 동안 조용하게 서재에 박혀 있던 남편이 어제 오후부터 다시 보이지 않는다는 거였다.

나는 내 책상에 놓인 솔잎 술이 담겼던 그 흑갈색 오지 술병을 집어 가까이 끌어다놓고 말했다.

"여권, 이번에도 그대로 있지요? 그럼 걱정 안 하셔도 돼요…… 전에 한번 갔다던 바닷가 마을에 가서 생선 먹고 있을 거예요. 그 친구,

한 일주일이면 안 돌아오겠어요?"

　수화기에 대고 그렇게 말하면서도 나는 이번의 신밧드 모험은 그
기간이 상당히 길어질 것이라는 예감이 들었다.
　그 예감은 그가 다녀왔다는 마을, 시실리의 지명을 전국의 행정구
역과 자연 마을, 어디에서도 찾아낼 수 없었을 때부터였을 것이다.
　아니, 그는 이제 다시 우리 곁에 모습을 내보이지 않고 사람의 언
어가 존재하지 않는, 솔바람소리와 대나무 숲 바람소리, 바닷물소리
만 있는 공간과 공간의 틈새, 현재와 설화의 중간 지점, 혹은 그 시간
의 틈새에 계속 머물지도 모른다는 느낌이 더 강하게 왔다.
　빈 술병 속에서 그가 말하던 인간의 언어 이전, 자연의 소리들이
한순간 하모니를 이루며 아득하게 향수처럼 내게도 잠시 밀려나오는
것을 약하게나마 들을 수 있었던 까닭이다.

(1999,『동서문학』)

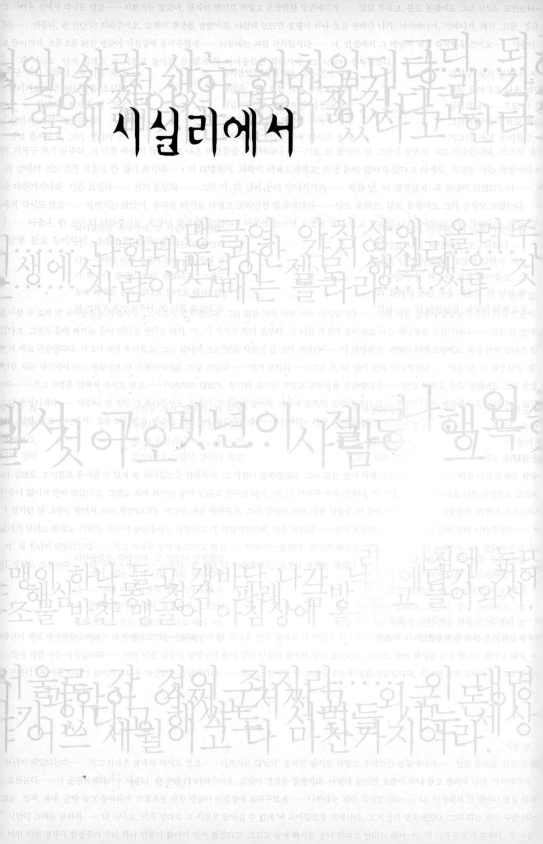

시실리에서

그때 나는 울고 있었을까.

그녀의 여리디 여린 열 손가락을 차례로 입 속에 집어넣으며 깊이 숨을 들이마셨다. 아주 깊게 콧속으로 스며들어온 꽃 냄새…… 네 냄새였구나.

얼굴 가득 빗물을 받으며 아득한 현기증 속에서 샤샤의 체취를 나는 처음으로 깊게 맡았다.

그녀가 고개를 좌우로 젓는 것이 꿈속처럼 보였다.

은은하게만 느꼈던 그 향기의 강렬함이라니…… 나는 발을 헛디디며 거기 젖은 잔디밭 위에 쓰러져버렸다.

1

여러 해 지난 30대 초반의 기억 속에 남
아 있는 마을 이름 하나. 시실리(時失里).

　내 안쪽, 깊은 곳에서 해체되고 흐려져 그 마을의 기억 어디까지가
사실이고, 어디서부터 재구성이 되었는지조차 확실하지 않지만 시실
리라는 이름만으로도 나는 잠시 숨이 막혀온다.

　대나무 작은 가지 사이를 스치고 지나던 감미롭던 바람소리, 그리
고 코끝에 남아 있는 은은한 금목서(金木犀) 향기를 어떻게 지울 수

있겠는가. 정말이지 나는 그 몽롱하던 꽃향기를 떨쳐 버릴 수 없다. 금목서, 길러보시게요? 흰 꽃 피는 게 은목서, 이렇게 노란 꽃을 피우는 놈이 금목서지요…… 중국 원산으로 물푸레나무과 상록수 교목으로 가을에 길고 둥글게 마주 보는 잎 사이에 등황색 자잘한 꽃이 이렇게 엄청 달립니다. 흔한 나무는 아니지요. 정원수 시장을 지나다가 기억 속의 그 이상한 꽃향기에 놀라 잠시 멍해 있는 내게 수목원 주인은 덧붙여 말했다. 이 나무는 원래 우리나라 중부지방 이상에서는 살지 못했어요. 그럼 먼 중국 남쪽에서 사는 나무였네요. 나는 잠시 꿈꾸듯이 대꾸했다. 은은하면서도 그 몽롱한 향기를 뜻하지 않게 서울 도심, 나무 시장에서 현실로 다시 맡으면서 내 기억의 일부가 환영만은 아니었으리라는 생각에 나는 잠시 몸을 떨었다.

　—상상력의 세계와 밀접한 선생의 직업이 잠시 의식에 혼란을 주었을 것입니다. 말하자면 현실과 허구의 경계가 견고하게 독립되어 있지 못하고 잠시 뒤섞였다고 할까요? 아무튼 소설 쓰는 작업을 당분간 중단하시고, 단순하게 눈앞에 보이는 것만 확인하면서 지내시는 게 도움이 될 것 같습니다만.

　그날 젊은 의사는 내게, 사실 나보다는 가족들을 향해 그렇게 말했다. 나 역시 고개를 여러 번 끄덕거려버렸다.

　—너무 피곤해서 꿈을 꾼 모양입니다.

　어머니와 누이의 얼굴에 번지는 안도감을 보면서 나는 미소까지 지어 보였다.

　기억이라는 것이 사실과 달라질 수도 있다는 것을 알기 때문에 그 마을에서의 며칠이 심한 열병을 앓을 때의 환영 같은 것이었는지도 모르겠다는 의구심이 그후에도 가끔 들기는 했다.

그러나 내 기억 속의 향기를 실제로 내뿜는 꽃이 있고, 그 나무의 실체까지 확인하고 나서는 그 시실리의 편린들을 이젠 소중하게 입 안의 박하사탕처럼 아끼기로 했다.

잠에서 반쯤 깨어 꿈과 현실이 구별 안 되는 의식의 경계에서, 때로 살아나는 대숲을 지나던 바람소리, 파도소리와 돌탑, 더구나 그 금목서 향기와 샤샤의 그윽하던 눈을 어떻게 잊을 수 있겠는가.

그 시간, 죽음이 친밀하게 아주 가까이 내 곁에 와 있다는 기분으로 주저앉았던 안개 속의 밭둑이었다.
가라앉아가던 의식 속에서 잠깐 고개를 들었던 내 눈앞에, 안개에 휘감겨 있던 못생긴 자연석이 보였고, 서툰 글씨체의 시실리라는 마을 이름이 들어왔다.
시실리.
글씨가 보이자 언제부턴가 콧속으로 기어들고 있던 이상한 향기의 정체를 찾아 그때서야 주위를 돌아보았다.
지독한 안개뿐. 시야에는 아무것도 들어오지 않았다. 싸아한 냉기를 지닌 그 냄새는 방향마저 알 수 없었다. 그러나 내 후각 밑바닥에 고여 있던 영안실의 그 향(香)냄새를 밀어내며 그 신선한 향기는 집요하게 안개 저편에서 끊기듯 이어져왔다.
허옇게 무서리가 마른풀 위를 덮고 있던 오솔길 위로는 한밤 어둠 같은 안개뿐이었다. 마치 견고한 벽처럼. 안개의 벽이라니. 아마 그때 잠시 생각했을 것이다. 작은 안개의 물 알갱이들이 끈끈한 접착제들로 서로 엉켜, 뚫고 들어가기 힘든 질긴 벽을 세워놓은 것이라고.

시실리.

시간을 잃어버린 마을이라니…….

넋을 놓고 얼마 동안 그렇게 앉아 있다가 나는 그 기묘한 향기의 자력에 끌려 안개의 벽을 향해 몸을 움직였다. 그리고 한순간 그 안개의 장막을 뚫지 못하면 그 자리에 그대로 녹아내려 몸과 영혼이 해체될 수밖에 없을 것 같은 절박함이 왔던 것 같다.

2

그때 나는 인도 여행에서 쫓기듯 돌아온 지 20여 일이 지났을 것이다.

도망치듯 서울을 빠져나가 몇몇 머리 빈 친구들이 그 무렵 유행처럼 찾아갔던 인도로 향했던 내 여행 자체가 지금 생각하면 유치한 발상이었다.

비평가 R이 나를 만나고 돌아가던 밤길에 뺑소니 차에 치여 즉사한 지 1주일 후였다.

R의 사고가 아니었다 해도 그 무렵 나는 누에고치처럼 일체 외부와 연락을 끊고 내 방에 처박혀 자살까지 상상하며 극심한 우울증 속에 가라앉아가고 있던 때였다.

R은 그래도 한때 잘 나가던 옛 친구를 위해 이틀을 뒤져 주소까지 바뀐 내 오피스텔을 찾아왔던 것이다.

—아직 젊어. 뭐가 두려운 거야? 잠시 충전이 필요한 거지. 인생을 다 산 것 같은 꼬락서니, 사실 그것이 더 건방진 거야.

그는 들고 온 위스키 한 병을 혼자 다 마시면서 스무 번도 더 비슷한 말을 하고 떠났다.

그리고 30분도 지나지 않아 횡단보도에서 피투성이로 절명했던 것이다.

—나, 위로 안 해도 돼. 끝난 걸 내가 잘 알아.

썰물처럼 내게서 모든 것이 빠져나가버린 바로 그 직후였다.

문학에 대한 야망, 꿈, 돈, 여자도 신기하게 동시에 내게서 떠나간 후, 황당하게 친구 R이 그렇게 죽고 나자 나는 친구의 영안실에서 맡았던 그 향냄새를 피해 도망가듯 비행기를 탔다.

인도에 가면 다시 시작할 수 있을까. 피폐해진 영혼에 기적처럼 습윤한 정신적 영양이 채워질 수 있을까.

홍콩행 비행기를 탔고, 거기서 비행기를 갈아타고 뭄바이에 내렸다.

얼음으로 빚어진 육신이 여름 한낮 햇볕 속에 내동댕이쳐진 것 같던 그 시기의 처절함이라니. 죽는 두려움보다 초라한 육신의 잔해를 남기는 것이 겁나던 때였다. 그런데 R의 죽음까지라니. 친구의 죽음에 대한 죄의식까지 겹쳐 나는 더 이상 서울에 머물 수 없었다.

그러나 그것 역시 얼마나 어리석은 망상이었는가.

늦은 오후였는데도 기다리고 있었던 듯 덤벼들던 뭄바이의 후더운 열기와 소음, 갈비뼈를 모두 드러낸 채 거리를 어슬렁거리던 소 몇 마리. 아임 헝거리…… 아임, 헝거리……. 파리떼같이 몰려들던 맨발의 야윈 팔목들 앞에서 곧바로 나는 이번 여행이 후회스러웠다.

그곳에서 마지막 구원은커녕 혼란 하나가 더 나를 감싸들기 시작했던 것이다. 친구의 영안실 주위에 떠돌던 향 비슷한 독특한 냄새는 비행기에서 시작되었는데 그 냄새는 거리고, 식당이고, 호텔 침대맡에서도 끈질기게 나를 쫓아다녔다.

그 지독하던 인도의 냄새.

나는 잠을 이룰 수 없어 그 첫 밤을 뒤척이다가 새벽 거리로 나가 버렸다.

그러나 그 이상한 도시는 새벽마저 후텁지근한 열기에 잠겨 있었다.

부우융한 어둠 속에서 도로 한쪽, 몸을 웅크리고 잠들어 있는 사람들의 갈퀴처럼 거칠고 야윈 맨발들이 그 새벽 맨 처음으로 눈에 들어왔다. 내 영혼 한 조각이 그 곁에 나란히 눕고 있는 환영으로 고개를 돌리려는데, 비쩍 마른 소 한 마리가 잠들어 있는 사람들의 발 아래에서 오줌을 누기 시작했다.

길 반대쪽 쓰레기더미 위 가부좌를 틀고 앉아 있던 석상 같은 한 노인의 모습이 그 다음의 풍경이었다.

죽은 것인가, 죽어가고 있는 것일까. 노인이 눈뜨는가를 기다리다가 돌아섰던 기억을 시실리의 마을 어귀, 안개 속에서 내가 잠시 떠올렸는지…… 죽어 있었는지 요가 상태의 수양 중이었는지 구별 안 되던, 뼈만 드러나 있던 그 이상한 침묵이라니…… 그 독특한 인도의 냄새와 노인의 모습이 내 인도 여행을 중단하게 했을 것이다.

영혼의 자유는커녕 하늘과 땅, 낮과 밤을 온통 채운 그 열기에 섞인 향냄새와 카레 냄새. 나는 서울로 돌아오고 나서 전화코드까지 뽑고 방문을 걸어 잠갔다.

　다시 내 방에 혼자 처박혀 1주일이 지났다. 그러다가 한밤중 몽유병자처럼 집을 빠져나와 행선지를 확인하지 않고 버스터미널에서 심야버스에 올랐다.

　작은 도시 변두리의 새벽 거리에 내가 그림자처럼 서 있었다.

　다시 마을버스를 탔고, 또 내리고, 다시 타고, 허깨비에 홀린 듯 수도 없이 시외버스와 마을버스를 무작정 갈아탔다.

　주로 밤 속으로, 짙은 안개 속으로 혼자 흔들리며 달리다가 인적이 없는 곳에서 내렸다. 그리고 걸었다. 아주 오래오래. 쓰러질 것같이 피곤해지면 또 아무 차라도 다시 갈아탔다. 그런 식으로 벌써 여러 날이 지났을 것이다.

　그날도 짙은 안개 속에서 마을버스를 탔을 것이다.

　그리고 얼마 동안 졸다가 더 지독한 안개 속에서 차를 내려 무작정 걸었다. 나는 그때 이미 내 육신이 한순간 공기와 대지 위에 흩날려 사라지는 환상 속에서 모처럼 안온한 잠의 유혹에 잠겨갔던 것 같다.

　그러다가 문득 너무 강렬한 향기의 유혹에 고개를 들어 시실리라는 마을 표지를 본 것이다.

　그때 사실 나는 그랬다.

　걸을 수 있는 데까지 걸어가리라. 더 이상 몸을 움직일 수 없을 때, 바로 그 자리에서 눈사람이 녹아내리듯 그렇게 삶을 끝내도 괜찮지 않은가. 육신이 더 이상 움직일 수 없는 그 장소에서 길지도 않았지만 누추해진 육신을 바람과 햇빛, 물과 흙 속에 해체시켜 돌려보내리라.

그래서 참으로 자유로워지리라.

3

장래가 유망한 것으로 갑자기 알려지기 시작한 건방진 젊은 소설가가 한 사람 있었다.

중앙의 신춘문예 현상 모집에 당선. 그러고는 10여 년의 음울하던 습작기에 써두었던 열몇 편의 단편과 장편소설 두 편이 약간의 손질과 재포장되어 연이어 발표되었다.

문예지와 출판사에 박혀 있던 친구들 덕에 비슷한 때 한꺼번에 작품들이 햇빛을 보았던 것이다. 그러자 친구들이기도 했던 젊은 비평가들이 앞다투어 소설 분량보다 더 긴 소설의 해설들을 신나게 갈겨가기 시작했다.

죽은 친구만이 젊은 소설가를 뜨악한 눈으로 쳐다보았다.

—속도 조절을 좀 하는 게 좋지 않겠나?

—달리는 말등에 올라타면 기수도 맘대로 못한다는 거 알잖어?

— 좀 무리하는 것 같다. 나야 유명한 작가와 친구인 것만으로도 좋지만 건강 생각도 해야 하고 말야. 또…… 몇 개의 여성잡지에까지 그의 사진이 끼어들었다.

그러면서 그는 어느 사이 가장 촉망되는 젊은 소설가군의 선두에 이름이 올라 있었다. 문학성과 상업성을 동시에 갖춘 놀라운 천재성이라는 말이 그의 이름에 따라붙으면서 예상치 않았던 몇 개의 문학상이 수여되었고, 그와의 대담이나 사인을 요청하는 독자들이 불어났다.

출판사와 비평하는 친구들 사이에서도 그와의 관계 유지를 위해 신경 쓰는 눈치들이 보였다. 편집자들이 전화를 집요하게 걸어왔고, 저녁과 술을 샀으며, 문화부 기자들의 인터뷰 요청 역시 폭주해갔다. R이 연락을 끊고 있었을 때부터였을까, 우선 맹렬하게 돈이 통장으로 들어오기 시작했다. 소설 집필 착수금 명목의 돈이었다.

쑥과 마늘만 먹고 사람이 되어 동굴에서 나온 웅녀처럼 온 세상이 그 앞에 금빛으로 빛나기 시작했으며 문학 잡지와 신문, 매스컴의 문화난은 그를 위해 존재하는 것만 같은 기분이 들었다.

햇빛이 잘 드는 넓은 오피스텔로 숙소를 옮겼고, 뒤이어 가구도 새 것으로 들였다. 컴퓨터, 오디오, 비디오가 바뀌었다. 출판사 사장 한 사람이 중형의 승용차 한 대를 선물로 보내온 것도 그 무렵이었다.

자연스럽게 스스로 왕자로 태어났거니 하는 기분 속의 2년여. 그것은 그에게 삶의 황금기였다.

그런데 어느 날 매미의 생태에 대한 다큐멘터리 필름을 우연히 본 적이 있었다.

며칠을 노래하기 위해 매미가 6~7년을 땅 속 어둠에 묻혀 살아간다는 해설을 들으면서 이상하게 오싹하는 한기가 왔다. 노래의 계절이 지나면서 매미의 생애 역시 끝난다는 이야기가 집요하게도 불쑥불쑥 떠올랐다.

가난 속의 10여 년, 자학하며 웅크리고 지독하게 고뇌하며 써왔던 습작품들의 먼지를 털어 윤을 내고, 포장을 다시 해 출판사들에 내던지는 동안 언제든 샘물 솟듯 그 정도 속도로 새로운 원고도 써서 내던질 수 있으리라 생각하고 있었다.

쌓아두었던 재고품이 거의 바닥났을 때까지도 젊은 소설가는 아무 걱정도 하지 않았다. 언제든 이름 석 자만 붙이면 대학 1학년 때 가볍게 썼던 원고조차 비평하는 친구들의 붓끝을 통해 살아났으니까.

그는 이미 장래가 가장 촉망되는 천재적인 젊은 작가 중의 하나였으므로.

그러나 당선되기 전까지 10여 년 동안 쌓아왔던 언어의 조립품들이, 언어의 덩어리와 조각들이 깊은 서랍 속에서 거의 빠져나온 다음에야 알았던 것이다.

그가 뱉어낸 무수한 언어들. 10여 년 동안 차곡차곡 저장해두었다가 먼지를 털고 녹을 벗겨 최신 포장지로 처리해 쌓아올렸던 언어의 탑이 내뿜던 찬란한 광휘가 이상하게 소멸되어가고 있음을. 그 빛나던 언어의 블록들이 어느 순간 중심을 잃더니 기울어지기 시작하고 있는 것을 그 역시 눈치챘던 것이다.

그 영광스럽던 건축물들이 내뿜던 황금 색깔은 반대쪽에서 쏘아보내던 탐조등이 잠시 각도를 바꾸면서 어둠에 우중충하게 가라앉아가고 유리처럼 균열을 일으키고 있었던 것이다.

그토록 빛나던 빛의 정체는 무엇이었을까. 자랑스럽던 언어 구조물들이 서서히 금이 가고 와해되어 쏟아져 내렸다. 한순간 접착력을 잃은 언어의 조각들은 몇 개의 단락으로 해체되면서, 문장들로 나뉘어져 질서를 잃고 유령처럼 떠돌기 시작했다. 단어의 조각들로, 끝내는 자음과 모음으로 부서져 그 구조물들은 끝내 흩날리고 있었던 것이다. 응집력을 잃어버린 언어의 조각들은 사금파리 가루였다. 한때 빛을 반사했던 기억으로 혼란스러운 색깔들로 방향을 잃은 채 날뛰다가, 이제 도리어 젊고 촉망받던 제 주인을 향해 날을 세우고 비수가 되어 달려들고 있었다. 풍화되어버린 언어의 조각들, 언어의 시신들의 그 질서 없는 날뜀이라니. 바늘 조각같이 언어의 모래바람은 이제 작가의 발목을, 다리를, 온몸을, 심장을 찔러대며 저희의 시체로 덮어가는 거였다. 언어들이 일으키는 잔혹한 보복이라니…….

그 언어의 붕괴에 그가 당황해하는 사이 후배 작가들이 새로운 별들로 떠올랐고, 신선한 감성과 감각적인 언어로 쓰인 소설 쪽으로 서치라이트가 움직이고 있었다.

그는 이를 악물고 새로운 소설을 썼다.

묵은 원고를 고쳐가지 않고 새롭게 썼다.

그러나 그의 원고를 받아든 편집자의 입모양이 조금씩 뒤틀리는 것이 보였다. 화려한 명성이 2년을 갓 채운 뒤였다.

그는 이를 갈며 주먹으로 드디어 편집자의 책상 유리를 박살내고는 두 손이 피투성이가 된 채, 휘황한 밤거리로 내몰리듯 나왔다.

그 나락의 깊이라니…… 술과 수면제…… 꽃게가 잘린 집게발이 다시 자라 회복될 때까지, 물 속 깊은 돌틈에 웅크리고 있는 것처럼…… 그동안 사랑한다던 여자 역시 그를 떠나갔다.

R이 찾아오고, 죽은 것이 그 무렵이었다.

그는 마지막 처방을 내렸다. 다시 채워 오자. 웅녀처럼 쑥과 마늘

을 다시 먹자. 그것이 인도였다. 당시 비겁한 친구들이 유행처럼 떠
났던 인도 여행을 그 역시 시도했던 것이다.

4

  시실리 이야기를 하자.
  손가락 틈 사이로 빠져나가는 공기의 입자나 수증기의 작은 알갱
이들이 때로 견고하게 얽혀 벽을 만들 수도 있다는 것을 나는 그 산
골 밭둑의 안개에 부딪히면서야 알았다.
  물이 얼음이 되는 이치를 생각해보면 쉬울 텐데요. 소리내어 말한
것은 아니었지만, 내 의문에 샤샤는 냉풍이 몰려나오는 시실리의 산
중턱 동굴 입구의 고드름을 가리키며 웃어 보였고, 나는 고개를 끄덕
였다.
  그래, 그 지독한 응집력. 마을을 둘러싼 안개의 벽 안으로 들어가
려다 부딪혀 주저앉고, 다시 주저앉았던 그 초라함이라니. 몇 번이었
는지 모른다. 전신으로 안개의 벽에 도전했고, 탄력을 가진 안개의
벽은 나를 계속 내동이쳤다. 그렇게 수십 번. 한순간 그러다가 나는
안개의 담 너머로 나뒹굴어 떨어지면서 정신을 잃어버렸다.

  눈을 뜬 것은 마을 앞 어귀에서 맡았던, 그 은은하던 꽃향기를 확
실하게 맡은 직후였다.

허공 중에 배꽃 이파리 하나

잠시 내가 죽어 다른 세상에 온 것이거니 했다. 아(亞)자 무늬의 푸르스레한 한지 창문에 부드러운 빛이 머물러 있었다. 누워 있는 내 머리맡에 흰 머리칼의 남자 한 사람과 소녀 하나가 내가 눈을 뜨자 고개를 끄덕이며 웃어 보였다.

─어딘가요? 여기가.

일어나려 했지만 온몸이 돌덩이가 된 듯 움직일 수 없었다.

내가 말을 걸자 노인과 소녀는 같이 손뼉을 치며 커다랗게 웃었다. 어딘가요? 여기가. 폐 끼칠 생각이 아닌데…… 길을 잃어서요. 딸인 듯한 소녀가 얼른 냉수 그릇을 내밀었고, 노인이 내 어깨를 잡아 일으켜 앉혔다. 나는 물을 반대접이나 들이키고 나서야 내가 어느 시골집 방 안에 누워 있다는 것을 알았다. 정신을 잃었던 모양입니다. 폐를 끼쳐서…… 다시 노인과 소녀가 눈을 마주치며 즐거운 듯이 웃었다. 부녀가 둘 다 농아인지도 모르겠다. 잠시 그 생각을 했다.

그러나 그곳에서 며칠을 지나면서 몇 집인지 확실하지 않았지만, 그 마을의 누구도 말을 주고받지 않는다는 것을 알아차렸다.

그들은 그냥 웃었고, 얼굴을 마주 대하는 것으로 모든 의사 소통이 가능하다는 걸 알게 된 것은 이틀쯤 지난 후였다.

하루를 더 지나고 아침을 맞았을 때 나는 대나무 숲을 지나는 서그럭대는 바람소리와 파도소리를 어렴풋이 들었다.

노인이 외출을 하는 듯 싶어 그를 따라나설 셈이었다.

내가 밖으로 나서자 노인은 작은 뜰채 한 개와 망태기를 멘 채 나를 기다리듯 서 있었다.

―괜찮으시면 저도 따라가겠습니다.

노인은 말을 하지 않았지만 충분히 내 말을 알아들은 듯 고개를 끄덕였다. 소녀가 작은 부엌 앞에서 우리를 바라보고 흰 이를 드러내 보이며 손을 흔들었다.

안개 속 대밭 사이로 난 좁은 산길을 20여 분 걸어 작은 산등성이를 넘자 물결소리가 들렸다. 바다인 것은 확실했지만 안개가 바다의 중간쯤을 견고하게 가로막고 있었다.

썰물이 된 해변은 크고 작은 바위들로 어지러웠는데, 놀랍게도 한쪽으로 10여 평쯤 되는 원형의 담을 쌓아둔 것이 눈에 들어왔다.

그 돌담 안에서는 썰물에 빠져나가지 못한 고기떼가 인기척에 놀라 흰히 등을 내보이며 어지럽게 뛰어오르고 있었다. 수십 마리, 수백 마리의 고기들이 한꺼번에 뛰어오르면서 마침 떠오르기 시작한 아침 햇살을 비늘에 반사시키기 시작했다. 나는 나도 모르게 탄성을 지르며 해초 덮인 바위 위로 뛰어내려갔다.

노인은 고기 비늘에 반사되는 햇살을 감상하듯 천천히 가두리 안에 갇힌 고기들을 둘러보고 뜰채로 얕은 물에서 놀라 뛰는 팔뚝만한 물고기 두 마리를 건져올렸다. 올라오는 동안 한 마리가 튀어 다시 물 속으로 돌아갔다. 노인은 껄껄거리며 건져올린 한 마리를 망태기에 담고는 뜰채를 내게 내밀었다.

나는 생전 처음 어부가 되어 요령껏 한꺼번에 다섯 마리를 건져올렸다. 노인이 큰 소리로 웃었다. 내가 자랑스럽게 뜰채를 내밀자 노인은 뜰채 속에서 큰 고기 두 마리만 망태기에 넣고, 세 마리는 다시 물 속에 넣어주었다.

의아해하는 내게 고개를 흔들어 보이고, 노인은 이제 앞서 벼랑의 바위 언덕 위로 올라갔다.

갑자기 수백 마리의 갈매기떼가 시끄럽게 울어대며 바위틈 사이에서 솟구쳤다. 노인은 흐뭇하게 날아오르는 갈매기떼를 올려다보고는 바위틈 사이의 둥우리들로 고개를 돌렸다. 수백 개의 갈매기 둥우리가 우리 발 아래 깔려 있었다. 어떤 놈들은 끝까지 발 밑에서 꼼짝 않고 둥우리를 지키는 녀석들도 있었다. 나는 노인이 그 갈매기 둥지들에서 한 개씩만 알을 꺼내 망태기에 넣는 것을 보았다.

그날 아침 밥상에 앉아서야 나는 왜 노인이 생선을 세 마리만 건져왔는지 알았다. 세 사람의 아침 식량으로 필요한 만큼만 건져왔던 것이다.

그것은 다음날 소녀를 따라 갈대밭으로 청둥오리를 잡으러 갔을 때도 마찬가지였다. 갈대 줄기에 묶어둔 엉성한 올가미에 오리 세 마리가 걸려 있었는데, 그녀는 깔깔거리며 두 마리의 발에 묶인 올가미를 풀어 날려주었던 것이다.

아, 그녀, 샤샤. 그녀에게 이름이 있는지 알 수 없었지만 내가 끈질기게 나를 가리키며, 내 이름을 말하고, 이어서 그녀를 가리켰을 때, 그녀의 입술 모양이 그렇게 바람소리를 냈다고 생각하기로 했다.

샤샤. 나는 지금도 가끔 그렇게 그녀를 불러본다.

청둥오리를 잡아오면서 갈대밭 언덕에 서 있는 작은 돌탑을 보았다. 탑이라기보다 그 돌무더기는 특별한 형상 같은 것도 없이 지나는 마을 사람들이 손에 잡힌 대로 돌멩이들을 올려놓은 구조물이었다. 그러나 수십 년도 더 지난 듯 아래쪽은 바위 옷과 이끼들로 뒤덮여 있어 마치 한 개의 바위가 처음부터 그렇게 웅크리고 있는 듯했다.

나도 그녀를 흉내내어 돌 한 개를 내 가슴 높이의 돌무더기 위에 올려놓았다. 그러자 갑자기 그녀가 내 손을 쥐고 흔들며 크게 웃어댔다. 까르르르 웃어대는 그녀의 가무잡잡한 얼굴 피부 안에서 하얀 이가 눈부시게 드러났다.

그녀가 산중턱과 바다 쪽으로 난 오솔길을 가리켰다.

대나무 숲 곁에도 희미하게 돌탑들이 보였다. 왜 마을 사람들이 돌탑 위에 돌을 얹어놓는 거지? 내가 물었지만 샤샤는 흰 이를 내보이며 내 눈을 가만히 들여다보았다. 한순간 아득한 깊이의 동굴 속으로 내 육신이 빠져들어가는 듯한 현기가 일었다. 파도소리가 멀리서 들려왔다. 말이라는 것의 맹랑함. 나는 그녀의 시선을 피해 얼른 아득한 산봉우리 위로 눈길을 줘버렸다. 한 개의 적절한 단어, 하나의 문장, 그것들의 조합을 위해 내가 기울여왔던 한 시절의 노고가 얼마나 도로(徒勞)와 낭비였는지. 더구나 언어가 소통을 정지했을 때 매미 허물 같은 흔적뿐인 무의미라니……. 나는 어금니를 물면서 고개를 내저었다.

사실 얼마 동안은 그들이 내 말을 알아듣건, 듣지 못하건 나는 많은 말을 했다.

마을 입구의 바윗돌에 새겨진 시실리라는 마을 이름을 발견했을 무렵 내가 얼마나 절망적인 상태였는지, 또 친구의 교통사고와 그뒤부터 내 콧속에서 떠나지 않던 영안실의 향냄새와 내가 쓴 적 있는, 지금은 생각하기도 싫지만 책이름과 인도에서 보았던 쓰레기더미 위의 노인과 비쩍 마른 소에 대해서도 주절주절 이야기했다. 나를 떠난

여자에 대해서도, 그 여자의 눈과 코, 광대뼈의 성형수술과 내 인터
넷 주소…… 그리고 언어라는 것의 무서운 복수 앞에 자살의 유혹을
어떻게 받았는가에 대해서도 이야기했다. 그때 노인은 잠시 귀를 기
울이듯 고개를 갸웃하기도 했다. 샤샤는 움직이는 내 입모양을 빤히
쳐다보다가 금방 깔깔거리며 웃거나 제 손가락을 가져와 더 이상 내
입이 움직이지 못하도록 막아버렸다. 알았어. 말이 갖는 공소감, 그
언어의 허상을 나도 이제 알아……. 그리고 나 역시 말을 하지 않아
도 불편하지 않다는 것을 느껴갔다.

5

마을을 떠나기 전 두 개의 사건이 있었다.

마을 노인 한 사람의 죽음과 샤샤.

어두웠던 청춘의 10여 년 동안에도 내게 한 여자가 있었다.

청순하고 착한 여자였는데, 내가 이름이 알려지기 시작했을 때 그
녀는 조금 쓸쓸한 미소를 남기고 내 곁을 떠나버렸다. 더 이상 자기
가 내 곁에 있을 필요성을 못 느낀다는 게 이별의 변이었다.

이름이 알려진 뒤부터 사랑 비슷한 것을 몇 번인가 경험하기도 했
고, 나를 지독하게 좋아한다는 새로운 여자도 한 사람 있었다. 이거
돈 많이 든 거야. 자기, 나 옛날 사진 보면…… 못 알아볼 걸. 제 얼굴
의 이곳저곳을 가리키며, 이 쌍꺼풀 얼마 들었게? 또 코에는 얼마?

이 광대뼈 깎는 데는 얼마? 하고 쫑알거리던 쾌활한 여자라 결혼까지 생각했는데, 내가 전화코드를 빼고, 휴대전화기를 꺼버렸을 때, 녹음 메시지를 남기고 떠났다.

결혼해서 애기 낳으면, 내 옛날 얼굴이 나올 거잖어? 돈이 없음 성형도 못해줄 거고…… 그동안 즐거웠어. 이제 스무 살 쯤일까, 며칠이 지나면서 나는 샤샤에게서 풍기는 싱그러운 생명력 속으로 내가 침몰해 들어갈 것 같은 예감이 오면서 불안해지기 시작했다.

마을 노인 한 사람이 죽어 장례를 지낸 날이었다.

그날 오후는 금방 비가 쏟아질 것 같은 날씨였다. 그 장례식에는 20여 명, 마을 사람들 모두가 저마다 음식을 준비한 듯 잔뜩 먹거리들을 준비해서 모여들었다. 나로서는 이미 낯익은 얼굴도 있었지만 거의가 처음 본 얼굴들이었다. 그러나 그들은 처음부터 내가 그 마을에서 살아왔기라도 한 듯 미소를 보냈고, 어떤 남자들은 오랜만이라는 듯 내 어깨를 툭툭 두드리기도 했다.

아무도 입을 벌려 말하는 사람은 없었지만 장례가 진행되는 동안에도 신기하게 의사를 서로 전하는 것이 불편해 보이는 점은 전혀 없었다.

노인의 시신은 흰 천으로 덮여 청년들에 의해 마을 뒷산으로 옮겨져 묻혔다. 무덤을 직접 만들지 않은 사람들은 무덤 아래쪽에 서 있는 돌탑 위에 돌들을 얹었다. 몇십 년이나 되었을까, 돌탑 아래쪽은 새파란 이끼가 가을 속에 빛을 바래고 있었다.

무덤이 완성되었을 때도 가족 중 아무도 눈물을 흘리거나 슬퍼하지 않았다. 사자를 여행이라도 보낸 듯, 혹은 고향으로 돌아가는 사람을 전송하고 돌아선 듯 마을 사람들은 무덤 일이 끝나자, 그 앞에서 다들 술을 따라 무덤 위에 뿌리고 나더니 손뼉을 치며 춤을 추었다. 그 무렵 가늘게 비가 뿌리기 시작했다.

가랑비에 옷이 젖어갔다.

그러나 사람들은 누구도 앞서 산을 내려갈 생각을 잊은 듯 손을 맞잡고 깔깔거리며 무덤을 빙글거리며 돌다가, 잠시 음식과 농주를 권해가며 다시 마시고, 또 빙글거리며 무덤을 돌기 시작했다.

나는 샤샤와 처음 보는 내 또래 청년에게 손을 하나씩 잡힌 채 그들처럼 그 이상한 장례식에 끼여 같이 춤을 추었다. 뛰고, 발을 구르고, 빠르게, 혹은 느리게 원을 그리며 추는 그 춤에 특별한 양식이 있는 것 같지 않았지만 얼마 후에는 자연스러운 리듬과 율동이 조화를 이루어갔다.

오랜만에 마신 농주의 알코올은 생각보다 훨씬 빠르게 온몸을 적셔왔다. 눈앞이 자꾸 부우옇게 흐려지면서 깊이 모를 우물 밑으로 의식이 빨려드는 것 같은 기분이 되어갔다.

산을 내려올 때는 꽤 취해서 샤샤의 어깨에 손을 얹고 흔들거리며 산비탈을 내려왔다. 그래, 당신들이 쌓은 돌탑들이 훨씬 견고한 거야. 몇십 년, 몇백 년 후에도 당신들의 돌탑은 마을 어디에서도 보이도록 점점 높아지겠지…… 내가 쌓은 탑은 말야, 내가 말로 지은 집들, 언어로 쌓아올린 그 허구의 탑은 실체가 없거든…… 빗물이 뺨을 타고 눈물처럼 흘러내렸다. 실체가 없는데도 바보같이 황홀하게 빛나고 있다고 착각했어. 빛나 보이는 것은 착각이었는데 말이야. 내

탑의 빛은 반사광이었는데…… 달빛 같은 거. 샤샤. 불쌍하게도 나는 말을 가지고 거짓말 집을 짓고, 탑을 쌓느라고 세월을 보내버렸어. 이해하겠어? 내가 얼마나 허무해졌는지……. 내 독백이 귀찮았던지 샤샤가 걸음을 멈추고 제 손가락으로 내 입술을 막아버렸다.

입술을 막은 손가락을 두 손으로 감싸쥐고 나는 그녀의 손끝을 빨기 시작했다.

그때 나는 울고 있었을까.

그녀의 여리디 여린 열 손가락을 차례로 입 속에 집어넣으며 깊이 숨을 들이마셨다. 아주 깊게 콧속으로 스며들어온 꽃 냄새…… 네 냄새였구나.

얼굴 가득 빗물을 받으며 아득한 현기증 속에서 샤샤의 체취를 나는 처음으로 깊게 맡았다.

그녀가 고개를 좌우로 젓는 것이 꿈속처럼 보였다.

은은하게만 느꼈던 그 향기의 강렬함이라니……. 나는 발을 헛디디며 거기 젖은 잔디밭 위에 쓰러져버렸다.

병원에서 의식이 돌아올 무렵 헛소리처럼, 샤샤…… 샤샤…… 내가 애타게 누군가를 찾더라는 이야기를 퇴원 무렵 들었다.

병원 문을 나서면서 의사보다도 가족들에게 들리도록 조금 큰 소리로 말했다.

─구상 중이었던 소설 속에 나오는 강아지 이름이 샤샤였거든요. 아주 영리한 놈인데, 이름이 좀 이상한가요?

─애완동물을 기르는 것도 정신을 안정시키는 데는 도움이 됩니다. 그런 사례가 많으니까요…….

—집에 들어가면서 동네 가축병원에서 강아지를 한 마리 살까 하는데요.

의사를 향해 내가 미소를 지으며 그렇게 말하자 의사가 우리 가족들을 향해 고개를 크게 끄덕거리는 것이 보였다.

시실리.

내 30대의 젊은 안쪽에 똬리를 틀고 앉아 있는 그 마을 이름과 샤샤, 금목서 향기에 대해서만은 앞으로 의사나 내 가족들에게, 아니누구에게도 들려주지 않으리라 다짐하면서 잔뜩 흐린 도심의 하늘로눈길을 주었다.

(2000, 『미네르바』)

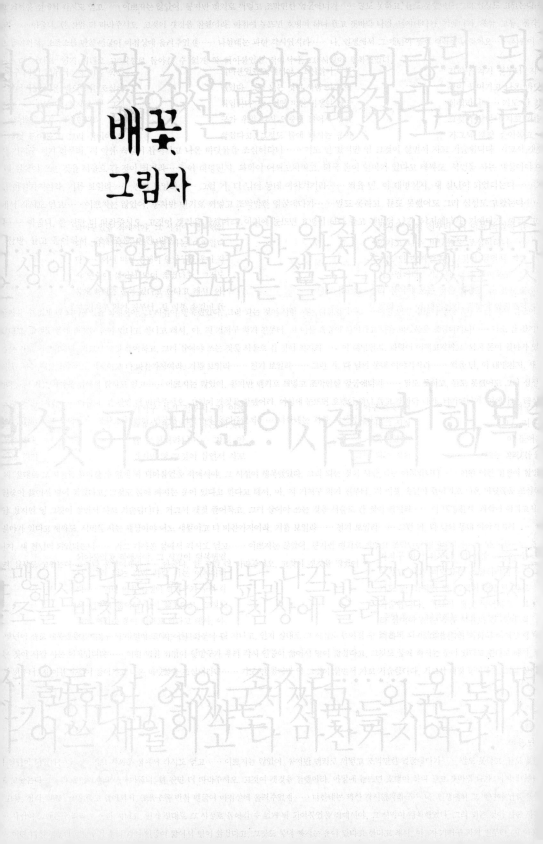

배꽃
그림자

아침이 왔고, 그의 영정 앞에 정물로 굳어 있는 혼자된 누이를 발견하고 나서야 나와 강은 한꺼번에 오열을 터뜨렸다.

우리의 그 급격스러운 당혹감, 상실감, 삶의 휑하게 드러난 허방의 넓이를 어떻게 설명할 수 있었겠는가.

처음 대면이었던 그의 이복누이 앞에 친구 혼자 떠난 먼 여행에 대해 무엇을 이야기해줄 수 있겠는가.

앞서 간 친구와 공유했던 젊은 날들의 믿기지 않는 치기, 학문과 문학에 대한 열정들을 이번 주말 차분하게 반추해보고 싶었다.

1

"**편안히** 주무셨습니까? 주무시고 계셔서
음료 서비스를 제공해드리지 못했습니다. 서비스를 원하시면 승무원
에게 말씀해주십시오."

기체가 심하게 흔들려 설핏 들었던 잠이 깬 것 같았다.
음료 서비스 안내 스티커가 잠시 부옇게 흐렸다가 눈에 들어왔다.
오른편 창유리 밖은 여전히 뒤엉켜 있는 어두운 구름이었다. 7천미터쯤 비행기가 고도를 높이면 안개나 구름이 눈 아래로 깔려 있게 마련인데 오늘은 지상에서 하늘 끝까지를 안개와 비구름으로 가득 채워놓은 느낌이었다.

……좌석벨트를 몸에 맞게 조여주시고……. 안내방송이 계속되고 있었다.

흐리멍텅한 자식……. 기체가 다시 심하게 요동치자 나도 모르게 죽은 친구에게 욕이 나왔다.

하필 오늘도 안개라니……. 그가 죽던 날도 안개로 비행기 이착륙이 금지되어 나는 서울과 M시를 버스로 왕복했다.

그 일요일 아침 역시 안개가 너무 심해 등산을 포기했고, 동네 해장국집에 모여 아침을 먹었던 것이다.

산행 취소하고 아침이나 먹을까? 같이들…… 그러지, 뭐……. 내 기억으로 그때도 늘 그랬듯이 그는 헤벌쭉 웃는 얼굴로 약속시간에서 20여 분 늦게야 나타났다.

11월 11일. 양력으로는 내일 모레가 그의 1주기이고, 그 토요일 오후면 당연히 내가 서울에 가 있을 시간이었다. 그런데도 이 흐리멍텅한 친구는 죽은 뒤에도 음력으로 따져 오늘로 제삿날을 바꿔놓은 것이다.

아무려면 어때? 그에게 물었다면 분명 그 친구 그렇게 대꾸했을 터였다. 양력으로라면 오늘 오후 강의를 휴강하지 않아도 되었을 것이고, 우선 그의 소설을 차분하게 읽었을 것이다. 그의 컴퓨터 속에 내장된 소설이 10여 편 있다는 이야기를 들었을 때 처음에 나는 믿지를 않았다.

그는 시를 써왔고 내게 단 한 번도 자기 소설 이야기를 한 적이 없기 때문이었다.

　어쨌든 그의 유고 소설집은 지금쯤 제본이 끝났을 것이다.
　그리고 나는 세 시간 후면 그를 기억하는 몇몇 지인들 앞에서 소설
가로의 정인수에 대해, 지난 세월 그와의 우정에 대해 몇 마디를 해
야 할 것이다.
　누구 맘대로 내일이 제삿날이라는 거야? 제삿날까지 헷갈리게 해?
그 자식……. 어제 그의 추모 모임을 전화로 알려온 친구 강에게 짜
증을 낸 뒤 내가 좀 심했나 싶어…… 원고를 나, 못 읽었지 않아? 그
렇게 물었다.
　"음력 제사 따지는 건 원래 그 집안 가풍이라는 걸 어떡해? ……그
누이가 그제야 내게 왔다고. 유고집. 그 누이가 서두른 거 알잖아?"
　누이라는 말이 나왔을 때 나는 잠시 등줄기 깊은 곳을 흘러 지나는
날카로운 전류를 의식했다.
　친구 영정 앞에 정물같이 앉아 있던 그 누이의 흰 소복과 끝도 없
이 흘러내리던 눈물의 양 때문이었을 것이다. 넋은 동생을 따라 떠나
버린 듯 마네킹처럼 표정 변화조차 느낄 수 없게 굳은 얼굴 위로 눈
물만 그녀의 저고리 앞섶과 치마 한쪽을 계속 적셔가고 있었다.

　친구를 화장(火葬)해 강물에 뿌려준 날도 그 누이의 얼굴에서는 처
연한 배꽃의 분위기가 느껴졌을 뿐 표정이 없었다. 푸른빛 돌도록 창
백하던 볼 위로 그때 역시 그렇게 눈물만 그치지 않고 흘러내렸다.
강 저쪽 시들어가는 갈대밭 위로 피어오르던 습기 찬 안개를 배경으
로 그 안개 속에 그 누이가 그대로 용해되어버릴 것 같은 느낌이었

다.

"그 자식 남긴 소설에 대한 문학성 그런 거하고 개인적인 인연, 에피소드…… 그런 걸 가볍게 이야기해주었으면 하던데……."

그것은 당연히 내 몫이었다.

시인으로 살아왔지만 죽은 뒤에야 그의 소설들이 책으로 묶여 세상에 나온 이상 내가 그의 소설에 대해 언급할 수밖에 없는 일이었다.

거기다 살아오면서 헤어졌다 만나곤 했어도 그의 영혼 한쪽에 내 영혼의 일부가 공유되었을 거라는 것을 친구 강이나 그를 아는 지인들이 믿고 있을 터였다.

"읽지도 않은 소설 이야기를 하라는 거야?"

"제본이 늦어져서 내일 오전에나 나올 것 같으니까, 우선 교정지로 몇 꼭지 내가 찾아서 팩스 넣을게……."

"죽은 뒤에도 자식이 흐리멍텅해……."

"누가 아니래? 좌우간 비행기에서라도 읽으라고……."

그러나 그때쯤 내 음성이나 친구 강의 음성에는 축축하게 물기가 묻어나고 있었다.

"……아침에 자네 연구실로 팩스를 넣을 테니까…… 어떻게든 내일 제 시간까지는 나타나."

"자네 또 짜는 거 아니야? ……그 자식 때문에 울 필요 없어. 제 맘대로 죽은 엉터리 자식이니까."

기상 때문에 오전 내내 결항이었던 비행기편이 오후 2시 출발편부터는 이륙이 가능할 것 같다는 안내 데스크의 대답을 들으면서도 나는 겨울 저녁 어스름처럼 활주로를 덮고 있는 안개의 두께에 계속 신경 쓰였다. 비는 그쳤지만 시야는 12시가 넘어서도 답답하게 막혀 있었다.

M공항은 바다를 끼고 있는 지형적 특성과 기상 탓에 결항이 잦았다.

거기다가 몇 년 전 대형 착륙사고가 있고 나서 관제탑은 이착륙 불가 통고를 더 자주 보내는 것 같았다. 육안으로 공항 활주로가 내려다보이는 상공에서 항공기 기수를 돌려야 했던 일이나, 좌석 배정까지 받고도 출발 전 갑자기 내린 이륙 불가 통고로 버스터미널로 향해야 했던 경험이 있어 항공기가 서울에서 이륙했다는 방송을 들으면서 나는 연신 시계를 보았다.

버스편을 알아보는 게 더 낫지 않을까 하는 조바심은 강의가 있었던 오전부터였다. 나로서는 가급적 빠른 시간 내에 서울로 돌아가야 했다. 그래서 그를 기억하고 추모하는 자리의 맨 앞에 앉아 있고 싶었다.

그가 생전 내게 한마디도 말하지 않았던 그의 소설들, 그의 컴퓨터 속에 숨어 있던 소설에 대해 사람들에게 나는 얘기를 해야 했다. …… 그가 소설을 쓰고 있는 줄 몰랐던 나의 아둔함에 대해, 그리고 긴 시간 한 번도 서로 다투지 않았던 둘의 관계가 기실 그의 끝없는 양보의 소산이었음을 여러 사람 앞에 고백하고 싶었다.

아마 오늘이 지나면 그를 알고 있는 사람들이 한자리에 모이기는 어려워지리라. 고통의 기억을 빠져나가면서 그의 대한 추억 역시 분산되고 희미해져 사라져가리라.

오늘로 출판기념회가 열릴 줄 알았으면 무리해서라도 미리 나는 서울에 돌아가 있었을 터였다.

11월 열하루. 내가 어떻게 그날을 잊을 수 있겠는가.

하루 전이었던 지난해 일요일 아침. 반주 곁들인 해장국을 나누어 먹으며 우리는 좀 허황한 겨울방학 여행계획에 신이 났다.

남자들이 철없이 떠들고 있는 동안 내 아내와 강의 아내는 세상 살림살이에 우둔하기 그지없는 남편들 흉으로 쌓인 스트레스를 다른 날들처럼 풀고 있었다. ……형, 우선 몽골에 갔으면 싶어. 이번에…… 그 초원에 서서 황인종이 세계의 한쪽을 지배했던 한때를 떠올려보는 것만으로도 가슴이 후련해질 것 같잖아? 언제고 앞서기를 꺼리던 그가 그날 왜 그토록 겨울여행에 집착했는지. 우리는 울란바토르까지의 거리며 경비 문제까지 꺼냈다가 이상하게 장례 문화 쪽으로 화제가 옮겨졌다. 너무 좁은 우리 국토를 탓하다가 이 땅에 더 이상 매장 문화가 계속되어야 할 것인가가 계기가 되어서였을 것이다.

급기야 티베트의 조장(鳥葬)에, 인도 갠지스 강가, 제대로 태우지 못한 시신들이 떠다니는 풍경에, 이집트와 페루 잉카 유적 속의 미라까지 종횡무진, 죽음과 장례에 관한 화제들이 신나게 아침 식탁을 뒤덮었다. 급기야 인도네시아 오지 일부 원주민들의 시식(屍食)에 관한 의미까지로 화제가 비약되었다.

……형, 그 장례 풍속을 식인 습관으로만 이해해서는 곤란해. 가족을 그대로 떠나보낼 수 없어 사자의 생명을 가족들이 나누어 이어간다는 의식이 강하게 배어 있는 거니깐……. 특히 마을 어른이 죽었을 때 여자들만이 그 사자의 골수를 나누어 먹는 습속의 원주민들에게는 그 지도자의 지혜를 나누어 이어간다는 지속성과 생산성이라는

상징이 있거든. 자카르타 국립대학 인류학 연구실 연구 결과에 대해 긍정적인 생각이 들더라고……. 그날 아침 친구는 늘 보이던 헤설픈 웃음을 거두고 진지하게 화제를 주도했다.

보통 때 우리의 의견들에…… 아마 그럴 거야. 내 생각도 비슷한데, 뭘…… 하는 식으로 반응하던 그가 유난히 그날 아침 말을 많이 했던 것으로 기억되었다. 나도 시신을 조각내어 독수리의 먹이가 되도록 하는 티베트 쪽의 조장 풍습에 나름대로 상징성을 부여하는 이야기를 했던 것으로 기억한다. ……꿈의 투사야, 그건. 땅에 발을 붙이고 있으면서도 하늘을 날고 싶다는 꿈은 인류 공통의 무의식이었으니까. 육체적 생명은 다했지만 시신이라도 날짐승에 의탁해 하늘을 날고 싶다는 그런 원망의 투사…… 자연으로의 빠른 순환의 의미도 있겠지만 죽은 뒤라도 훨훨 날고 싶었던 하늘을 날아보자. 그런 무의식……. 하필이면 음식을 앞에 놓고, 그것도 아침부터 시체 타령이냐고 내 아내의 항의가 거세어질 때까지 우리는 묘하게도 죽음에 관한 이야기를 계속했다.

문학을 한다는 사람들, 거기다 뭘 가르친다는 사람들한테 시집을 온 게 잘못이었다는 힐난이 왔을 때에야 우리는 아쉬운 대로 화제를 바꿨을 것이다.

"그래서 혼자 살지 않습니까? 저는."

그가 보통 때의 싱거운 얼굴로 돌아가 해벌쭉 웃었다.

"몽달귀신 되시지 말고 정 선생님도 제발 결혼하세요. 해 넘기지 말고요."

"형수님 같은 분만 있었으면 이미 갔지요. 나도……. 이건 아부 차원이 아니에요……."

"아부 발언도 할 줄 아네, 이 친구."

강이 어이없다는 듯 제 앞에 놓인 소주잔을 비우려다 장에게로 눈길을 돌렸다.

"항상 형이 선택했다 싶어 살펴보면 저 역시 관심이 있었던 것이고 했거든요. 하지만 어떡합니까? 형이 선점했는데…… 차선책을 찾다 그림자같이 몇 걸음 뒤따라갈 수밖에요……. 아무튼 겨울방학만은 며칠 좀 빌려주세요. 강형까지 셋이서 몽골 초원에 가서 기마 민족 혼만 확인하고 와서는 현실적인 계획을 추진할 테니까요."

"제발 그렇게라도 하세요. 안 말릴게요."

"고려시대 원나라 공주가 계속 왕비 노릇 한 것 아시지요? 보세요. 왕실의 피가 처음에는 2분의 1, 그 다음은 4분의 1, 이런 식으로 순수 고려 왕실의 피가 희석되어갔거든요. 처음 깨달음인데요, 제 피속에 그 몽골 유목민 피의 비율이 더 많을 수도 있지 않을까 하는 생각도 들더라고요. 모르죠, 그쪽에서 색시를 하나 찾게 될지도요……. 뭔가 예감이 있거든요."

"제발 그렇게라도 해라. 이 나이에 우리한테 그런 걱정까지 시키지 말고……."

강이 그를 쥐어박는 시늉을 했다.

그날 헤어지면서 강이 내 귀에다…… 저 자식 오늘 뭐가 좀 썬 거 아니야? 그렇게 말하고 히죽 웃었다.

이튿날까지 계속된 안개로 비행기가 결항, 직장이 있는 M시까지 내가 일곱 시간이나 버스로 흔들려 가고 있는 동안 그가 숨을 거두어버렸던 것이다.

정확하게 1년 전 일이었다.

M시 버스터미널에 도착해 집으로 걸었던 전화 수화기에서 나는 예상치도 못하게 아내의 울음소리부터 들었다.

"……놀라지…… 말아요……."

수화기 속에서 아내는 흐느끼기부터 했다.

"왜 그래? 무슨 일 있는 거야?"

노환이었던 시골집 아버지에게 무슨 일이 일어난 줄 알고 나는 어금니를 앙다물며 긴 숨을 골랐다.

"……정 선생이…… 정 선생이…… 돌아가셨대요…… 지금……."

"뭐라고 그랬어, 지금 당신?"

"정 선생이…… 조금 전, 심장마비……."

수화기가 손에서 미끄러져 내 허리 부근에서 대롱거리고 있었다.

아버지의 별세 소식이었다면 그때의 하늘 색깔이 그토록 하얗게 탈색되지는 않았을 듯 싶었다.

오전까지 컴퓨터 앞에 앉아 출판사에서 넘어온 논문 수정작업을 했다고 했다. 혼자 사는 남동생 살림을 보살피러 며칠 만에 들른 누이와 친구는 같이 점심까지 먹은 뒤 혼자 산보를 나갔다고 했다.

동네 수석가게를 찾은 모양이었다.

눈인사를 나눈 친구가 가게 안 소파에 앉아 수석 화집을 펴드는 걸 주인이 보았다고 했다. 길어야 10여 분. 주인이 다른 손님을 배웅하고 그에게 돌아왔을 때 친구는 몸을 앞으로 꺾고 있었다고 했다.

휴게실에서 내가 자판기 커피를 마시고 있을 때였을 것이다.

아니면 졸린 눈으로 기사 머리 위 비디오에서 하늘을 날아다니며

무공을 겨루는 홍콩 3류 영화를 보고 있었던 시간이었을 것이다. 바로 그 시간, 이번 겨울방학 때 뇌 속에 산소를 보충하자던 그가 증발해버린 것이다. 몽골의 초원이나 브라질의 아마존 유역, 페루의 잉카 유적지 마추픽추 어느 곳이든 다녀오자던 젊은 시인이 거짓말처럼 지상에서 영원한 공간으로 앞서 여행을 떠나버린 셈이었다.

간신히 서울로 되돌아가는 버스표를 쥔 것은 30여 분이 지나서였을 것이다.

관상동맥 협착증.

새벽이 되어서야 헐떡거리며 서울로 되돌아가 찾아간 병원에서 확인한 그의 사망진단서의 사인이었다.

같이 해장국을 먹었던 친구, 강은 나를 보자마자 얼음덩어리가 용광로 앞에 던져진 듯, 복도 바닥에 주저앉아버렸다.

······말도 안 돼······. 말도 안 돼······. 말이 안 되는 거라고······. 나는 웅얼거리는 강을 끌고 영안실로 내려가 관리인에게 친구를 직접 확인해야겠다고 떼를 썼다.

냉동서랍이니······. 친구 정 시인은 정말로 서랍처럼 생긴 시체보관함 안에 두 손을 가슴에 모은 채 눈을 감고 있었다.

"야, 우리 왔어. 장난말고 일어나······. 우리 왔다니까."

얼굴 피부도, 어깨와 가슴도, 다리도, 발도 차갑게 도는 냉기 외에는 하루 전 모습과 달라진 게 없었다. 그의 이마를, 볼을, 가슴을 쓸면서 도대체 이 친구가 지금 어디 있는가. 헤벌쭉하게 늘 웃고 있던 그가 육신을 빠져나가 우리를 내려다보고 어디서 히죽거리고 있는가, 아니면 하루 전날 가고 싶다던 몽골의 초원 어딘가를 달리고 있는 것일까, 황당한 생각이 들었다. 친구 강은 계속 시신의 볼을 쓰다 듬으며 말도 안 돼……. 말이 안 되는 거라고……. 말이 안 되지 않아? 그렇게만 중얼거리고 있었다.

아침이 왔고, 그의 영정 앞에 정물로 굳어 있는 혼자된 누이를 발견하고 나서야 나와 강은 한꺼번에 오열을 터뜨렸다.

우리의 그 급격스러운 당혹감, 상실감, 삶의 횅하게 드러난 허방의 넓이를 어떻게 설명할 수 있었겠는가.

처음 대면이었던 그의 이복누이 앞에 친구 혼자 떠난 먼 여행에 대해 무엇을 이야기해줄 수 있겠는가.

앞서 간 친구와 공유했던 젊은 날들의 믿기지 않는 치기, 학문과 문학에 대한 열정들을 이번 주말 차분하게 반추해보고 싶었다.

그리고 그가 남긴 소설들을 꼼꼼하게 읽으면서 그가 시인으로만이 아니라 좋은 소설을 남긴 작가로서의 면모를 확인해주고 싶었다.

지난여름, 나는 혼자 몽골 여행을 갔다.

그가 그토록 가보고 싶어했던 곳을 나라도 다녀와야겠다는 강박감이 근 반년 동안 나를 괴롭혀왔던 탓도 있었다.

그 텅 빈 초원의 허허로움 속에서 발견한 텅 비어 있음의 또 다른 충일성의 의미. 주관적 상상력의 무한대한 가능성. 거기 지천으로 깔려 있던 초원의 지치꽃과 보랏빛 옵스꽃들, 돌무더기 어와 위에 꽂혀 있던 하득이라고 부르던 하늘 빛깔의 깃발 아래서 문득 불러보았던 그의 이름.

한때 몽골제국의 수도였다는 으르콘 강가의 카라코롬에 도착해 내가 확인했던 것은 그 광활한 공간을 하늘과 맞닿아 펼쳐진 초원으로만 채우고 있던 정적이었다.

참으로 아무것도 없었다. 끝간데 없던 푸른 구릉 위에는 칭기즈칸의 용맹했던 기마부대가 머물러 있었다는 표지도, 180마리의 표범 가죽으로 덮었다는 칸의 화려했던 겔의 흔적도 없었다.

가족도, 아내도, 자식도, 재산도, 시집이나 소설집도 흔적으로 남기지 않은 친구의 그 자유로운 여행. 그를 기억 속에 간직하고 있었던 사람들의 기억력이 쇠퇴한 뒤, 한때 그가 지상에 머물렀다는 사실마저 잊혀질 자유와 무위에 대한 상념은 그곳 바양고비 초원에 머무는 동안 내 머리 안쪽에서 맴돌았다. 잘 마른 말똥, 호모스와 알라가스로 불리는 소똥을 집어넣어 피웠던 겔 안의 난로 불길이 잦아지며 더욱 커다래지던 새벽 별을 바라보며 나는 그를 생각했다.

내가 소설을 썼기 때문에 그는 썼던 소설을 발표하지 않았던 것인가 하고.

실험적 수법의 그가 남긴 소설들은 잘 다듬어진 시적 언어 속에서 이 시대 누구의 작품보다 매력적인 개성이 있었다.

팩스로 오전에야 도착한 그의 세 편 원고는 고도의 상징성 속에서 독자들 상상력의 여백을 무한히 확대시키는 감점을 가지고 있었다.

갈대밭 곁으로 펼쳐진 갯벌 위로 종종거리며 달려가는 수많은 물떼새와 작은 게들, 붉은어깨도요, 송곳부리도요, 붉은발도요, 깝작도요들, 제비물떼새, 그 위의 공간을 선회하는 붉은부리갈매기와 큰재갈매기떼…… 거기 삶과 죽음의 모호한 경계 위에 갯벌 위에 완전 벗은 몸으로 뒹굴고 있는 주인공……. 그는 쓰고 있었다. 대지와의 완전한 합일, 영원하고 완전한 모성으로의 바다, 그 깊은 자궁 속에 회귀해 들어가는 인간의 원초적 귀향의식과 완벽한 성적 엑스터시……뻘밭 속으로 온몸이 빨려 들어가며 느끼는 죽음과 삶의 기묘한 교차와 생명에의 희열에 대해 그는 섬세한 언어들을 효과적으로 조립·배열하고 있었다.

2

20여 년 세월 속에서 자주 공유했던 세계가 와해되면서 덮쳐오던 나 자신의 혼란, 그 빈 공동의 넓이에 새삼 놀라며 허둥댔던 당혹감을 누가 이해할 수 있겠는가.

그는 한 학년 아래 영문학과 입학생이었다. 문학회 신입회원 후보로 그가 선택되었고, 당시 2학년이었던 내가 그를 예비 접촉했다.

초면의 헤벌쭉 웃기부터 하던 인상은 어딘가 나사 몇 개가 빠져 있지 않나 하는 기분이 들게 했다. 그 순두부같이 부유스름하게 흐려 있던 인상은 오래도록 계속되었다.

그러나 시간이 지나면서 시들해 보이던 그 겉인상의 안쪽, 그의 번쩍이는 문학적 감수성과 치열한 사유와 집념들이 천천히 우리를 매혹시켰다.

그는 영문학, 나는 국문학이었다.

그 젊은 날들, 유치한 정의감으로 함께 유치장에 갇혀보기도, 한집에서 밥을 지어먹으며 지낸 적도 있었을 만큼 그는 어느새 그림자처럼 자주 내 곁에 머물러 있었다…… 형 이야기가 맞았어. 우리에겐 결국 상상력의 자유밖에 허락되어 있질 않는다는 것……. 그가 시작(詩作)에 몰두하면서 하던 말이었다. 분출되지 못한 꿈과 열정이 대학노트를 빼곡히 채워가는 동안 계절이 바뀌었고, 우리는 자주 거리를 달려가는 탱크소리를 들었다.

착한 친구였다. 내가 3학년 때였나, 잠시 같은 방을 쓴 적이 있었다.

내가 늦게 귀가하는 날이면 그는 저녁을 지어놓고 나를 기다리곤 했다. 밖에서 저녁을 해결하고 들어간 날이면 그는 해벌쭉 웃으며 말했다. 반찬도 별로 없는데 잘했어. 그럼 혼자 먹지, 뭐……. 그러고 나서 그는 혼자 늦은 저녁을 먹었다.

인생과 예술, 독서와 습작, 학문에 대한 격론, 잠시 서로 생활에 대한 의무로 얼마간 못 만나다가도 다시 만나면 우리는 또 떠들어대면서 살아왔다.

우리는 한 해 사이로 박사학위를 받았고, 내가 대학 강의를 얻은 1년 후, 그 역시 대학에 시간을 얻었다. 더러 우리들 열정과 정의감이 굳건한 기득권의 벽들 앞에 부딪혀 무너져 내릴 때면 그는 늘 내게 이렇게 이야기하곤 했다. 형은 해낼 거야. 나도 물론 이길 수 있고……. 형 소설 쓰니까 난 시 쓰는 거야.

둘 사이를 생각하다가 언젠가 잠시 전혀 성격이 다른 이란성 쌍둥이를 떠올려본 적도 있었다.

늘 그는 나에게 작은 것도 양보하며 살았던 것 같은 느낌을 나는 그가 죽은 후에야 다시 했다.

죽음의 순서가 그가 아닌 나였을지도 몰랐다. 죽음의 사자가 우리 곁에 왔을 때 그가 앞으로 나서며 대신 내가 가지 뭐……, 그렇게 죽음의 사자 앞을 가로막고 앞서 휘적휘적 걸어갔던 것은 아니었을까.

비행기는 M공항 가까이 날아와 두 번의 착륙시도 후에도 착륙을 포기하고 가까운 K공항으로 착륙지를 바꿔 안개 속으로 사라지고 말았다.

망할 놈의 안개라니……. 밀려들기 시작하는 저녁 어둠의 입자처럼 바다와 활주로 위를 빽빽하게 채우고 있는 안개 속을 노려보면서, K공항에서 두 시간 후 출발하는 항공편 하나를 급하게 예약하고 늙수그레한 기사의 택시 한 대를 K공항까지 대절했다.

"손님도 뜸한디 나야 장거리 좋습니다만, 합승 손님 두어 분만 찾아보입시다…… 손님 부담도 줄이셔여지라…….."

내가 대꾸도 하기 전 그는 구부정한 어깨로 대합실 앞으로 달려가…… K시 공항이오……. 하고 소리를 질러댔다.

시간 여유는 있었다. 담배 한 대를 태우고 났을 때, 낚시가방을 멘 중년 남자와 젊은 여자 하나가 기사 뒤를 종종걸음으로 따라오는 걸 보고 나는 얼른 앞자리로 옮겨 자리를 잡았다.

여자가 입은 흰 투피스가 안개 속에서 잠시 묘한 연상을 일으켰다.

배꽃. 나는 흰 색깔에서 자주 배꽃을 연상한다.

어느 해 가을, 문학회원들 몇이서 근교 낚시터를 찾은 적이 있었다.

스스하게 가을비가 내렸던 주말 오후, 낚시터 언덕에서 나는 가을

비에 젖은 배꽃을 보았다.

가을 배꽃이라니…… 캔맥주 서너 개씩을 비우고 난 다음의 몽롱해진 시야에 꿈속 같은 분위기를 풍기며 배꽃이 피어 있었던 것이다. 지금이 가을 맞는 건가? 우르르 좌대 쪽으로 친구들이 몰려간 뒤, 나는 그렇게 웅얼거리며 배나무가 서 있던 언덕에서 움직이지 못하고 못박혀 서 있었다.

곧 낙엽이 될 잎사귀 사이에서 빗방울을 매달고 있는 배꽃이 대여섯 무더기 청승스럽게 피어 있었다.

"태풍이 온다든가 해서…… 잎사귀고, 가지고, 다 할퀴고, 부러지고 나면, 가을 되면서 내년 피어야 할 꽃눈이 봄이 온 줄 알고 피는 게야……. 농사꾼으로야 내년 농사까지 연 2년을 망치는 게지……. 벌레란 놈들이 심하게 잎을 다 먹어치워도 그런 일이 나고……."

유료 낚시터의 나이 든 인부에게서 가을 배꽃이 핀 까닭에 대해 설명을 들었다.

가을에 핀 배꽃. 봄비 같은 느낌의 보슬비가 계속 우산 위로 떨어져 미끄러졌다. 한참을 지나서였을 것이다. 내 눈이 꽂혀 있던 배꽃 무더기에 또 다른 시선 하나가 꽂힌 걸 느끼면서 고개를 들었을 때, 머리칼과 얼굴 가득 빗물이 흘러내리고 있는 도발적 느낌의 입술 하나를 발견했다. 내가 우산 든 팔을 뻗자 배꽃 곁에 있던 그녀의 입술이 후닥닥 내 턱 밑으로 다가왔다. 신기해요. 그녀의 하얀 이가 드러난 순간, 거의 무의식 속에 내 입술이 그녀의 도톰해 보이던 입술을 훔쳤다.

입술이 맞닿았다고 느낀 순간, 그녀보다 내가 앞서 후드득 놀라 우산을 그녀에게 던지듯 쥐어주고 언덕을 뛰어내려 물가 쪽으로 달려가기 시작했다.

"고기가 있긴 한 거야?"

물가를 향해 누구랄 것도 없이 나는 소리를 질렀다.

K시 공항까지 택시를 달려가는 동안 잠시 엉뚱한 생각이 들었다.

어쩌면 내 뒷자리의 여자 손님이 시인 정의 추모 모임에 참석하러 가는 사람 중 하나가 아닐까 하는…… 혹시 그날 가을비 속에서 비에 젖은 배꽃을 바라보다가 입술이 스쳤던 그 여자 후배와 관련되는 사람은 아닐까 하는…….

그 후배는 빗속에서의 일을 곧바로 잊은 듯했다. 졸업하고 어느 여성잡지사의 가자가 되었다는 소식과 동료기자와 결혼했다는 이야기는 한참 훗날에야 다른 후배들 소식에 묻어 바람결처럼 전해졌다.

친구 정이 혹시 그 여자애를 좋아했던 건 아니었을까. 낚시 다녀온 며칠 후 내가 물은 적이 있었다. 그는 헤벌쭉 웃더니 고개를 저었다. ……나한테는 안 어울려. 형이라면 모르지만……. 아니야, 나도. 나 역시 히죽 웃어버렸다.

그때 내 귓불이 잠시 화끈했던 기억을 가지고 있다.

세상을 떠난 후에야 그에게 무심했음에 회한이 왔다. 그에 대해 아는 것이 별로 없다는 자책감 때문이었다. 그의 시적인 고뇌와 관심을 기울였던 독서의 깊이나 넓이, 소주를 기준으로 한 주량과 막걸리나 맥주 쪽의 주량, 그의 십팔번 노래, 고기류를 즐겨먹는 식성, 그가 대학 강의를 나가면서 가끔 머리를 식히려 다닌다던 수석가게의 위치와 그가 출강했던 학과 커리큘럼, 그가 드나들던 출판사의 위치와 직원들의 이름……. 그런 것들은 알고 있으면서도 그가 소설을 쓰고 있었고, 그에게 홀자된 이복누이가 있었고, 할아버지 때부터 그의 가계에 심장병 전력이 있었음을 알지 못한 데 대한 자책이었다. 그랬다. 어머니는 일찍 돌아가져서 얼굴도 기억 안 나……. 그리고 한참 뒷날에야 그 어머니가 물에 빠져 세상을 떠났다는 것 정도가 그의 가족에 대해 내가 알고 있는 정보의 전부였다. 우린 자주 만났지만 서로의 가족사나 이성 문제 같은 걸 화제로 올린 적이 별로 없기도 했다.

하지만 그는 내 유년에 얽힌 에피소드들을 대부분 알고 있었다.

병아리를 잡아가던 너구리를 잡겠다고 놓았던 덫에 죄없는 뒷집 누렁이가 걸린 일, 집안 형에게 시집온 형수에게 느꼈던 사춘기 때의 기묘한 연정, 졸업을 석 달 앞두고 쫓겨났던 고등학교, 그 무렵의 치기 어린 장난들, 눈썹이 유난히 짙었던 앞집 여학생에게 계속된 답장 없는 편지질이 소설가가 되게 했을지도 모르겠다는 좀 과장되긴 했지만 내 고등학교 시절의 불면들…… 소설의 주인공들……. 그런 것들은 내가 술이 취해 보여준 내 얼굴이었지만 그의 다른 한쪽은 내게 미지의 영역이었을지도 몰랐다.

어둠 속에서는 없었던 그림자가 빛 속으로 나오면서 다시 드러나는 일, 같이 있을 때 알지 못했던 감정이 헤어진 뒤에야 확인되는 일, 막상 한 사람이 죽은 다음에야 확실히 떠오르는 것들.

그가 세상을 떠난 뒤에야 나는 그가 내게 얼마나한 비중으로 내 곁에 있었는지를 확인했다.

"참 이상하거든. 내가 무언가 생각하고 있으면 형은 이미 내 앞 저만큼에서 날 앞질러 있어."

히죽 웃으며 그렇게 이야기하던 그에게 그럼 나는 무엇이었을까.

그의 완벽한 부재. 다시 만날 수 없음의 확인은 지난 1년간 내 문학과 사고와 꿈들을 자주 흔들리게 하고, 확신을 때론 유보시켰다. 그런데도 나는 그를 너무도 모르고 있었다.

3

　대학 졸업반 때쯤이었을까. 그와 내 고향 쪽 바다에 간 적이 있었다. 그는 2학년을 휴학하고 방위생활을 끝내고 돌아온 지 얼마 안 되어서였을 것이다. 한 1년 자주 못 만났던 것을 보상이라도 하려는 듯 소주병과 오징어를 사들고 여름이 지나가고 있던 갯벌이 내려다보이는 둑 위에 앉아 무슨 이야기들인가 퍽 많이도 나누었다.
　읽고 있던 책 이야기가 주 화제였을 것이다. 장 주네의 『도둑일기』, 프레이저의 『황금가지』, 프로이트와 융, N.프라이의 『신화문학론』에 대한 화제가 주를 이루었던 것 같다.
　"형, 목욕할까?"
　"여름도 다 갔는데, 미쳤어?"
　"바닷물에 들어가본 지 오래되었거든."
　그는 꽤 취해 있었는데 말릴·겨를도 없이 말라가는 둑 풀밭에다 겉옷을 벗어놓더니 팬티바람으로 서서 저녁 햇살에 번들거리는 갯벌 위로 작은 물떼새들이 종종걸음을 치며 움직여가는 모습을 꿈꾸듯 바라보았다.

"저놈들은 텃샌가?"

"모르겠는데. 계절별로 종류가 바뀌기도 하고 맨날 있는 녀석들도 있고 해서……."

"초등학교 들어가기 전까지 발가벗고 개울에 들어갔는데……. 집 앞으로 개울물이 흘렀거든."

그는 히죽 웃더니 팬티까지 벗고 앉아 있던 둑 아래의 수로 속으로 내려갔다. ……으, 차가운데…… 차가워…… 흐흐훗…… 물이 벌써 차가워졌어……. 그는 곧바로 으스스 몸을 떨며 물기를 털어내더니 갈대밭 곁으로 뻗어나간 갯벌 위로 뭉기적거리며 옮겨가서 갯바닥 위에 그대로 엎어졌다. ……흐흐훗, 따뜻해서 좋다…… 아, 따뜻해…… 감촉도 좋고……. 그는 천천히 원래 그 갯벌에 사는 바닷짐승같이 젖은 흙 위로 몸을 굴리며 낄낄대기 시작했다.

수천 마리의 작은 게들이 깔려 있던 갯벌은 그가 몸을 굴려 움직일 때마다 사열과 분열을 계속하듯 후르르 사라지고 다시 나타나고 했다. 수로 한쪽 곁으로 빽빽하게 서 있던 갈대밭 위로 바람이 지나며 회색 갈대송이들을 한쪽으로 파도를 일으켜 움직여갔다. 나는 잔디밭에 앉아 그의 급작스런 퍼포먼스를 감상하는 관객이 되어 그를 지켜볼 수밖에 없었다.

"나같이 전신 머드팩 해본 사람 흔하지 않을 걸……. 기분이 좋아. 발가벗고 미끈덩거리는 진흙 속을 굴러봤으면, 그 생각 아주 어렸을 때 했거든, 생각보다 맨살에 닿는 감촉이 그만인데."

히죽 웃으며 수로 쪽으로 되돌아온 그의 벌거벗은 몸뚱이가 어느 원시 종족의 토우(土偶) 같다는 생각이 잠시 들었다. 헤벌쭉 웃고 있는 허연 이를 제외하고 온통 진흙으로 뒤덮인 그가 한순간 원시종교의 주술사 같다는 기분도 들었다.

"바다하고 교미를 해본 사내들 많지 않을 걸. 형, 안 그래?"

수로 쪽으로 엉금엉금 빠져나와 온몸의 진흙을 씻어내며 그가 중얼거렸다.

"흙과 물, 거기에다 공기…… 미끈거리는 뻘밭에서 내가 느낀 성적 엑스터시가 불이라면 난 바슐라르의 4원소를 함께 체득한 거 아니야?"

"미친놈, 뻘밭에다 씹한 놈은 니가 인류 최초고 최후겠다."

"열 달 후, 이 갯바닥 뻘밭이 신인류를 낳을지 누가 알아?"

술을 좀 마셨기도 했지만 그가 커다랗게 입을 벌려 홍소를 날렸던 기억을 그날말고는 다시 본 것 같지 않았다.

방위병 근무를 막 끝내고 돌아온 그에게서는 그 무렵 자조의 빛이 가끔 비치곤 했다. ……우리 어머니, 나 어렸을 때, 물에 빠져 돌아가셨어. 바닷가를 빠져나와 선창의 작은 선술집에 마주 앉았을 때 얼핏 혼잣말로 중얼거리던 그의 눈이 충혈되어 있었다.

나는 왜 그의 가족사항에 대해 그렇게 아는 것이 없었을까.

4

"……살아 있는 동안 소설을 쓰고 있다는 한마디 말도 없었지만 그가 대단한 소설가이기도 했다는 것을 우리는 오늘에야 확인하고 있습니다. ……이미 한 차원 높은 자기 세계를 구축해놓고도 우리에게 열패감을 주지 않기 위해 그는 늘 싱겁게 웃어 보였던 모양입니다. 그 고도의 은폐술 앞에 우리는 어린애들처럼 속고 있었던 것 같은 기분을 솔직히 느끼고 있습니다……."

지치꽃 냄새.

왜 나는 한순간 지치꽃 향기를 느꼈을까.

그는 회상하는 모임에서 그가 남겨놓을 소설에 대해, 1년 전 그가 떠나기 전날 함께 나누었던 죽음과 장례에 대한 풍습의 대화에 대해, 그의 양보심 많고 선량하던 성격에 대해 이야기를 마치고 꾸벅 인사를 하고 내려오면서였다.

거기 모인 30여 명의 더러 알 만한 얼굴들을 확인해가다 멈칫 나와 눈이 마주친 한 여자를 발견하고 왜 갑자기 지치꽃 냄새가 떠올랐는지 알 수 없었다.

낯선 얼굴이었다.

개양귀비꽃을 닮은, 지천으로 몽골 초원에 깔려 있던 노란 빛깔의 꽃에서 어떤 냄새가 났는지 나는 기억할 수가 없었다. 어쩌면 아무 냄새가 나지 않았는지도 모르겠다. 그러나 초원을 떠올리면 막연하게 그 퍼렇던 하늘 색깔과 더불어 느껴지는 추상적 냄새. 그 기묘한 후각 반응이 왜 그때 일어났는지.

아, 담배를 피우기 위해 복도를 빠져나온 다음에야 내 무의식의 심층에 엎디어 있던 그 냄새가 지치꽃하고는 아무 상관이 없는 알싸한 배꽃 냄새였음을 떠올렸다.

"정, 그 자식 있잖아? 저 혼자 딱 한 번 잠시 좋아했던 여자가 있었던 모양이야……. 그랬는데 그 여자, 저도 잘 아는 선배가 이미 찍어놓은 것 같아서 돌아섰다는 거야."

　여자에 대해 병적일 만큼 결벽증이 있는 것 같다고 그를 흉보았던
자리였을 것이다……. 골키퍼 없는 축구도 있냐? ……병신 같은 자
식이네. 그때 그렇게 대꾸하고 웃었던 적이 있었다.

　잠시 입술이 맞닿았을 뿐, 그 이상도 이하도 아니었던 한 여자의
기억에서 묻어나는 추상적인 채취. 그 배꽃 냄새.

　낚시터 언덕에서 엉겁결에 입술이 맞닿았던 한 여자와 지금 입가
에 살풋 미소를 띄운 채 친구를 기억하는 사람들 사이에서 나와 눈이
마주친 흰옷의 여자가 같은 사람인지 아닌지를 알아낼 수 없었다.

　어쩌면 그 무렵 그 후배는 정을 사랑했는지도 모른다. 내가 빗속에
끼어들지 않았다면 조금 더 발전된 관계에 이르렀을까……. 담배에
불을 붙여 물면서 그가 복도 저쪽 끝에서 헤벌쭉하게 웃으며 내게로
다가오는 환상을 본다. ……싱거운 친구들, 지금 뭣들 하는 거야?
……그의 볼이 부어 있는 것으로 생각되었다. 아무것도 남기기 싫다
는데, 왜 남의 컴퓨터 속까지 뒤져서 망신을 주는 거지? 칭기즈칸 보
았잖아? 무덤도 없는…… 카라코룸에서는 뭘 보았수? 옛 수도였다
는 그곳에 뭐가 있어? 초원만 있으니까 누구나 그 공간에서 자유로
운 꿈을 꾸잖아? 자유의 실체를 보고도 형답지 않게…… 그 책들 다
거둬들여 소각해버려…….

　아이럭이라 불리는 마유주(馬乳酒)에 반쯤 취해 몽롱해가던 내 앞
에 예기치 않게 가늘게 비가 뿌리면서 초원 위로 무지개가 지면에 붙
어 두 겹으로 뻗어나갔던 바양고비 초원의 풍경, 무지개가 깔려 있던
지평선 쪽으로 그때 한 떼의 말이 아주 천천히 움직여갔다…… 칭기

즈칸은 무덤이 없습니다……. 그런데도 칸이 묻혀 있다고 이야기되는 땅은 수십 곳이 있었거든요. 각 지방마다 저희 땅에 자기들의 위대한 칸이 묻혀 있다고들 믿고 있지요…….

어둠 속에서 사물과 하나였던 그림자는 햇빛 속에서는 다시 나뉘어 주인의 발끝에 붙어 다닌다.

그가 어쩌면 내게 그림자였을까. 그림자에 대한 생각을 한 것은 창밖으로 비가 내리고 있어서였을 것이다. 비 오는 날은 그림자가 만들어지지 않는다는 생각이 대단한 발견처럼 잠시 내 의식의 끈을 붙들었다.

"시간 맞춰 오느라고 힘 많이 들었지?"

강은 늦게 왔는지 복도로 오더니 내 곁에 엉덩이를 내려놓았다.

눈이 충혈되어 있었다.

"괜스레 유고집 낸 거 아냐?"

"왜, 누가 시비해?"

"그 자식 혼이 있다면 어떻게 생각할까 하는 생각이 문득 들어서……."

"죽은 자식이 뭘 알아? ……이번 책 일은 누이가 나선 거야. 누이의 집념이 보통 아니더라고……."

아, 그래. 나는 다시 열린 문틈으로 사람들 사이에서 그의 누이를 찾았다. 두 손을 모은 채 기도하는 자세로 누이는 죽은 동생의 시를 낭송하는 흰옷 차림의 젊은 여류시인의 음성에 귀를 모으고 있었다.

"이거 한번 봐."

그가 굵은 볼펜으로 낙서가 된 작은 노트를 내밀었다. 작품 메모였던 것 같은데…… 그 자식 책장 속에 들어 있던 거야……. 이미 꽤 오래된 것인 듯 색깔이 누렇게 변한 비망록의 수첩이었다.

　─눈을 뜨면 한 마리 벌레가 아니라 한 그루 나무로 변신했으면 좋겠다. 바람으로. 흐르는 구름으로. 혹은 한 줄기 빛의 입자로. 카프카의 상상력은 서구 합리주의의 한계를 뛰어넘지 못한 것 아닌가.

　─禁忌에 대한 시련. 터부…… 터부…… 오이디푸스의 자책을 해야 되는 이유의 설정…….

　─지킬 박사와 하이드, 그것은 독립된 존재인가. 자아분열인가. 실체와 그림자의 거리에 대하여 ……빛이 소멸된 공간 속에서 그림자는 어떤 의미를 가지는 것인가…….

　─아담과 이브의 문제 : 종 복제인간으로서의 이브에 대한 해석이 가능할까. 자기의 복제품과의 짝짓기가 도덕적 기준으로 어떻게 해석되어야 하는가. 최초의 近親相姦. Copy. Copy. Copy.

　나뉘어진 自我. 그 독립성과 이질성.

　─가을 배꽃의 확인은 일종의 선택적 관계인가. 시간의 도배, 시간의 덧칠하기.

　─죽음이 없으면 부활이 설정되지 않는다. 禁忌가 없는 관계란 얼마나 맹숭맹숭인가.

　─시와 소설.

　시의 한계성 : 그러나 그 무한한 내포와 상징의 우주.

　소설을 통해서 구체적 구원이 가능할까.

　─보들레르야말로 가장 인간적이고 솔직한 인간이 아니었을까…….
사드도 있다. 그리고 李賀……. 미친다는 것과 신의 거리…….

―달래강, 달래강…….

"소지공양, 들어봤어?"
"소신공양 아니고?"
"몸에 불 붙여 타죽는 소신말고……. 소지(燒指)라니까. 손가락에
기름을 발라 불을 붙이고, 다시 발라 불을 붙이고…… 그렇게……."
"관념 속에서는 가능하겠지…… 그런데?"
"소설에 그런 걸 쓰면 웃긴다고 그럴 걸. 리얼리티가 없다고 평론
가들이 팍팍 밑줄 안 그을 것 같애? 나라도 그렇지……. 그런데……
현실에서는 상식이나 소설적 상상력 같은 걸 비웃는 끔찍한 일도, 감
동적인 일도, 엉뚱한 일도 더러는 일어나……."
그의 시선이 사람들 틈을 비집어가다가 한 곳에 머물렀다.
흰옷의 친구 누이가 참석자들 사이에서 다소곳이 고개를 숙이고
있는 모습이 보였다. 창백하고 정갈한 모습이었다. 나는 문득 그 누
이 뒤편으로 피어오르는 물안개의 환영을 다시 보았다.
시들어가는 갈대밭과 강물을 배경으로 친구의 뼛가루가 든 상자를
안고 서 있던 1년 전 누이의 손에 끼였던 흰 장갑. 그때 강 위로 누이
의 옷과 흰 장갑 색깔의 물안개가 부우옇게 피어올라 누이의 형체가
그 안개 속에 흐트러져 갈 것 같았다는 생각이 잠시 든 적이 있었다.
창 밖으로 계속 비가 뿌리고 있는 오늘, 앞으로 모아 쥔 그녀의 손
은 맨손이었다.
오른손으로 싸 덮은 그녀의 희고 가는 왼손의 가운데손가락…….
아, 나는 친구 강의 이마에 송글거리며 배어나온 작은 땀방울들을 그
때야 보았다.

"짜식이 여자를 쉽게 사랑하지 못했던 이유가 있었을지도 몰라."

이마의 땀을 훔치는 강의 손끝이 떨리는 것을 발견하면서 전염된 듯 내 손끝 역시 떨리기 시작하는 것을 감추기 위해 나는 호주머니에 손을 찔러넣었다.

서울 도심 한가운데서 갈대밭을 스치며 물떼새들이 후드득 하늘로 날아오르는 소리가 내 깊은 곳에서 들려오기 시작했다.

(1999,『문학과 의식』)

꿈꾸어주는
사람

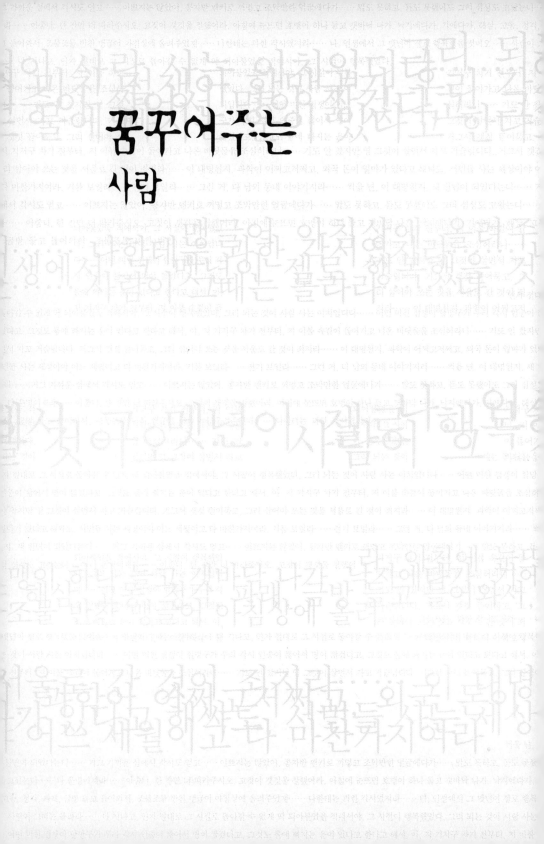

나는 여자에게 손을 잡힌 채 얼떨결에 방파제 아래의 모래톱으로 내려갔다. 그 모래톱에는 겨울철 김 양식에 쓰는 기다란 말뚝들이 인디언 집처럼 원뿔 모양의 구조물을 이루어 여러 개가 흩어져 있었다. 나는 자기 잘 아는디…… 순진한 척만 허지 마……. 그녀가 콧소리로 몇 마디 웅얼거렸고, 잘 마른 해초더미 가락같이 여자의 머리카락이 잠시 내 얼굴을 간지럽게 스쳤다.

관자놀이가 욱신거리고 숨이 막혀왔다. 귓속이 한참 왕왕대더니 밀물이 모래를 핥으며 다가오고 있는 소리가 아득하게 들려왔다.

"안개가 너무 지독해. 지금. 도저히 차, 못 움직이겠어."

나는 휴대전화기에 대고 소리를 질렀다.

비상등을 켠 채, 차를 언덕 쪽에 붙여 세우고, 나는 솜뭉치를 밟는 기분으로 비포장도로에 발을 내려놓았다.

발목으로도 안개가 스르르 휘감겨 올라 무릎 아래가 보이지를 않는다.

"새끼, 의사 말로 정오 넘기기가 힘들겠다는데⋯⋯."

휴대전화기 저쪽에서 들려오는 친구 목소리가 잔뜩 초조해 있었다.

"죽는 것까지 지 맘대로야? 조금 기다리라고 그래."

말도 안 되는 소리를 내뱉었더니 울컥 목구멍으로 뜨거운 덩어리가 밀려 올라오면서 관자놀이가 심하게 벌떡거렸다.

그러나 운전은 아무래도 무리였다. 엑셀을 밟아도 차가 앞으로 진행하는 게 아니라, 깊은 물 속으로 가라앉아 가는 기분이었다. 해가 떠오르면 나아지겠지 했는데, 안개는 점점 더 끈적거리면서 차체에 휘감겨들었다. 헤드라이트도 소용이 없었다. 불빛은 앞을 가로막는 물 알갱이들에 흡수되고, 일부는 반사되어 눈앞을 더욱 몽롱하게 만들 뿐이었다.

후미의 비상등도 바짝 들여다보아야 빨간빛이 확인되지 싶었다.

"그 '말미잘' 짜식, 그리 쉽게 안 죽을 거야."

어젯밤, 공룡화석 유적지 작은 식당에서 혼자 소주에 취해, 고향친구 홍만이 전화에 내가 그렇게 쏘아붙였다.

어렸을 때부터 엉뚱한 일을 제 맘대로 해오긴 했지만…… 이제 나, 죽고 싶은데…… 그렇게 히죽 웃었다고 해서, 생사까지 제 맘대로 할 수는 없을 것이었다. 별별 짓을 다 해온 그가 20년 만에 고향에 돌아와 시골 병원에서 그렇게 시시하게 숨을 거둘 것 같지는 않았다.

"홍만이 너, 이 나이, 맨날 남의 송장이나 치우고 살아서야 쓰겠어? 나허고 인제 간단한 새 사업을 하나 한다 이거여. 나가 한때 정원수 일을 안 했겠어? 정원수로 제일 비싸게 팔려나가는 수종이 뭔지는 알 거여. 고것이 바로 흔하디 흔한 소나무여. 잘 크지도 못하고 배배 꼬인 못생긴 소나무가 제일 비싸단 말여."

석 달 전, 아내와 딸아이가 캐나다로 떠나고, 울적한 기분에 고향에 들렀다가 생각지도 않게 고향친구인 그를 만났다.

"소설? 그것도 잘 쓰면 돈 된다며? 그런디 그 소설, 사실 나가 써야 되는디…… 나가 참 소설겉이 살았거등. 나가 말이여…… 남미 리우데자네이루에서 이과수 폭포로, 페루 안데스 산맥으로 떠돌던 이야기만도 책 몇 권 될 것인디…… 그전에 나, 원양 어선 탔다가 시껌헌 껌둥이 처녀 만나, 그 처녀 따라 아프리카 짐바브웨로 토껴분 것 모를 것이다. 빅토리아 폭포 있는 디 말여…… 하두 많어서…… 그건 그렇고 그 소나무 이야긴디……."

그의 화제 중 상당 부분이 허풍인 걸 짐작하고 있어서, 고향에서 장의사 일을 하고 있던 홍만이나, 나는 그의 이야기를 그저 귓가로 흘리고 있었다.

20대의 어느 날, 거짓말같이 고향에서 사라졌을 때, 우리는 그를 자주 생각했다.

그의 부재에 우리는 이상한 배신감을 느꼈고, 그를 머릿속에서 지우려고도 했다. 당시 어른들 표현으로 하면 그는 '불상놈'이었다. 몽둥이 휘두르는 제 애비를 훌쩍 들어 담벼락에다 내팽개치고, 지랄병 앓던 동네 처녀를 데리고 줄행랑을 놓았으니, 그 좁은 포구(浦口) 마을에서 그 장세달을 사람 취급이나 했겠는가.

그러나 그건 어른들 판단이었을 뿐, 친구들 가슴속은 한 부분이 휑 당그레 비어버렸다. 그의 부재는 우리에게 한동안 그 작은 포구 마을을 텅 빈 곳으로 만들었고, 우리는 방향을 잃어버린 느낌이었다.

몇 해 전, 그 '말미잘'이 장년이 되어 고향에 나타났다는 소식을 홍만이가 전해왔을 때 나는 잠시 몽롱한 꿈속으로 가라앉는 느낌이었다.

고향에 와서는 호주에서 캥거루 꼬리를 가져다가 '캥거루꼬리곰탕'을 국내에 보급한다고 하더니, 다음 번에는 악어 농장을 고향 쪽에 만들면 어떨까, 타당성 조사를 왔다고도 했다는 것이다.

초등학교 졸업 후, 나는 곧장 고향을 떠나 있었지만 대학 시절까지 방학 때면 자주 그와 고향에서 어울려 지냈다.

한번은 그 친구가 어디 산골짜기에서 여우 새끼 한 마리를 주워와 마당 한쪽에 작은 우리를 만들어 넣어둔 적이 있었다. 그래서 여우가 제일 잘 먹는다는 쥐를 잡으러 같이 다니기도 했고, 이 나라 의학 발전을 위해 의대생들에게 사람 뼈 표본을 제공해야 한다고 주장해서 그를 따라 해골을 파러 공동묘지로 가기도 했다.

"니들은 학교 공부만 해서 몰라서 그러는디, 털 중에는 여시 털이 제일 비싸고 고급이여. 산에 있는 거야 다 잡아도 그것이 몇 마리나 되겠냐? 인제 물고기고, 짐승이고 잡는 것에서 기르는 것으로 전환할 시기가 되었다 이거여. 요것이 시방 암놈이거등. 수놈만 한 마리 구해오면, 얼마 후에 번식을 시키거등. 처음에 한 다섯 마리 새끼를 낳고, 다시 그것들이 새끼를 낳고…… 또 낳고…… 쥐를 제일 좋아 허니께 사료로 멕일 쥐야, 이 촌구석에 얼마나 많냐? 그래도 조금 크게 사업이 될라먼 쥐도 키우면 된다, 이거여. 쓰레기만 멕여도 쥐 번식은 아무것도 아녀. 거기다 몰라서 그러는디, 쥐 가죽도 가죽으로 괜찮거든…… 쥐도 가죽을 벗겨서 쓰고, 그 고기로 여시 키우고, 여시 가죽 벗겨서 팔고, 그 여시 고기는 또 쥐 사료가 되제…… 몰라서 그러는디, 여시 중에도 백여시라고 안 허디? 고것이 최고 품종이여. 백년 묵어 백여시가 되는 거는 아니고, 돌연변이로 고것이 나온다 이거여…… 그건 보통 여시 가죽 열 배를 받아도 없어서 못 팔제……."

"그라고 사람 해골 뻑다구로 말하면 그렇다. 한번 죽으면, 육신이라는 건 결국 쓰레기다, 이거여. 무슨 영혼이 있고, 귀신이 있겄냐? 그것이 있다면 어떤 멍청이 조상이 지 후손들 못 사는 것 보고도 안 도와주고, 하다 못해 시험 치는 지 손자새끼 시험지 한 장이라도 미리 못 갖다주겄냐? ……우리는 어디까지나 과학적, 현실적 사고로다 생각을 해야 허고, 그러기 위해서는 살았을 때, 사람이 병 안 걸리고, 좋은 약 만들어내고 할라면 이 나라 의학이 발전되어야 한다, 이거여. 독일 약이 왜 좋은지 알제? 고거이 다 유태인들을 실험으로 쓰면서 개발한 것이거등. 그 막중한 책임으로다 오래된 해골 뻑다구 얼마간이라도 우리가 이 나라 의대생들에게 제공하는 것이 의무다, 이거여. 물론 최소한 수고비는 우리가 받아야제. 왜냐하면 공짜로 생겼다 하면 그 귀중한 것을 잘 못 알아서 연구를 게으르게 하게 되어, 우리의 웅대한 목표하고 맞지를 않는 거라……."

열심히 쥐를 잡아다주었던, 입이 뾰쪽하던 그 여우 새끼가 그뒤 어떻게 되었는지에 대해서는 기억나지 않는다.

정말 그가 죽는다면 숨 넘어가기 전에 '말미잘' 녀석을 한 번은 더 보고 싶었다.

"요새 생각해보니, 육신이 이 지상에 너무 오래 머무는 것이 무슨 덕이 되겄능가, 그 생각이 들더라. 예수님은 서른셋에 가셨는디도 할

일 다 하셨거등. 우리는 예수님보다 뭣이냐, 한 10년씩은 더 머물렀다, 그 생각이 갑자기 들드라, 이거제. 더구나 홍만이 이 새끼가 송장 다루는 데는 선수 아니겠냐? 친구가 염해주는 육신으로 고향 땅에 묻히는 것도 멋있지 싶더랑게……"

술 탓으로 헛소리려니 했다. 그것이 한 달 전이었다. 그런데 이 '말미잘' 새끼가 고향 작은 병원에 딱 버티고 누워서는 ……인자 조께 쉬고 싶다, 너무 바쁘게 살았더니 인자 그런 기분이 딱 든다. 그렇게 중얼거리고는 움직이지 않는다는 소리를 며칠 전 들었다.

홍만이 말로는 간이 이미 오래 전에 망가진 것 같다고 했다.

그런데도 처음 달리는 이 비포장도로가 고향 쪽으로 향하는 길인지조차 자신이 없었다. 갈림길에서 방향을 잘못 꺾지 않았나, 하는 의구심마저 들었다. 사람이라도 지나가면 물어보겠는데 길도, 들판도, 마을도 함께 안개에 휘감겨 도무지 인적조차 없었다.

어림짐작으로 공룡화석 유적지 마을에서 30여 분 차를 몰기는 했는데, 한순간 자신이 서지를 않았다.

어제 오후, 짜식이 아무래도 곧 죽을 것 같다는 전화를 받았을 때 곧바로 출발했어야 했을지 모른다.

……이곳 우항리 해안 일대는 중생대 백악기(약 9천만 년 전)시대 호수지역으로 호남에서는 최초로 용반목(龍盤目), 조반목(鳥盤目), 수반목(獸盤目) 등의 공룡 발자국 화석이 발견되고 있으며, 세계에서 가장 오래된 물갈퀴 달린 새 발자국 화석의 집산지로 밝혀져 국제 학계의 주목을 받고 있는 퇴적암 명승지입니다.

그리고 이판암(泥板岩), 이암(泥岩), 사암(砂岩) 등으로 형성된 퇴적암층은 해식(海蝕)으로 인한 절벽을 이루고 있어 층리가 뚜렷이 나타나며, 그 높이가 1~4미터로 해안을 따라 3킬로미터 정도 이어지고 있습니다…….

결혼 전 아내와 갔을 때도 같은 내용이 게시되어 있었는지는 알 수 없었다. 그때도 늦은 겨울비가 가늘게 내렸던 것은 기억났다.

큰맘 먹고 찾아간 그 바닷가를 친구 병문안을 다녀왔다고 곧바로 떠나기에는 아쉬움이 있었다.

"약 5천 년 전 시칠리아 섬 에트나 화산 기슭 동굴에서 그리스 남부 원주민 선원들이 사람 뼈와 흡사한 거대한 뼈를 발견하고는 외눈박이 거인 키클로페스의 전설이 생겨났대요. 그 뼈가 사실은 오래 전 유럽에서는 없어져버린 코끼리 뼈였고, 눈이라고 생각한 곳이 실제는 코끼리 콧구멍이었다는 것을 알아낸 때가 19세기 와서였다니, 얼마나 우스워요? 맘모스 화석이 시베리아 얼음 구덩이에서 라무트족 사냥꾼에게 처음 발견된 것도 1900년이거든요. 지금 눈앞에 없다고 옛날에도 없었던 것은 아니다, 그런 거 아니겠어요?"

아내는 그렇게 또박또박 말했고, 나는 젊은 여자의 고고학적 관심에 상당히 놀랐다.

엉성하게 박힌 말뚝에 가느다란 쇠줄로 보호지역을 표시해놓은 안쪽 편편한 바위 위에 파인 큰 발자국들 앞에 서면서 그녀의 표정이 그때 잠시 황홀해 보이기까지 했다.

한아름은 되게 커다란 공룡 발자국들은 발톱과 발가락 모양까지 선명하게 움직여가던 방향을 드러내 보여주고, 그 곁에 새끼였을까, 종종걸음으로 엄마 곁을 걸었을 작은 발자국이 또 연이어 있었다. 그 곁 편편한 멍석바위 위에는 물갈퀴 선명한 새 발자국이 수도 없이 흩어져 빗물에 젖어갔다. 돌틈에 끼어 있던 까맣게 화석으로 변한 나무줄기, 길이 130센티미터, 폭 90센티미터라는 사암층의 대형 초식공룡 발자국……. 우린 잠시 그 공룡들이 떼지어 살았을 먼 과거의 한 지점으로 시간여행을 한 것 같은 기분에 젖었다.

원래 호수였다는 그곳 지형은 방조제 때문에 바닷물이 줄어들어 화석지대가 드러난 것이라고 안내서에 적혀 있었다. 깊은 정적과 물새들이 주변을 맴돌고 있어 우리가 생활하던 공간하고는 상관없는 이질의 공간에 잠시 갇힌 기분도 들었다.

"오랜 세월 바닷물에 잠겨 드러나지 않았던 9천만 년 전의 신비를 직접 볼 수 있다는 사실에 며칠 동안 거의 잠을 못 잤어요."

방조제를 쌓고 나니까 절벽 쪽의 물이 줄어들면서 그 이판암 바위 위에 수도 없이 9천만 년 전 공룡의 흔적이 나타났다고 했다.

티라노사우루스, 데이노니쿠스, 오르니미무스, 실타사우루스, 트리케라톱스, 테라노돈, 엘라스모사우루스……. 나로서는 도무지 다 외울 수 없는 여러 개의 공룡 이름을 줄줄이 외우고 있던 아내의 머리칼 위로 가늘게 안개 같던 작은 비 알갱이들이 내려앉고 있었다.

"난 유년 시절을 시골 바닷가에서 살았는데도, 그 기억들까지 창고 속에 처박은 채, 문까지 걸어 잠가놓고 살았다고 이야기해야 하나?"

"잘 보관되어 있음 되었죠. 먼 옛날 화석들도 빛을 보는데, 어린 날 기억들, 소설가에게는 자산 아닌가요?"

"고마워."

유적지 앞으로 물이 줄어들면서 다시 호수 모양이 된 바닷가 한쪽 갈대 숲이 이슬비에 젖어갔다.

공룡을 이해하고, 현재 눈앞에 없어도 먼 과거에 존재했던 것들에 애정을 갖고 있는 여자를 아내로 맞기로 그날 그 바닷가에서 결정했다.

그러나 머지 않아 아내는 내게서 떠나고 있었다.

먼 옛날 공룡화석이나 역사의 그늘, 소멸되어가는 진실 같은 것에 대한 화제는 결혼 얼마 후부터 우리에게서 사라져버렸다.

팔리지 않는 소설을 쓰고 있는, 거기에 인간의 근원적 진실에 대한 관심이 문제가 아니라 실상은 현실감각이 전혀 없는 사내에게서 그녀는 남편이나 아이 아빠로의 기대를 빠른 시간 안에 현명하게 포기한 것 같았다.

그녀가 보여준 고고학적 관심이나 인류학에 대한 독서들이 아내 특유의 개성이 아니라, 교양 차원의 관심이었다는 것을 둔하게도 나는 알지 못한 셈이었다.

어느 날, 딸아이의 장래를 위해 캐나다 조기유학 이야기를 그녀가 꺼냈을 때도, 또 얼마 후 아이를 위해 엄마가 동행해야 한다고 상의해왔을 때도, 마지막 출국을 결정하고 토론토행 비행기표를 내게 보여주었을 때도 나는 별로 할 말이 없었다.

어느 정도 그쪽 생활이 안정되었다는 전화를 받은 날, 나는 갑자기 아내와 동행했던 우항리 공룡 발자국이 보고 싶어졌다.

나는 직장에 연가를 내고 곧장 차를 몰았다.

내 생애에서 내 의지를 행동으로 옮긴 것이 몇 번이나 되었을까. 의사가 되기를 바랐던 아버지의 뜻대로 고3 말까지 이과(理科)반이었던 내가 시험 직전, 문과 쪽을 택한 것 이외에 나는 사실 내 기분을 행동으로 옮겨본 적이 거의 없었다.

옛날이나 어제나 공룡의 발자국 크기는 마찬가지였고, 부슬비가 내리는 것도 같았다.

우리가 처음 같이 묵었던 곳에 새로 들어선 신축 모텔에 방 하나를 잡아놓고 나는 곧 죽을지도 모른다는 친구 생각을 했다.

이 나라 의학 발전을 위해서는 의대생들에게 사람 뼈 표본을 제공해야 한다는 그의 주장으로 공동묘지에 따라간 것이 대학 1학년쯤 방학 때였을까.

공동묘지에 올라가 있다가 우리가 꺼내온 해골 몇 개는 지금 생각하면 젊은이들의 두개골이었다는 생각이 든다. 주로 어린애나 결혼 전 젊은 사람의 시신은 깊이 매장하지 않고, 항아리에 앉혀 돌무더기로 쌓아올리는 돌무덤을 만들던 시골 풍습 때문이었을 것이다.

그 뼈들이 의대 본과생들 몇 사람에게나 전달되었는지는 확실치 않지만, 장세달이 우리를 데리고 중국집에 가서 탕수육에다 배갈을 샀던 기억은 몇 번 있다. 그가 배갈 잔을 들면서 '이 나라 의학 발전을 위해서'라는 건배 제의를 했던 기억이 있는 것으로 보아 얼마큼 사례비를 받아온 모양이었다.

한번은 한밤중에 산을 내려오다가 많이 부서진 두개골 한쪽을 냇물에 씻더니 그가 제 안주머니에 넣은 적이 있었다.

며칠 후부터 해안 대포집에서 막걸리를 잔술로 사 마실 적에는 꼭 그 휴대용 두개골 잔에다 술을 따라 돌려 마시곤 했다. 너, 원효대사 이야기도 못 들었냐? 자주 이 잔으로 막걸리 마시다 보면 우리도 뭔가 깨달음이 있을 것이거등……. 조금 찝찔한 기분으로 나 역시 그 해골 잔에다 막걸리를 마시곤 했는데, 습도가 높은 밤이면 이어진 뼈 사이로 퍼런 인 불이 일렁이기도 했다.

도시생활에 뿌리내린 뒤로는 부모님도 다 돌아가신 고향 땅에 갈 기회가 많지 않았지만, 10대 후반에서 20대 초반까지의 내 생활 속에 그 장세달은 한여름 소나기처럼 자주 끼어 있었다.

"바닷바람 처불고 기름기 없는 산을 산단 말이여. 그냥은 산에 있는 소나무를 못 파내어. 산에 있는 소나무 그거 하나만 파다 옮길라 해도 여러 가지로 서류가 복잡해. 그러니께 못난 소나무 많은 산을 통째로 싸게 사는 거여. 가까운 데다 밭도 하나 사고…… 그래가지고는 산림계에 수종개량 신청을 한다, 이거여. 유실수를 심는다고 말여. 홍만이 니가 송장 파묻을라고 이 근방 산은 다 돌아댕겨봤을팅게, 어디가 못난 소나무가 많은가 하는 것도 알 것이고, 그 주인이 누군가도 대강은 알 거 아녀? ……싸구려 산을 사서 포크레인으로 소나무를 파다가 밭으로만 옮겨 심어놓으면 그때부터는 그 소나무들이 정원수여. 놀라지 말어. 요새 시세로 괜찮다 싶으면 한 그루가 2천, 3천이여…… 아무리 못나도 몇 백씩은 가. 옛날에는 옮기는 기술이 없어서 많이들 쥑였제. 요새는 포크레인에다, 큰 것은 기중기여…… 거기다 발근호르몬제에, 착근호르몬제, 그런 것들이 나와서 인자는 백 퍼센트 다 살리는 거여."

20년이 지나 희끗한 머리칼이 보이는데도 그는 여전히 20대의 그 치졸하고도 자신만만한, 제 주장에 변함이 없었다.

"어이, 세달이 자네 옛날 '말미잘' 물린 것은 그뒤 괜찮어?"

그가 살아왔다는 만화 같은 세상살이 이야기와 그가 우리를 위해 특별히 준비했다는 '발렌타인 30년' 때문에 우리들 발음이 불분명해져갈 때 홍만이가 잊지도 않고 그 말을 꺼냈다.

순간 본인은 물론이지만 나 역시 배를 쥐고 나뒹굴었다.

"하, 그 사건? 핫하하…… 그때부터 내 물건은 확실하게 한 밑천 재산이 되어부렀제…… 자네들, 내 꺼 확인 한번 할 꺼여?"

그가 바지춤을 내리려는 것을 이번에는 우리가 앞서 손을 저었다.

열네댓 살 되었을 때였을까.

바다 갯벌이 놀이터였으니까 뻘밭에서 조개나 게를 잡았을 것이다. 옷을 덜 버리려고 바위 위에 옷을 벗어놓고 뻘밭을 뛰어다녔지 싶다. 그래도 팬티 한 장씩은 입고 있었던 것 같은데, 한참 후 다들 그걸 벗어버렸는지, 그 혼자만 귀찮아서 발가벗었는지는 기억할 수가 없다. 멀리까지 바닷물이 빠져나간 뻘밭은 저녁때가 되면서 조금씩 기온이 내려갔지만 오후 햇볕을 실컷 받은 발 밑의 미끄러운 갯벌은 온기를 머금고 있었다. 그 뜨뜻하고 미끄러운 뻘의 감촉이 좋아서 그 뻘밭에 조개나 꽃게들같이 우리도 발가락으로 후벼 구멍을 만들고 발끝을, 발을, 종아리까지 집어넣고 서 있기도 했다. 그러다가 뻘 위에 덥석 엎드리면, 그때 겨드랑이와 허벅지 사이로 따뜻한 뻘 흙들이 간지럼을 피우며 차오른다. 그 간지러움에 진저리를 치면서도 킬킬대며, 우리는 때로 꽤 오랫동안 그렇게 엎어져 눈을 감고 아련하게 밀물이 갯벌 위를 핥으며 가까워지는 소리를 듣곤 했다. 그것은 편안하고, 뭔가 아슬아슬한 느낌의 기분 좋은 경험이었다.

　그날 해질녘 우리 중 누군가가 갑자기 죽어가는 소리로 비명을 질렀다. 장세달이 뻘밭에 엎어진 채 소리를 내질렀던 것이다…… 왜 그래? 일어나. 왜 그래? 너? 우리 모두가 슬슬 추워지기 시작한 갯벌에서 온몸에 뻘 흙을 묻힌 채 그에게로 달려갔는데, 이 친구가 제 고추 쪽을 붙들고 일어나지를 못하는 거였다. 우리는 모두 뻘 속 깊이 빨려 들어간 그의 고추를 꺼내려고 흙을 파냈다. 뻘 흙을 한참 후벼판 뒤에야 갯벌에 흔한 말미잘에 그의 고추가 물려 있는 것을 확인할 수 있었다. 한참 뒤에야 그는 돌멩이에 뿌리를 붙이고 있는 말미잘을 고추에 달고 일어섰다. 친구들은 배를 잡고 갯벌 위를 뒹굴면서 눈물이 나올 때까지 웃었다. 물 속에서 부드러운 촉수들을 꽃잎처럼 흔들다가 먹을 것이 들어오면 곧바로 빨아들여 소화해내는 그 말미잘 입에 제 고추를 넣은 모양이었다. 결국 주머니칼로 돌멩이에 붙은 말미잘을 다 조각내어 뜯어낸 뒤에야 그의 고추는 자유로워졌다. 조개껍질 조각들이 들어 있던 말미잘의 목구멍 속에서 나온 친구의 고추는 여러 곳에 상처가 나 있었다. 이것만은 비밀이여, 알제? 이건 비밀이여……. 그가 울먹였기 때문에 우리는 그때 모두 고개를 끄덕였지만 어디서 비밀이 새어나갔는지, 그는 얼마 후부터 '말미잘에 좆 물린 놈'이 되고 말았다. 그 별명이 너무 길어 그때부터 우리 사이에서 장세달은 당연하게 '말미잘'로 불리게 되었다.

　자동차에 시동을 걸고 담배에 불을 붙였다.
　창문을 조금 내렸더니 금방 틈새로 안개 덩어리들이 오물을 토하

듯 꾸역꾸역 기어들었다.

담배를 끄고 문을 올렸다.

여전히 사방은 안개로 밀폐된 채 젤리처럼 끈적거리며 달라붙는 물 알갱이들 속에서 부옇기만 했다. 유배의 공간이었다. 공룡 발자국 화석 유적지에서 아내가 말했다. 봐요. 우리 둘만 백악기시대에 갇힌 거라고요. 그때 그녀의 속눈썹 위에 내려앉은 작은 물방울 하나하나를 혀끝으로 핥아주며 갇혀 있어도 좋겠다는 생각을 잠깐 했다. 백악기시대의 공룡 발톱이 머물렀던 공간에도 빗물이 채워지고 있었다. 저기 갈대밭에서 물새 알 몇 개 꺼내오고, 몇 마리 생선 잡고, 저 위 바위동굴 앞에 모닥불 피우면서 한 세상 살 수도 있겠지요? 그러나 조금 지나 그녀가 흰 이를 드러내 보이며 이야기했다. 배가 슬슬 고파오네요…… 배가 고파오는 것. 그것은 중요한 것이었다. 백악기의 시간에 머물러 있는 것은 잠시면 되었다. 그런데 나는 오랫동안 그것을 몰랐던 듯 싶다.

휴대전화기가 요란스럽게 울려왔다.

"그 자식 딸이 내려왔어. 죽은 지 에미하고 하도 똑같이 생겨서…… 세달이가 지 딸은 알아보는디, 그래도 오래는 못 버티지 싶다…… 그나저나 자네, 지금 어디여?"

"딸이? 어쨌든 갈게. 지금 '말미잘' 짜식 보고 조금 참으라고 그래…… 나, 금방 간다고……."

그 '말미잘' 새끼한테 딸이 있었나? 갑자기 현기증이 왔다.

"니들 같은 책방 도련님은 아직 모를 것이여…… 여자라는 것이 겉으로 똑같이 보여도 그게 아닌 것이거등…… 남자 손끝이 닿았다 하면 눈이 까뒤집어지고 '말미잘'이 되어뿌는 여자도 있는 것이여……."

한창 호기심과 풀 길 없는 욕정들로 두통이 일던 20대 시절, 그 자식이 그렇게 말하고 키득거리면서 웃었다. 상상 속에서야 얼마나 많은 여자들의 알몸과 뒹굴었으랴.

방학 때만 고향에 내려가는 내게 고향 쪽 처녀들에 대한 정보는 어두울 수밖에 없었는데, 어느 날 홍만이가 내게 귀띔을 했다. 이웃동네에 기가 막히게 섹시한 처녀가 하나 있는데, 정신이 조금 부실하다고 했다. 지 맘에만 들면 쉽게 치마끈을 푼다는디, 그 여자하고 한번 잤다 하면 죽을 때꺼정 그 여자를 못 잊는다는 거여…… '말미잘'이라는 거여. 거그다가 기분이 좋으면 금방 기절을 해뿐다는구만…….

"기절은 왜?"

"나가 알것능가?"

자세히는 알 수 없었지만 그 이상한 말미잘 처녀가 누굴까 호기심은 일었다.

꿈속처럼 경운기 소리가 들려왔다.

차에서 내린 다음 양털 이불 같은 안개 속에서 담뱃불을 붙였을 때, 거짓말같이 경운기 한 대가 형체는 감춘 채 덜덜거리는 소리로 가까워지고 있었다.

경운기 위의 나이 든 사내도 안개 속에 서 있던 나 때문에 놀란 것 같았다.

"워매, 잘못 길을 들어서부렀소. 한 20분, 오던 길로 되돌아가다가 보면 주막 같은 곳이 나오는디…… 거그가 삼거리지라……. 거그 표지판이 있을 것이요만 잘 보일지 모르겄소. 그 삼거리서 남쪽으로 난 길로 쭈욱 가면 될 것이요만……. 그랗게 거그서 이 길 말고, 처음 오던 길 말고, 또 하나 남은 길로 가면 되겠제라……. 그나저나 오늘 안개 땀에 고속도로에서 7중 충돌 사고가 났다고 라지오 방송 나옵디다……."

"친구놈이 고향에서 죽어간다고 해서 길을 떠났다가 안개 때문에 이러고 있네요."

"나도 이런 안개는 오십 평생 첨 보요."

'엉금엉금'이라는 말이 자동차 운전에 사용될 수 있을까.

시속 20킬로미터. 사내가 가르쳐준 대로 오던 길을 되돌아 삼거리를 찾고, 고향 쪽으로 난 길로 들어서자 해가 들면서 안개가 조금씩 옅어져갔다.

그러나 잠시 주변 형체가 드러나는가 하면, 언덕 하나를 못 넘어 또 짙은 안개의 늪이 앞을 가로막아 도무지 속도를 낼 수 없었다.

죽는 것도 지 맘대로 할려고…….

제 애비 허리를 번쩍 안아들어 내동이치고, 데리고 떠났다는 그의 죽은 아내와 내가 방파제에서 만난 여자가 같은 여자인지, 다른 여자인지는 지금도 알 수가 없다.

그해 여름방학이 끝나갈 무렵, 친구들과 일찍 헤어져 왜 혼자 방파제 부근을 그 저녁, 걸어갔는지는 기억할 수가 없다.

방파제 중간에 가로등 하나가 있었고, 그 불빛이 해무(海霧) 탓이었는지 몽롱했던 것을 기억한다. 가로등 아래를 지나다가 스치듯 한 여자를 보았고, 그 여자가 나를 향해 샐쭉 웃어 보였다. 벌써 잠자리 간대? 아직 초저녁이구먼. 여자가 심상하게 말했다. 내가 돌아보자 여자가 다시 샐쭉 웃더니, 성큼 내 곁으로 와서 내 손을 잡았다. 여자에게서 마른 해초 냄새가 났다.

나는 여자에게 손을 잡힌 채 얼떨결에 방파제 아래의 모래톱으로 내려갔다. 그 모래톱에는 겨울철 김 양식에 쓰는 기다란 말뚝들이 인디언 집처럼 원뿔 모양의 구조물을 이루어 여러 개가 흩어져 있었다. 나는 자기 잘 아는디…… 순진한 척만 허지 마……. 그녀가 콧소리로 몇 마디 웅얼거렸고, 잘 마른 해초더미 가락같이 여자의 머리카락이 잠시 내 얼굴을 간지럽게 스쳤다.

관자놀이가 욱신거리고 숨이 막혀왔다. 귓속이 한참 왕왕대더니 밀물이 모래를 핥으며 다가오고 있는 소리가 아득하게 들려왔다.

그리고 한순간, 여자가 이상한 비명을 내지르며 벌렁 내 곁에 쓰러졌다. 놀라서 여자를 내려다보자 갑자기 여자의 두 눈이 흰자위만 남겨진 채, 입으로 거품을 뿜어내며 온몸을 비틀어댔다.

나는 용수철에 퉁기듯 일어나 방파제 위로 올라가버렸다.

밀물이 천천히 들어오고 있는 듯 싶었다.

한참 지나자 여자 쪽에서 아무 소리도 내지 않았다.

밀물이 완전히 들어와 모래밭까지 물에 잠기면 여자가 죽을지도 몰랐다. 그러나 갑자기 내 앞에서 거품을 내뿜으며 몸을 뒤틀고 있던 생면부지의 여자를 내가 어떻게 해야 할지 아무 생각도 나지 않았다.

내가 다시 여자 곁으로 내려갔을 때, 여자는 잠이 들어버린 듯 그 자리에서 움직이지 않았다.

나는 손수건으로 여자의 입가를 훔쳐주고, 밀물이 만조가 되어도 물이 차오르지 않을 위쪽으로 안아다 눕혀주었다.

원뿔형 김발 장대 그늘에서 그녀는 그대로 잠시 잠이 든 듯했다.

내 생애 처음 여자를 안아다 옮긴 셈이었다. 여자의 얼굴은 편안해 보였고, 짙은 눈썹과 도톰한 입술 선이 강렬했다.

나는 몇 번 뒤돌아보기는 했지만 걸음을 빨리해 곧바로 그곳을 빠져나갔다.

방학이 끝난 후에도 젊은 여자가 혹시 고향 바닷가에서 밀물에 휩쓸려 죽었다는 소식이 들려올까봐, 한동안 꿈속에서까지 그 여자를 보곤 했다.

장세달이 이웃 처녀를 데리고 고향을 떴다는 소식을 들으면서 잠시 그 여자가 그 여자였을까, 생각했다.

그날 밤, 그 여자의 간질 발작이 조금만 늦게 왔다면 나도 장세달이 뻘밭에서 말미잘에게 고추를 물린 것처럼 그 여자의 몸 속으로 빨려 들어가 허둥댔을까.

안개가 조금씩 물러가면서 나는 창문을 조금 내리고 담배에 불을 붙였다.

아직 새잎이 나지는 않았지만 초록색 기운이 떠돌기 시작한 가로수의 형체가 조금씩 선명해지기 시작했다.

의식이 돌아오고, 얼마큼 건강이 회복되면 장세달에게 물어보리라.

말미잘에 물렸던 그의 고추가 그의 말대로 정말 놀라운 물건이 되었는지, 20대 때의 그 여우 새끼는 어떻게 되었는지, 그리고 그가 싸

돌아다녔다는 미지의 땅, 짐바브웨와 안데스 산맥, 잉카족 후예에 대해, 세계 최대의 폭포 이과수의 정경에 대해, 그리고 그가 데리고 도망갔던 그의 죽은 아내에 대해 물어보리라.

그의 엄마를 닮았다는 딸의 얼굴도 한번 자세히 바라보리라.

그때 요란하게 휴대전화기가 울려 길가에 차를 세우고 밖으로 나왔다.

"자네여……?"

홍만이었다.

"다 와 가고 있어. 어쩐가? 그 자식?"

"조금 전에 갔네, 그 자식."

나는 7월 어찔한 현기증과 함께 그대로 털버덕 주저앉으며 소리를 질렀다.

"개새끼, 누가 지 맘대로 죽어? '말미잘한테 좆대가리 물린 새끼'가 지 맘대로 어떻게 지 맘대로 죽어……."

(2002, 『문학나무』)

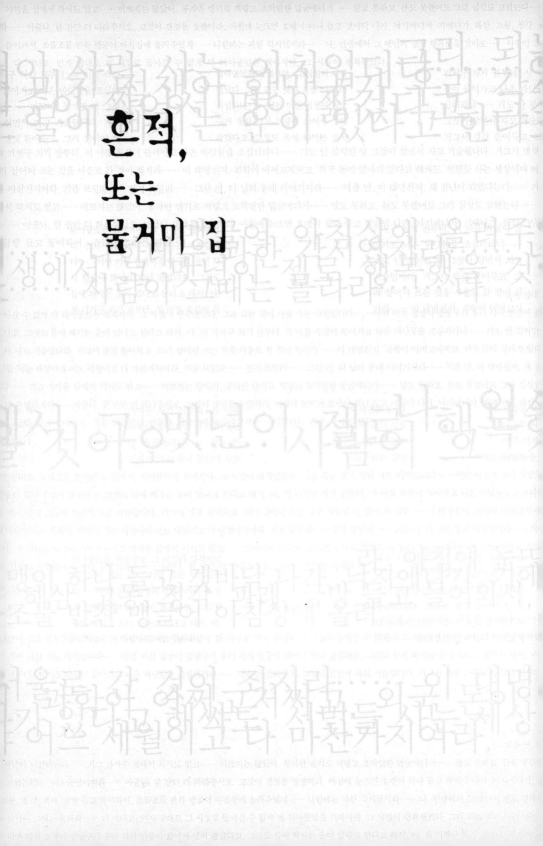

흔적,
또는
물거미 집

사내의 벌개진 얼굴과 목덜미가 아궁이 불빛 속에서 이상한 조화를 이루고 있었다. 불빛과 열기의 그 좁은 공간만은 세상과 관계없는 별개의 시공으로 독립되어 있었고 술 취한 사내는 언제부턴가 거인으로 그 속에 평화롭게 조화되어 있었다.

1

"이곳 우항리 해안 일대는 중생대
백악기(약 9천만 년 전)시대의 호수지역으로, 호남에서는 최초로 용
반목(龍盤目), 조반목(鳥盤目), 수반목(獸盤目) 등의 공룡 발자국 화석
이 발견되고 있으며 세계에서 가장 오래된 물갈퀴 달린 새 발자국 화
석의 집산지로 밝혀져 국제 학계의 주목을 받고 있는 퇴적암 명승지
입니다.

　그리고 이판암(泥板岩), 이암(泥岩), 사암(砂岩) 등으로 형성된 퇴적

암층은 해식(海蝕)으로 인한 절벽을 이루고 있어 층리가 뚜렷이 나타나며 그 높이가 1~4미터로 해안을 따라 3킬로미터 정도 이어지고 있습니다."

황산면 우항리.
상상해보지도 않았던 지명이었다.
공룡 같은 것에 평소 흥미를 가져본 적도 없던 내게 공룡 발자국이 흩어져 있던 그 해안은, 그러나 상당히 세월이 흐른 뒤에도 가끔 내 기억 속에서 떠올라올 듯 싶다. 그날 오후 OZ 735편 목포행 비행기에 빈 좌석이 생기지 않았다면 내가 그 엉뚱한 황톳길에서 비를 맞거나 시골의 그 작은 행정구역 이름을 알 수도 없었을 터였다.
지금 바로 떠나는 항공편 좌석 있을까요? 출발 20분을 앞두고 비행기표를 물어보는 승객에게, 현재는 만석인데요. 그렇게 카운터의 대화는 짧게 끝났고, 나는 몸을 돌려 다시, 아무 곳으로나 곧바로 떠나는 비행기 좌석이 있는지 물을 참이었다.
"여보세요."
"……"
"손님……, 목포행 대기자 명단에 올려드릴까요?"
처음에는 그 말이 내게 던져진 것도 몰랐고 내가 처음 말을 걸었던 카운터에서 목포행 항공표를 팔고 있는지도 확인하지 않았다. 나는 그때 빠른 시간 안에 서울과 떨어진 곳으로 옮겨가고 싶다. 그 한가지 생각에만 젖어 있었기 때문이었다.

대기자 명단에 이름이 올려진 덕에 나는 육지가 끝나는 그 남쪽 해안에 흩어져 있던 공룡 발자국들이 빗줄기에 젖어가는 것을 보았고, 몇십 마리의 독액이 용해되었을지 모를 뱀술과 청설모 볶음요리를 먹었다.

출발시간까지 나타나지 않는 예약손님이 가끔 있다는 것도 나는 그날 비행기에 오른 후에야 알았다.

원래 주인이 있었을 맨 앞 창 쪽이 내 자리였고 옆자리에는 운동모자를 쓴, 얼굴이 흰 남자가 앉아 있었다.

"익룡 발자국에 대해 들어보신 적이 있으신가요?"

좌석 벨트를 매고 났을 때 옆자리의 승객이 밑도 끝도 없이 말을 걸어왔다.

"전체적인 모양이 흡혈박쥐를 닮고 악어 같은 이빨에, 다리와 등뼈는 도마뱀 형상인데도 날개에 네 개의 발톱이 있는…… 큰 것은 날개 사이가 12미터에 이르는 것부터 참새만한 것까지……"

나는 처음 이 사람이 혹시 실성한 사람인가 싶어 그의 눈을 마주보았다. 그러나 남자는 진지한 눈길을 보내며 미소를 지었다.

"1784년 이탈리아 박물학자 콜리니에 의해서 익룡 화석이 최초로 발견되었지요. 스페인, 미국, 영국 등지에서 발견된 이 익룡 발자국이 세계에서 일곱 번째로, 아시아에서는 최초로 약 100여 개나 우리나라 남해안에서 발견되지 않았습니까? 규모로는 세계 최고구요……"

"글쎄요……, 나는 그쪽에 문외한이어서요."

익룡 발자국이 아니라 공룡들이 쥬라기 공원을 탈출해 내가 타고 있는 비행기를 앞발로 짓뭉겨든다 해도 나는 그런 것에 관심을 가질 기분이 아니었다.

두어 시간 전 민지는 장래성 있는 대기업의 차장급 남자와 결혼서

약을 했을 거였다. 더구나 그 시간쯤 그들은 국제공항 터미널에서 신혼여행 출국수속을 밟고 있을 터였다. 택시에 오를 때까지도 나는 공항으로 향할 계획을 가지고 있지 않았다. 스산하게 비가 뿌리기 시작하는 도심에서 택시에 오르고 나서야 나는 공항으로 갑시다, 그렇게 말해버렸다.

인천이요? 택시가 움직이기 시작한 뒤에야, 아니요. 김포요, 작은 소리로 국내선이요, 그렇게 말했다. 빠리행이 몇 시였지? 에어 프랑스가 더 나을 텐데…… 그렇게 대꾸하거나, 혹은 상파울로행이…… 아니면 적어도 아메리칸 에어라인서비스가 전보다 못해요……. 그런 식으로 말하지 못하는 내가 그때 초라하게 느껴지면서 아무 비행기라도 좌우간 타야겠다. 그런 기분이 되었던 것이다.

민지가 결혼을 알려온 게 어떻다는 이야기인가? 결혼 적령기가 되었고 적당한 상대가 있어서 가정을 꾸리게 되었다는 것과 내가 비 오는 거리에서 허둥대며 택시를 김포공항으로 몰고 온 것은 하등의 연관도 없는 일이었다.

한 2년, 가끔 만나 저녁을 먹거나 생맥주 집에 앉아 최근의 「며느리 설음」 같은 신파극에 관객이 밀려들고 있는 이유라든가, 일본영화 개방문제, 아니면 낮에 직장에서 있었던 상사의 사소한 실수 같은 것이나 재구성해보다가 헤어졌던 게 우리 사이였다.

어쩌다……. 북극에는 겨울에 내내 밤만 계속된다며? 그녀가 그렇게 물은 적이 있었다……. 밤만 계속되냐? 여름에는 내내 낮만 계속되어 백야라고 하잖아? ……밤만 계속되는 데 가보고 싶다. 낮에는 직장 나가고 화장해야 하고……. 귀찮으니까 계속 잠만 자고, 잠옷 바람으로 다니고……. 밤하고 낮하고는 전혀 다른 세계거든……. 고양이 띠나, 박쥐 띠 있다는 말, 나 금시초문이다. 더구나 무슨 여자가 야행성이냐? ……그래 난 하이에나 띠다. 왜? 그리고 낄낄거리다가 시계를 보고 일어서곤 했다.

두어 번은 밤늦게 그녀 사는 골목길 가로수에 기대어 잠시 같이 서 있은 적도 있었다.

서울에도 별이 있기는 있네……. 그러다가 그때 우리는 키스를 했다……. 소설가라는 친구들 순 사기꾼이야. 소설 속에 보면 달콤하고 어쩌구 길게도 써놓았던데……. 담배냄새만 나잖어? 민지가 손등으로 입술을 훔치면서 그렇게 종알거리던 기억도 있기는 했다.

그러나 우리는 연인 사이가 아니었다. 더구나 두 사람이 미래의 공동의 삶 같은 걸 상상해본 일은 한 번도 없었다.

며칠 전 소주에 곁들인 저녁을 같이 먹고 거리로 나왔을 때 늘 하던 대로 가까운 커피숍에 앉아야 할 즈음, 그녀가 갑자기 두 손으로 내 팔을 싸안으며 머리를 기대왔다. 소주를 한 병 반쯤 나누어 마셨으니까 그녀가 마신 술이 반병쯤이었을 것이다. 보통 때라면 커피숍에서 우리의 대사들에 조금 농도 진한 사오정 시리즈 같은 것이 끼어들 수 있을 만한 양이었다.

"우리 어디로 좀…… 가."

한 5분쯤 걸었을 때 그녀가 말했다.

"어딜?"

"북극 가까운 곳…… 밤만 계속되는 곳……. 낮만 계속되던지……."

민지가 걸음을 멈추더니 나를 올려다보았다. 봄이라기엔 아직 이른 밤 공기 탓이었는지 그녀 양볼과 귓불이 빨갛게 익어 있었다. 그녀가 잠시 내 어깨에 머리를 묻더니 고개를 들어 빠르게 주변을 두리

번거리다가 몇 걸음 건너 골목 안의 모텔 간판들을 훑어나갔다. 그리
고는 내 팔을 붙든 채 급하게 걸음을 옮겼고 나는 그녀가 끄는 대로
모텔의 간판이름을 확인할 겨를도 없이 입구와 계단을 지나 작은 방
의 도어를 밀치고 들어섰다.

전기 스위치를 찾으려는 내 손을 그녀의 손이 빠르게 제지했다…….
북극이야……. 아무 말도 하지 마……. 잠시 내 가슴에 고개를 묻고
심호흡을 하고 나서 그녀의 손이 내 윗저고리를 거칠게 벗겨 내던지
고 내 허리띠를 서툴게 풀어냈다. 주술에 걸려 소금기둥으로 변해가
는 소돔의 시민이나 사냥꾼에게 쫓기던 산짐승이 벼랑 앞에 서버린
듯 나는 움직일 수조차 없었다. 민지는 제 옷도 그렇게 정신없이 벗
어 던졌다.

"아무 말도 하지 마."

아무 말도 하지마. 아무 말도…… 아무 말도……. 민지의 입술 사
이에서 새어나오는 소리들 속에서 뜻이 전달되는 유일한 소리는 아
무 말도 하지…… 마……. 아무 말도…… 밖에 없었다.

제한된 시간 안에 두 사람의 거리를 가급적 좁혀보려는 안간힘, 조
금이라도 더 많은 부분이 공유되기를 갈망하는 것이 섹스일까. 며칠
뒤에야 나는 그런 생각을 한참 동안 했다. 육체에 뼈가 있다는 것이,
더구나 배꼽 아래의 치골이라는 뼈가 그토록 거추장스럽게 느껴지리
라는 상상을 해본 적이 없었기 때문이었다. 인체의 뼈 때문에 느끼는
안타까움은 우리의 육신이 흐물거리는 해파리 같다면, 최소한 오징
어나 문어 같은 무골의 다족류였으면…… 그런 느낌으로 다가왔다.

민지는 땀과 내 침 투성이의 몸으로 침대 곁에 한참 동안 움직이지
않고 서서 나를 내려다보았다. 커튼 틈 사이로 거리의 불빛이 기어들

어 와 민지의 알몸을 부조처럼 떠올려 보였다. 민지의 벗은 몸은 형광 빛을 띠고 있었다. 아무 말도 하지 마……. 그리고 그대로 있어……. 몸을 씻지도 않고 민지는 잠시 후 어둠 속에서 주섬주섬 옷을 입고 허리를 구부려 내 이마에 입을 맞추었다.

"움직이지 말고 그대로 누워 있어."

민지의 부탁대로 나는 말없이 그대로 누운 채 그녀가 방문을 닫고 나가는 문소리를 들었다.

2

그녀가 전화로 결혼식 날짜를 알려온 것은 그 일이 있고 나서 이틀 뒤였다. 아, 그래? 잘 되었구나. 축하해……. 얼떨결에 그렇게 말하고 나서야 전혀 예기치 않게 나는 가슴 깊은 곳으로 쿵쾅거리며 떨어지는 돌멩이 소리를 들었다. 우리가 엉겁결에 어둠 속에 잠시 같이 있었던 뒷날이나 그 뒷날에도 그 일이 그녀, 민지와 나 사이에 일어난 일로는 실감이 오지 않았다. 꿈을 꾸었거나 오래 전에 보았던 영화의 한 장면같이 그 일들은 민지와 상관없이 내 기억의 한켠에 내팽개쳐 있었다.

"신기하지 않습니까? 바로 가까운 곳에 전설 같은 흔적이 남아 있다는 것이……."

지상에서 고도 7,000미터라는데도 지상에서처럼 빗방울들이 타원형의 유리창에 부딪쳤다가 흘러내리는 것에 시선을 빼앗기고 있었는데 남자는 계속 말을 하고 있었던 듯 내 쪽으로 고개를 돌리고 있다.

"흔적이라 그러셨어요?"

"9천만 년, 혹은 1억만 년 전의 흔적이 그대로 살아 있지 않습니까?"

"공룡에 대한 연구를 하시는 모양이지요?"

"전문가나 그런 건 아니구요, 작지만 독립된 내 영역을 가지고 싶은 거지요. 뭐랄까, 하나의 가상적 공간……. 어쨌든 이 좁은 땅에 공룡이 살았던 흔적이 있다는 것이 신기해서 한번 직접 볼려구요. 익룡, 공룡, 새 발자국이 한 지역에서 발견된 유일한 장소가 이 비행기가 40여 분 후에 착륙할 지점에서 기껏 삼사십 분 거리에 있다는 것이……. 그런 쪽에 무슨 학문적 관심을 갖는다거나, 그런 입장에 있는 것은 아니구요……. 가까운 거리에 오랜 세월 바닷물에 잠겨 있어서 드러나지 않았던 9천만 년 전의 신비가 존재한다는 사실에 며칠 동안 거의 잠을 못 잤지요. 방조제를 쌓고 나니까 절벽 쪽의 물이 줄어들면서 그 이판암 바위 위에 9천만 년 전 공룡의 흔적이 수도 없이 나타났다 이겁니다. 티라노사우루스, 데이노니쿠스, 오르니미무스, 실타사우루스, 트리케라톱스…… 테라노돈, 엘라스모사우루스…… 어느 한 시대에 떼지어 살았을 그것들이 이 비행기가 도착하는 비행장에서 30분 거리에 그 흔적이 그대로 남아 있다, 한번 생각해보세요…… 하하하……."

말할 때마다 가느다란 목에 어울리지 않게 큰 목젖이 아래위로 오르락거리는 모습이 무슨 만화의 캐릭터 같다라는 느낌을 잠시 받았다. 유난히 흰 얼굴의 사내는 귓불까지 상기되어 있었다.

빠르게 움직이는 구름 사이로 언뜻언뜻 서해안의 갯벌들이 기름을 칠한 가죽처럼 번들거려 보였다…… 기상관계로 기체가 많이 흔들리고 있습니다. 안전벨트를 다시 확인해주시고…… 구름의 두께가 두꺼워지면서 이제 구름 사이로 드러나던 갯벌의 모습이 사라지더니 기체가 심하게 요동을 쳤다.

"H조선(造船)에 중학교 때 친구가 있어요. 휘파람이라고……. 맨날 휘파람을 부는 놈이었는데요. 공항 주차장에 제 차를 가져다두기로 했구요……. 요새 저희 회사에 감사만 시작 안 되었어도 휘파람소리를 내면서 나올 놈인데…… 요사이 월급쟁이들 회사에 눈치 먹으면 안 되지 않아요? 그 친구 지난번 만났을 때는 인제 휘파람을 안 불더라구요."

"우리 회사도 돌아가면서 2주일간씩 무급·휴갑니다."

나도 마지못해 대꾸했다.

"하, 그거 잘 되셨네. 그럴 때 공룡 발자국을 본다. 얼마나 적절한 시간 활용입니까? 말하자면 이런 것이지요. 외형적으로 직장이고 사회에고 다 제 역할이 있잖습니까? 이것은 쉽게 벗어날 수가 없거든요. 그래서 그런 조직이나 위치하고는 상관없는 제 공간을 만드는 것입니다. 그래서 때로 자기 공간 속에 들어가 고치를 틀고 앉아 있는 것……."

"거기서 못 나오면 말라 비틀어져 죽지요. 안 그런가요?"

"너무 비약하지 마시고요. 공룡이나 화석에 대해서만은 우리 주변 사람보다 내가 좀 안다, 그 정도로도 때론 숨통이 트이지 않겠습니

까? 선생도 동행 안 하실래요? 기껏 두어 시간이면 가보고 올 곳이
니까 이담에 회사 회식자리에서 자랑도 하시고……. 야, 나는 백악기
시대까지 여행을 하고 돌아왔다구……. 짐작도 못하겠지? 자네들?
……안 그렇습니까?"

사실 강제 휴가 기간이 아니었으면 그날 비행기까지 탈 용기도 못
냈을 거였다. 민지의 결혼식이 치러지고 있는 그 시간, 잠시 휴게실
에 가서 담배에 불을 붙이고……. 그래, 잘살아……. 그렇게 서성거
리다가 퇴근하면서 잠시 그녀와 자주 갔던 생맥주 집 창가에 앉아 감
상에 젖었을지도 모른다. 그런데 하루 전부터 나는 휴가였다.

아침에 눈을 뜨면서 그녀의 결혼식장에 들를까도 생각했다. 우린
친구였으니까. 서로 사랑한다고 눈을 쳐다보며 말하지 않았으니까.
더구나 우리 사이에 태어날 아이를 상상해보는 일 같은 건 해보지 않
았으니까. 그러나 정오를 넘기면서 나는 방 안에 있을 수도, 넥타이
를 매고 그녀의 결혼식에 찾아갈 엄두도 내지 않은 채 안절부절못하
고 있었다.

"나도 휴가여서요. 그동안 시간이 없어 못 가본 공룡 흔적을 보러
가자. 대충 그렇게 된 거구요……. 5,000년 전 이태리 에트나화 산
기슭 동굴에서 그리스 선원들이 사람의 뼈와 흡사한 거대한 뼈를 발
견하고는 외눈박이 거인 키클로페스의 전설이 생겨났다지 않습니
까? 그것이 이미 유럽에서는 없어져버린 코끼리 뼈였고, 눈이라고
생각한 곳이 실제로는 콧구멍이었다는 걸 알아낸 것이 19세기 와서
였으니까요. 맘모스 화석이 시베리아 얼음 구덩이에서 라무트족 사
냥꾼에게 처음 발견된 것도 1900년이거든요. 지금 눈앞에 없다고 해

서 옛날에도 없었던 것은 아니다, 그런 거 아니겠어요?"

……지금 기체가 몹시 흔들리고 있습니다. 좌석벨트를 다시 한 번 확인해주시고 잠시만 기다려주시기 바랍니다. 급격한 기상 변화로 10여 분간 잠시 기수를 돌려 군산 앞바다 쪽을 선회하다가 다시 착륙을 시도해보겠습니다……

이제 창 밖으로는 짙은 구름 때문에 아무것도 보이지 않았다. 순간 이대로 이 비행기가 어딘가의 무한공간 속으로 사라져버릴 수도 있는 것일까 하는 엉뚱한 생각이 들었다.

밤만 계속되는 곳. 혹은 낮만 영원히 계속되는 곳에 불시착하고, 그곳에 민지가 탄 국제선 역시 불시착해 트랩을 내리다가 서로 마주치고……. 그것보다 이 비행기가 타임머신이 되어 공룡들이 살던 시간대 위에 착륙해 그녀의 남편과 내가 같은 지점에서 나뒹굴다 의식이 돌아온다면……. 구름 위로 비행기가 고도를 높이자 기체 아래로 빈틈없이 빽빽하게 깔린 구름의 평원이 펼쳐지면서 오후 햇살이 맑게 내리비치고 있었다.

기체가 구름을 뚫고 솟아오른 뒤부터는 남자도 잠시 입을 다물었다.

비행기는 예정 도착시간을 20여 분 넘기고야 어렵게 활주로에 내려앉았다.

봄비 같지 않게 굵은 빗줄기가 거세게 활주로를 때리고 있었다.

"선생도 딱히 시간에 크게 구애 안 받으시면 잠시 나랑 동행하지요? 나도 혼자이고 한데……. 사실 이런 기회가 흔한 건 아니거든요. 일상을 떠난 특수 시공 속에 잠시 머문다. 하, 그럴듯하지 않습니까?"

안내 데스크에서 그의 친구가 맡긴 승용차 키와 메모를 찾아들고 와서 망연히 아스팔트를 적시는 빗줄기를 바라보는 내 앞에서 사내가 선량해 보이는 미소를 다시 지어 보였다.

"인사나 나누지요. 나, 허준이라 합니다……. 왕복해봤자 한 두어 시간……."

"고광문입니다. 사실 딱히 약속은 없습니다."

"예감이……. 고형이 내 옆자리에 앉을 때부터…… 어째 오늘 동행을 해야 할 것 같더라구요. 예감이지요. ……조금만 여기 계셔보세요. 차부터 찾아오지요."

그는 작은 배낭을 내 앞에 내려놓고 비를 맞으면서 주차장으로 뛰어갔다.

3

우리의 빗속 공룡 발자국 탐험은 그렇게 시작되었다.

해남군 황산면 우항리 나루터의 비에 젖은 무수한 선사시대 흔적들. 그리고 황토 진창길과 폐가 아궁이 앞에서 매캐한 연기 속의 뱀술 파티.

동행이 시작되면서 허준이라는 남자는 조금씩 말이 줄어들었다. 우선 시골길을 달리는 사륜구동의 차를 연상했던 모양인데, 친구 차는 구형 소형차였다. 게다가 빗줄기 때문에 초행의 시골길을 운전하는 심리적 부담도 있는 듯했다. 구불거리던 시골길은 가끔 샛길이 나타나 자주 차를 세울 수밖에 없었고, 도로안내판과 그가 친구에게서 받았다는 안내지도 역시 자주 선택을 망설이게 했다…… 우항리라고라? 뭐 할라고 거길 가신다요? 그 발자국이사 옛날부터 있었던 것인디, 요렇게 비까지 오는디…… 좌우지간 길을 잘못 들었구만이라…… 다시 나가서 삼거리서 왼쪽으로 쭉 가부시오…… 면 소재지서 물으면 금방 알 것이구만이라…… 그의 가느다란 목울대가 자주 더 오르락거렸다.

30여 분이면 충분할 것이라던 거리는 한 시간 반이 넘어서야 목적지에 도착할 수 있었다. 나는 창 밖으로 계속되는, 황토로 연이어진 넓은 밭과 그 황토를 다시 덮어가는 초록색 생명력들을 눈여겨 바라보았다…… 밤만 계속되는 곳…… 낮만 계속되는 곳…… 초록색만 계속되는 곳…… 민지는 이미 하와이나 방콕, 혹은 싱가포르쯤 어느 호텔 로비나, 유럽이나 미국 쪽의 도시로 날아가는 비행기 좌석에서 신랑의 팔에 매달려 말하고 있을 것이다…… 서울을 떠나니까 좋아요…… 그래요, 어디로인가 가요…… 낮만 있든지 밤만 있든지……, 아무튼 좀 엉뚱한 곳에 가요…… 문득 나 역시 일상 속에서 전혀 낯선 곳에 가고 싶었던 적이 있었던 것일까 생각이 들었다. 상상해보지도 않았던 장소. 한 번도 가본 적 없었던 곳에 혼자 가 있다는 상상…… 사막 한가운데, 혹은 밀림 속, 무인도, 남극이나 북극 같은 곳…… 회사하고 상관없는 곳, 가족하고도 상관없는 곳…… 시간마저도 몇천만 년을 건너뛰어버린 곳……

"나도 엉뚱한 곳에 가 있고 싶다, 그런 생각을 더러 해본 것도 같네요. 지금 새삼 생각해보니까요…… 오늘도 사실 비행기 좌석이 하나

비어서요."

"사실은요. 고형이 더 심각하게 탈출을 꿈꾼 겁니다. 나는 오래 전부터 공룡 발자국 있는 곳에 가고 싶다, 했지만 고형은 확실한 목적지를 안 정하고도 서울을 빠져나오지 않았습니까?"

우항리 해안은 검은색의 얇은 바위층과, 푸른색과 흰색을 내는 바위층의 퇴적층이 수킬로미터나 연이어 계속되어 있었다.

우리는 차를 세워놓고 계속되는 비를 맞으면서 얇은 점판암 바위들이 흩어진 해안을 걸어 들어갔다……. 발자국 보러 오셨습니꺼? 오토바이를 탄 젊은이 하나가 안내장을 한 장씩 주고는 임시 관리소로 돌아가자 물새떼가 한꺼번에 갈대 숲 위로 날아올랐다가 다시 내려앉았다. 오토바이 소리가 멎자 해안은 급격한 깊은 정적으로 덮여버렸다.

"옛날에는 여기가 호수였다는군요."

"그렇게 써 있군요."

급격한 정적 속에서 한순간 민지가 여기에 나와 같이 서 있다면 이곳에서도 역시……. 아무 말도 하지 마. 아무 말도……. 그러면서 내 허리띠를 풀었을까, 그 생각을 하다가 고개를 저었다.

"시간 속을 여행할 수 있다면 참 좋을 텐데요."

그의 얼굴은 비행기 안에서보다 더 창백해져 있었다.

엉성하게 박힌 말뚝에 가느다란 줄로 보호지역을 표시해놓은 안쪽 편편한 바위 위에 움푹 파여 있는, 한 아름은 되어 보이는 둥근 발자국들 앞에 서면서 그의 표정이 잠시 황홀해 보였다. 큰 공룡 발자국들은 발톱과 발가락 모양까지 선명하게 움직여가던 방향을 드러내

보여주었고, 그 곁에 새끼였을까, 종종걸음으로 엄마 곁을 걸었을 작은 발자국이 또 연이어 있었다. 그 곁 편편한 멍석바위 위에는 물갈퀴가 선명한 새 발자국이 수도 없이 흩어져 빗물에 젖어갔다. 돌 틈에 까맣게 화석으로 변한 나무 줄기의 화석과 길이 130센티미터, 폭 90센티미터라는 사암층의 대형 초식공룡 발자국……. 우린 잠시 그 공룡들이 떼지어 살았을 먼 과거의 한 지점으로 시간여행을 한 것 같은 기분에 젖었다. 원래 호수였다는 그곳의 지형은 방조제 때문에 바닷물이 줄어 화석지대가 드러난 것이라고 안내서에 적혀 있었다. 깊은 정적과 물새들이 주변을 맴돌고 있어서 우리가 생활하던 공간하고는 상관없는 이질의 공간에 내던져진 기분도 들었다……. 밤만 계속되는 곳…… 낮만 계속되는 곳……. 겨울만, 혹은 여름만 계속되는 곳……. 사람 왕래가 없는, 공룡 발자국 흩어진 이런 추상의 공간 속에 민지는 서 있고 싶다는 의미였을까. 어느새 나는 다시 민지 생각을 하고 있었다.

그날 밤 민지가 내 팔을 끌고 들어갔던, 간판도 확인해보지 않은 모텔의 어둠 역시 현실하고는 상관없는 추상의 공간이었을까. 그 모텔의 이름, 건물의 위치, 걸어 올라간 계단의 수효가 무슨 의미가 있겠는가. 그때 한순간 치골이라는 뼈가 우리의 근접과 공유를 방해하던 것만을 안타까워하지 않았는가.

"여길 오면 공룡들 사는 속으로 걸어 들어갈 수 있으려니 그런 생각을 했지요."

"내 아는 여자 하나는 그런 소리를 중얼중얼하더니 후닥닥 결혼식을 하데요. 바로 몇 시간 전에요. 지금쯤 해외 어디 신혼 여행지에 있을 겁니다."

"공룡 발자국은 그냥 공룡 발자국이군요."

그가 얼굴 가득히 빗방울을 받으며 쓸쓸한 목소리로 말했다.

"사실 얼마 전 부도가 났어요."

"우리 회사도 어렵다는군요."

우리는 다시 공룡의 흔적들을 눈여겨보았지만 둘 다 동시에 급격하게 그것들에 대한 흥미가 줄어들어버렸다. 비는 계속 내려 젖은 옷이 불쾌해져왔고 우선 배가 고팠다. 사실 하루종일 커피 이외에는 먹은 것이 없었다.

우리는 돌밭을 걸어나와 컨테이너 조립의 임시 관리소 앞에 세워둔 자동차로 향했다.

우리가 막 차에 오르려는데 관리소 안에서 조금 전 안내장을 건네준 젊은이가 여자 한 사람과 우리 앞으로 다가왔다.

"구경 잘 하셨습니껴? 저…… 나가시는 길이면 이 손님 좀 동행하셨으면 하구만요. 사진 찍으러 오셨는디 나가는 차편이 영 여의치 않구만요."

여자가 고개를 숙여 보였다.

여자도 비를 맞아 사무실 안 난로 곁에서 옷을 말렸는지 몸에서 김이 무럭무럭 나고 있었다.

"읍내 쪽으로 나갈 테니까 그러지요."

그가 선선히 뒷문을 열어주자 관리인이 거수경례를 해 보이고 사무실 안으로 들어가버렸다.

"공룡인가요, 익룡인가요? 찍으신 게……."

그가 물었다.

"시간들을 붙잡아둬 볼려구요."

"재미있으시네. 9천만 년 전으로 휘잉 들어갈 수 있으면 더 좋을 텐데요."

"우선 배도 고프고 춥네요."

그는 여자의 등장으로 약간 쾌활함을 되찾아 보였다.

"패키쎄팔로사우루스…… 파라시우롤로푸스…… 트리케라톱스…… 엘라스모사우루스……. 그것들이 살았던 것하고 우리가 비를 맞고 청승을 떨고 있는 것하고 관계가 있는 건지 없는 건지 우리도 그 생각을 지금 하다가 돌아가고 있습니다."

"저도 비슷해요."

히터 때문에 우리들 옷에서는 쉴새없이 김이 올라와 마치 공룡의 몸에서 풍겼을 듯한 퀴퀴한 냄새가 차안을 채워갔다.

"셋 다 초면의 사람들이……. 서로 다른 사정으로……. 공룡 발자국 앞에 서 있다가 왔던 곳으로 돌아가는군요."

나는 잠시 우리가 빠져나오는 해안의 절벽을 돌아다보았다. 한 떼의 물새들이 우리가 서 있던 자리에서 날아오르는 것이 보였다.

4

자동차가 좁고 스산한 산등성이의 좁은 황톳길에서 바퀴가 미끄러지지 않았다면 우리는 읍 소재지의 허름한 식당에서 잠시 동석을 했거나 여자를 내려주고 목포 쪽으로 되돌아가 헤어졌을 것이다.

항상 휘파람을 분다는 그의 친구가 마련해준 지도를 열심히 확인해가며 읍내로 빠지는 샛길을 찾는다는 것이 산등성이의 미끈거리는 황톳길에서 자동차 앞바퀴 하나를 길옆 수렁으로 밀어넣어버린 거였다.

화석지를 출발해 30여 분 산길을 꾸불거려 달린 뒤였을 것이다. 봄비 같지 않게 빗줄기가 굵어진데다 자동차 안이 우리들 옷에서 피어오른 김으로 답답해져갔고, 억지로 쾌활함을 되찾으려는 듯 그가 고생물학에 대한 화제를 꺼내려 했을 때 갑자기 차체가 미끈덩 기운다 싶더니 오른쪽 앞바퀴가 한쪽으로 미끄러지며 황톳물이 흐르고 있는 수로 쪽으로 들어가버렸다.

수로는 길과 언덕 사이로 나 있어 그 이상의 사고 위험은 없었지만 우리는 일단 빗속의 황톳길 위로 내려설 수밖에 없었다.

황톳물이 수로를 막아버린 앞바퀴를 세차게 때리면서 범퍼 위까지 튀어오르고 있었다.

여자와 내가 차에서 내린 뒤 그는 후진으로 차체를 끌어올리려 몇 번 시도를 했으나 액셀을 밟으면 밟을수록 차체는 점점 진흙탕 속으로 가라앉아 들어가는 것 같았다……. 기다려봐요……. 내가 차체 앞쪽을 때려오는 흙탕물 속으로 구두를 신은 채 들어가 그가 후진 액셀을 밟을 때 힘주어 밀어올려보았지만 뒷바퀴만 흙탕을 일으키며 공회전을 계속했다. 다시 여자까지 차 앞쪽의 흙탕에 발을 담그며 힘을 합쳐 밀어올렸지만 뒷바퀴는 황토 진창 위를 헛돌아 박혀갔다.

비는 그칠 것 같지도 않았고 우리는 망연히 빗속에서 난감하게 서로 표정을 읽었으나 뾰족한 방법이 생각나지 않았다. 정확한 위치조차 알 수 없는 산길이라 어느 쪽으로 가야 마을이나 인가가 나타날지

허공 중에 배꽃 이파리 하나

도 짐작이 안 되었다. 출발지로 되돌아가 카센터 같은 곳에 전화를 하는 일이 유일한 길이라는 생각이 들었지만 30여 분을 달려왔기 때문에 정확하게 출발지를 찾아질지, 차를 버리고 되돌아간다 해도 시간이 얼마나 걸릴지는 알 수가 없었다.

"드디어 공룡의 시간 속에 갇혔어요. 여기다 급작스런 기상 이변으로 이 자리에서 화석이 될지도 모르겠고."

그가 차에서 내려 앞바퀴 쪽을 살피고 나더니 헛허허…… 헛웃음을 날렸다. 물 속에 잠긴 오른쪽 바퀴가 펑크 나 있다고 했다……. 이놈의 똥차……. 그는 자동차의 옆구리를 한번 걷어차더니 트렁크 문을 열었다. 그러나 그는 보조바퀴 대신 부서진 우산 하나를 찾아내어 숲을 향해 내동이쳐버렸다. 완전히 망가진 우산이었다.

"끌어올려도 바퀴 때문에 틀렸어요……. 차가 넘어가지는 않을 테니 비나 덜 맞게 들어갑시다."

그 사내……. 나일남이라는 사람을 만난 것이 그로부터 30여 분이 지난 후였다.

빗속에서 담뱃불을 애써 붙이고 있는 내 귀에 경운기 소리가 들려왔다. 그 소리를 확인한 10여 분 후 밀짚모자에 얼굴이 불쾌한 한 사내가 흠뻑 젖어서 경운기와 더불어 나타났다.

"서울서 오셨다구라? 손님들도 참 한심한 사람들이요……. 빗속에 이라고 있으면 하늘서 라면봉지라도 떨어진다고 누가 그럽디껴? 비라도 피해야제. 나, 근동에 사는 나일남이요, 성이 나가고 이름이 일남이지라. 다섯 성제 중 나가 맏이라 일남이라 지었다 안 하요? 동상들은 서울도 있고, 부산도 있고, 광주도 있고……. 동상 덕에 나도 서울 63빌딩은 올라가봤구만이라……."

남자는 경운기를 세워놓고 우리 사정을 들은 뒤 차 앞뒤를 돌아보더니…… 잡아맬 줄도 없는디……. 빵꾸꺼지 난 차 앞에 놓고 제사 지내는 것도 아니고……. 고개를 설레거리며 흔들었다. 젖은 점퍼의 앞단추를 열어놓은 사내에게서 마늘냄새 섞인 술기운이 혹 풍겼다……. 나 살던 집이 쪼끔 가면 있는디 글로 가서 비라도 피하든지 알아서 하쇼. 세 번째 각시 도망가고 나도 통 집에 안 가봤소만은 이라고 있는 것보다는 나을 것이요……."

남자가 세 번째 각시 운운할 때 잠깐 여자가 힐끔 사내를 바라보았다.

"카센터 있는 데가 먼가요?"

허준이 몸을 움츠리며 물었다.

"카센터라? 있기는 있제……. 나 읍내서 오는 길인디…… 카센터 그 장씨, 어저께 밤 고도리해서 많이 폈다고 아침 절에 이미 해장술로 팽 갔습디다. 시방은 정신이 좀 돌아왔는지 모르겄소만……. 그나저나 차로 가면 한 시간이면 갈 것이요만……. 이 빗속에 차고…… 오토바이고…… 지나갈지가 모르겄소……."

사내는 웅얼거리더니 경운기로 올라가 시동을 걸었다.

"나도 가야겄응께…… 우리 집에라도 갈라먼 가고 있을라먼 있고 맘대로 하시오."

여자가 힐끔 우리 눈치를 살피다가 가방을 챙겨 앞서 경운기 짐칸으로 오르고 있었다. 그 다음 허준이 쭈뼛거리다가 경운기에 올랐다.

"우선 비는 피할 것이요만……."

남자가 웅얼거리며 경운기를 출발시켰다. 우리는 마치 도살장으로 향하는 짐승들같이 짐칸에 쭈그리고 앉아 뿌려대는 비를 맞으며 하늘을 바라보았다.

"어째서 부인이 집을 나가셨는데요?"

여자가 앞서 말을 걸었다.

"우리 각시라? 배암 때문이지라……. 우리는 상시로 배암을 묵으니께……. 배암 묵는 사내한테는 보통 여자는 못 붙어 살어라……. 며칠 밤 자고 나서는 이러다 지 명에 못 죽겄다 싶으면 날도 안 새서 내빼뿌는디 어쩔 것이요?"

잠시 허준의 눈이 내 눈을 찾았다.

"그까짓 놈의 공룡 발자국이 멋이다요? 그런 거 디리다볼 시간 있으면 호맹이로 뻘밭이라도 긁제……. 아, 하다 못해 뻘낙지라도 나올 것이 아니것소? 아니면 기 새끼라도 잡고……. 여그서 라면 한 봉지라도 살라먼 이 빗속을 두어 시간을 달려가야 할 것이구만이라……. 요새 이상기후가 되가지고 봄비라도 여름비모냥 오는 거 보닝께 쉽게 개기는 글렀고……. 바로 이것이 집안에 황금 송아지 있어도 눈앞에 개떡 한 조각보다 못한 것이제라……."

5

난감한 일이었다.

금방 허물어질 것 같은 산기슭의 사내 집에 도착한 뒤에도 비는 전혀 갤 것 같지 않았다. 방문을 열었으나 오래 비워두었는지 바깥보다 더욱 냉기가 돌아 우리는 마루에 무릎을 세우고 쭈그린 채 앉아 잡초로 뒤덮인 마당 위로 골을 이루며 흘러가는 빗물을 쳐다볼 수밖에 없었다.

두 팔로 무릎을 목 가까이 끌어당겨 안고 있는 여자의 모습이 그래도 허준보다는 덜 초라해 보였다. 유난히 희던 얼굴이 이제 푸른빛까지 띠면서 허준은 이까지 덜덜 떨고 있었다. 사내는 한심한 눈으로 우리를 건너다보다가 부엌으로 들어갔다.

조금 있더니 아궁이에다 불을 지피는 모양인지 연기가 마루 틈으로 기어 올라왔고 창호지에 구멍이 숭숭 뚫린 단칸방의 갈라진 방바닥 틈새로 연기가 새어나오기 시작했다.

허준이 캑캑거리며 기침을 시작했다.

"좀 있으면 그래도 구들짱이 미지근은 해질 것이오. 그라고 어째 이 생각을 미처 못했구먼……."

사내는 주발에다 된장 한 덩어리와 풋배추 한 포기를 담아다 우리 앞에 내놓았다. 그리고는 빈 주전자를 찾아들고 마루 안쪽으로 들어갔다.

"어째 이 생각을 못했어……."

사내는 마루 안쪽에 놓여 있던 소주 독 앞으로 가서 우리 쪽을 바라보며 히죽 웃어 보였다.

한 말짜리 주둥이 좁은 오지 소주 독에서 주전자 속으로 콸콸거리며 소주가 쏟아져 나왔다.

"이 배추가 이래도 삼동을 지나고 나서 다디 달 것이오, 급한 대로 우선 한 잔씩 해부리시오."

그는 나와 허준 앞에 주전자의 술을 한 잔씩 따라놓았다.

"돈 가지고는 못 구하는 기가 막힌 약술이어라."

우리가 쭈뼛거리자, 사내는 시범이라도 보이듯이 거의 국그릇 수준의 주발에 담긴 허준 앞의 잔을 들어 한꺼번에 비우고 배춧잎을 뜯어 된장에 찍더니 소가 여물을 씹듯 우적거리며 먹기 시작했다. 나도 한기가 들어 내 앞의 술잔을 입으로 가져갔다. 노리끼리한 색깔의 술은 흙 냄새가 느껴졌는데 꽤 독해서 나는 간신히 반이나마 마셨다.

"30도요, 그것이……. 거 기사양반도 한잔 하시고, 색시도 추운께 쪼께 입 적셔보시오. 한기가 싹 가실 것이요."

허준은 이제 턱까지 덜덜거리며 떨고 있었다.

"허형도 조금 해보지 그래요. 미스도 할 줄 알면 좀 마셔보시고……."

나도 남은 술을 한 모금 더 마시고 그가 하던 대로 배춧잎 하나를 된장에 찍어 입 안으로 밀어넣었다. 배춧잎은 사내 말대로 단맛이 돌았다.

아궁이의 굵은 나무토막에 불이 붙기 시작했는지 연기가 좀 줄어들었다. 여자가 앞서 배춧잎 하나를 뜯어갔다. 여자도 새파래 있었다. 여자가 빈 잔에 반나마 술을 따라 입으로 가져갔다.

"부엌 아궁이 불이라도 쬐는 게 낫겠어요."

여자가 술을 비워버리고 부엌 아궁이 앞으로 자리를 옮겨갔다.

남자들 역시 방 안이 뜨뜻해질 기미가 보이지 않아 아궁이 앞으로 옮겨갔다.

"아, 따뜻해……."

여자가 아궁이 속으로 나무토막을 밀어넣으면서 중얼거렸다. 젖었던 옷에서 연기에 섞인 수증기처럼 김이 나기 시작했다. 불기운 탓인지 술기운이 밀어 올라왔다. 처음에는 입도 댈 것 같지 않던 허준도 손수 반나마 술을 따라 들이키더니 얼굴을 찡그렸다.

"뭘로 만든 술인가요? 이게……."

"돈주고는 못 먹는 술이니께 약이다, 하고 잡수시오."

주인은 자기 잔에 넘치도록 다시 술을 따라 쭈욱 들이키고는 나를 향해 설풋 웃어 보였다. 그 얼굴 위에서 두 눈이 가느다래지더니 낡은 냄비 한 개를 찾아들고 뒤꼍으로 나가버렸다. 우리는 연기 속에서 구정물 냄새같이 풍기는 서로의 채취를 맡으면서 한참 동안 배춧잎을 씹었다.

동굴 속에서 생활하던 원시인들은 비가 내릴 때 동굴 입구에 불을 피워놓고 이렇게 앉아 있었을까. 우리 세 사람은 모두 허기와 한기로 다른 생각을 할 여유가 없어져버린 것 같았다. 제각각 술을 조금씩 따라 마시며 배춧잎을 씹었다. 한참 만에 돌아온 사내가 들고 나갔던 냄비를 불 위에 삼발이를 세우고 올려놓았다. 부숴 넣은 양파 사이로 붉은빛 고기 조각들이 보였다. 우리는 그 고기가 무슨 고긴지 묻지 않았다. 그저 냄비 속에서 풍겨 나오기 시작한 익어가는 고기냄새를 맡고 있었다.

"요것도 돈주고는 못 먹는 고기요. 안주가 될 것이오."

제대로 양념도 되지 않은 고기 조각들을 우리는 맛을 구별할 엄두도 내지 않고 몇 점씩 집어먹었다.

"그 발자국이 멋일 것이요? 즈그 놈들이 그리로 지나갔는디, 그것도 사방으로 돌아댕겼는디, 딱 우항리하고 양정리하고만 발자국을 냉기고 다른 디는 없어져부렀다 그 말인디…… 그것이 멋일 것이요?"

갑자기 허준이 냄비 속에서 고기 한 점을 집어들었다가 내팽개치고 부엌 밖으로 뛰어나가 웩웩거리며 토하기 시작했다.

여자와 내 눈은 그의 젓가락 끝에서 떨어진 작은 고기 조각으로 향했다.

"저 양반은 안 되겄구먼……. 아, 좋은 약 묵고 저러면 안 되지……."

사내의 입가가 한쪽으로 비뚤렸다.

"이것이 쥐는 아니여. 하기사 다람쥐나 청설모나 쥐하고는 한 사촌밖에 안 되겄제. 그래도 이 청설모는 잣하고 솔씨밖에 안 묵는 깨끗한 것이여. 구렁이도 죽은 짐승 안 먹고 산 짐승만 먹는 놈이어서 약이 되는 것이제……. 멀 통 모르구만……. 거 젊은 색씨 앞에서 거할 소리가 못 되요만 이 술이 배암 술이거등. 여그서는 한 마리씩 술을 안 담고 독에다 보이는 대로 집어넣제. 우리 술독에도 마리로 따지면 100여 마리 들었을 것이구먼. 잡히는 대로 집어넣어놓으면 같이 삭지라……. 따라 마시고, 술 생기면 거그다 술만 더 채와놓고 하제. 남자들한테는 더없이 좋응 것이여……. 말 들었을 것이요만 배암은 그것이 원래 두 개씩이여라. 아랫배 쪽을 손으로 확 훑어 눌르면 끄트마리가 밤송이같이 허옇게 생긴 것이 툭 불거져 나와불거든. 그 걸 잇빨로 확 뜯어 씹어묵고 나면 좃 빠진 배암이란 놈은 힘을 못 쓰제라. 그라고는 이 술을 한 대접 묵는 것이어라……. 여나무 마리 한 꺼번에 푸욱 고아서 뿌우연 국물을 한 대접 마시고 나면…… 맨날 그리 묵으니 같이 살라고 하는 각시가 어디 있것소? 한 사흘 밤만 지내고 나면 이러다 제 명에 못 죽을 것 같으니께 내빼고 말지……. 서울 사람들은 죽었다가 깨어나도 모를 것이오……. 청설모도 마찬가지여라…… 솔씨하고 잣씨만 먹어놓으니 산 정기를 다 안 마셨것소?"

우리의 눈은 잠시 허준이 버린 쥐 발을 닮은 청설모의 길쭉한 발

조각에서 주인 사내의 번들거리는 입 쪽으로 향했다.

　"발자국 그런 거 머할 것이요? 한 마리 잡아서 술이나 담구먼…… 거 공룡으로 술을 담을라면 술독이 서울 63빌딩만은 해야 할 텐디…… 거그다 술도 많이 필요할 것이요. 아, 나도 63빌딩은 동상 따라 올라가봤제…… 나한테는 별 재미가 없고…… 어째 거그서는 못 살것 습디다."

　밖은 빗줄기 사이로 조금씩 어둠이 밀려들기 시작했다……. 아, 따 뜻해……. 여자가 다시 술을 따라 마셨다. 마른 나뭇가지들이 타면서 내는 열기와 빛만으로 아궁이 주변만 비와 어둠에서 고립되어 살아 있었다.

　"……한창 생태계 사진에 빠졌을 때 알았는데요……. 물에서 사는 거미가 있더라구요……. 정식 학명 같은 건 모르겠고요. 무슨 다큐멘 터리 프로에서 봤는데 그놈들은 물 속에다 동그랗게 공기를 부풀려 공기주머니 집을 지어요. 수면 위로 올라가서 엉덩이로 공기를 빨아 다가 공기주머니를 조금씩 키우고 다시 더 키우고, 그러다가는 다음 에는 그 공기주머니 속으로 먹이를 물고 들어가 앉아요. 그 속으로 어떻게 물이 안 새어드는지……. 신기하게도 물 속에 공기방울 집 짓 는 재주가 신기하더라구요……."

　여자가 냄비 속에서 작은 고기 조각을 찾아내어 입으로 가져가고 있었다.

　"비가 많이 오등가, 바람 쎄게 불면 나는 이 집으로 혼자 오구만이 라……. 각시하고 같이 지내던 생각 함시로 혼자 덫 놓아둔 디, 걸린 토끼도 볶아 묵고, 청설모도 구워 묵고……. 비암 술 한 대접씩 떠 마 시면 여그는 나 세상이어라. 나보고 누가 머랄 것이요?'

사내는 주전자를 다시 채워왔다.

사내의 벌개진 얼굴과 목덜미가 아궁이 불빛 속에서 이상한 조화를 이루고 있었다. 불빛과 열기의 그 좁은 공간만은 세상과 관계없는 별개의 시공으로 독립되어 있었고 술 취한 사내는 언제부턴가 거인으로 그 속에 평화롭게 조화되어 있었다.

"인자 구들장도 뜨뜻해졌을 것이요. 나는 도망간 년들 젖탱이나 생각함서 방에 가서 용두질이나 칠 모양이니께…… 형씨들은 여그서 날 새든지 비가 개면 밤길을 걸어가든지……. 술독에 술은 있응께 더 퍼다 잡수든지 맘대로 하시오……. 그라고 툇마루에 산토끼 한 마리 더 있소. 해묵을 줄 알면 해묵고 못 하것으면 그만두고."

사내가 휑하니 부엌을 나가 토끼 한 마리를 우리 앞에 던져주고는 방안으로 들어가버렸다.

술기운이 꽤 돌고 있던 여자 얼굴이 산토끼를 집어들면서 환하게 밝아져갔다.

낮 동안 창백하던 얼굴에 피어오르는 생기와 미소를 확인하면서 문득…… 아무 곳에라도 가……. 낮만 있는 곳……. 그렇게 중얼대던 민지의 얼굴이 겹쳤다.

(1999,『펜과문학』봄호)

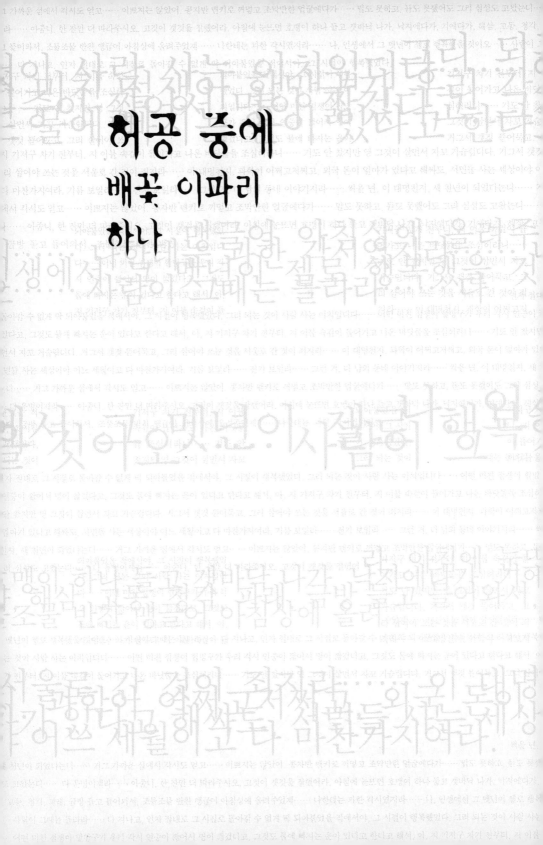

허공 중에
배꽃 이파리
하나

그날 해질녘 나는 군데군데 피어난 그 가을 배꽃 속을 서성였다. 그러다 마른 풀
냄새를 맡으며 팔베개를 하고 잠시 잔디에 누웠던 것으로 생각된다. 동생을 생각하
고 있었을까. 아니면 한참 빠져 있던 미시마 유끼오와 장 쥬네의 소설 생각을 했는지
도 모르겠다. 배꽃 냄새가 아득하게 풀 냄새에 섞여들었는데 배꽃 냄새가 점점 진해
지고 있는 기분이었다.

1

옛 친구를 담은 관이 완전히 땅 속으로 사라지고, 평토제(平土祭)가 끝날 때까지 나는 소나무 그루터기에 앉은 채 움직이지 않았다.

산마루 왼쪽에 작은 마을이, 오른쪽 낮은 등성이 너머로는 바다가 보였다.

마른 잔디와 새 흙으로 빚어진 새 무덤 뒤 엉성한 활엽수들 사이로 새빨간 단풍의 교목 두어 그루가 잠깐 시선을 붙들었다.

"용구까지 가뿌렀구만, 인자."

일회용 컵에 소주를 채워 내 앞으로 내민 병태의 눈도 벌겋게 충혈되어 있었다.

내가 눈짓으로 잡목들 사이 벌건 단풍을 가리켰다.

"옻나무 아녀? 저거 개옻나무구먼."

설핏 병태 입가에 웃음이 돌았다.

"환장하겠구만. 저놈이 저승 가서도 저걸로 피리 맹글어 불고 다닐라고 생각한 거 아니여? ……헌디 누가 따라가서 맹글어줘야제. 용구가 지 손으로는 못 맨들 텐디……."

"인제 저도 혼자 만들어 불 줄 알 게야."

무슨 장난들을 그렇게도 심하게 했을까.

"그놈의 옻나무피리 땜에 부지깽이 두 개가 부러지게 직살하게 맞았는디……."

피우던 담배를 발로 비벼 끄고, 바다 쪽으로 눈을 던진 친구의 염색한 머리칼 아랫부분이 먼지를 뒤집어쓴 듯 희부연하다.

"옻나무피리, 용구 새끼가 불어갖고 주둥이에 옻이 올라 돼지 주둥이가 다 안 됐나? ……거기다가 그 손으로 오줌을 눠서……."

"저희 아버지 것보다 용구 고추가 더 커졌다고 지 엄마 우리 집으로 쫓아온 거 생각나? 그날 저녁."

"나만 직살하게 맞았다니께, 그 새끼 좆 땜에."

무덤 건너편 메마른 밭이랑에는 친구를 산 위로 태워왔던 상여의 잔해가 아직 다 타지 않아 연기를 높고 길게 뽑아내고 있었다. 그 연기가 올라가다가 흩어지는 초겨울 하늘에 말똥가리 한 마리가 여유롭게 날고 있었다.

어쩌다 고향에 들르면 멀리서 용케도 알아보고는 투박하고 우악스러운 손으로 부둣가 횟집으로 끌고 가서, 막소주 한 잔씩을 맥주 컵에 채워 그걸 마시고 난 다음에야, 언제 왔능가? 사업 잘 되제? 신수가 좋아 보이네, 히죽 웃던 그 선량한 눈을 다시 볼 수 없다는 것이 쓸쓸했다.

"요새 아그들 빰치게 우리덜 장난 너무 심하게들 했제…… 인자 지 타고 온 상애(喪輿) 불질러부렀응께 용구 놈, 이 산에서 내려가긴 틀려부렀네."

병태의 눈에서 기어이 주르륵 눈물이 흘러내렸다.

"저놈의 자식 같이 있자고 붙들기 전에 우리도 내려가지, 이제."

"앞에 간 놈들 만나서 놀겠제. 인자부터는……."

고향이란 것이 언제부터 부음을 받고 찾아오게 된 공간이 되어버렸을까.

녹동(鹿洞)이라는 이름의 남쪽 작은 포구(浦口).

통통배로 10분이면 소록도(小鹿島)로 건너갈 수 있어, 여름철이면 관광객이나, 종교 단체들 손님도 최근에는 꽤 많아졌다는 말을 들었다. 소록도에 가려면 녹동에서 철선에 승용차를 옮겨싣거나 차를 세워두고 배를 타야 해서, 주민 수효에 비해 꽤 많은 횟집이며, 식당, 찻집들이 타지 손님들을 겨냥해 바다 쪽을 향해 문을 열고 있다고 했다.

어렸을 적 친구 몇이 어업이나 상업, 가까운 농촌에 남아 있어, 내가 고향에 내려가면 그들 중 누군가를 만나게 된다.

이른 아침에도 반가운 사람을 보면, 인사 나누기 전 됫병 소주를 맥주잔 그득 따라 한 잔씩 마신 다음에야 안부를 묻는 그곳 습관은 전혀 변함이 없는데다, 바다를 끼고 사는 사람들은 감정 표현이 직설적이어서 외지 사람들에게는 그곳 포구의 정서가 당혹스러울 수도 있으리라는 생각을 가끔 한다.

여름철 태풍이나 해일, 도시와 떨어졌다는 소외감들이 그런 기질을 만들었겠지만 레슬링, 권투, 씨름 선수들 중에도 그곳 출신이 많을 만큼, 사람들 체격도 커서 외지 사람들의 그곳 인상은 더 투박하고 거칠어 보일지도 모른다. 그러나 점점 고향을 떠나 있는 사람들도 지인의 부음을 받거나, 부모 산소 일에나 찾게 되는 고향 땅이, 유년을 지낸 친구들까지 하나둘 사라져가면서 아주 낯선 공간으로 변해버릴 것 같은 예감에 쓸쓸한 기분이 된다.

"지놈이 우리 죽으먼 염(殮)해준다더니, 지놈이 앞에 가네."

봉고차에 시동을 걸면서 병태는 산등성이에 두고 내려온 용구 무덤을 되돌아보며 중얼거렸다.

상상해본 적도 없었는데, 용구는 장의사가 되어 있었다.

부모 산소를 합장하고, 일찍 죽은 동생의 뼈를 날려보내야겠다고 생각하고, 고향 친척과 상의를 하다가 내 친구가 바로 염쟁이가 된 걸 알고 느낀 황당함이라니…….

중고등학교 시절, 담력을 기른다고 마을 공동묘지의 돌무덤에서 해골들을 꺼내오곤 하던 장난 생각이 나서, 다, 옛날에 진 빚 갚음 하느라 네가 장의사가 된 거라고 이야기했다가, 그럼 니는 언제 개업할

기고? 하는 바람에 한참을 같이 웃어댔던 것이 3년 전이었다.

그런 그에게 부모님 합장 일을 부탁하고, 동생 일까지 부탁하면서 인생은 참으로 예견할 수 없는 것이라는 생각을 했다.

포구에서 1.5킬로미터 정도 떨어져 바다 쪽을 내려다보는 언덕에 내가 태어난 과수원이 지금도 있다.

여러 해 전 주인도, 과일나무 수종도, 땅의 형질도 달라졌지만 도로변에서, 계단식으로 된 언덕과 탱자나무 울타리가 눈에 들어와서 나는 그 곁을 지나갈 때면 잠시 유년의 기억으로 빠져들곤 한다.

언덕과 늙은 배나무 가지 사이, 탱자 울타리에는 산새들이 봄이면 둥우리를 많이도 만들었다. 그때 친구들과 훔쳐보았던 둥우리 속 작은 산새 알 껍질의 기하학적인 점이나 선, 먹이를 달라고 제 머리보다 훨씬 크게 입을 벌리던 새끼 새들의 울음소리는 세월과 관계없이 지금도 선명하다.

2

우리 과수원의 위치에서 오른쪽 산 이름이 비봉산이었다.

4부 능선에서 7부 능선 사이가 돌밭이었는데, 주변 마을에서 아이들 주검이나 결혼 전 죽은 송장을 나무로 된 관 대신 항아리에 앉혀서, 그 돌밭에다 돌로 쌓은 돌무덤을 만들었다.

뒷날 교수 노릇 하는 친구에게 물었더니, 너무 일찍 죽은 영혼들을 빨리 이승으로 환생하도록 하는 염원이 자궁을 닮은 둥근 항아리에 앉아 있는 자세로 장례 지내는 것이라고 설명해주었다.

철없던 때, 낮에도 사람이 잘 가지 않는 그 돌무덤을 한밤중에 찾아가 돌더미를 헤치고 허연 두개골을 꺼내오는 장난들을 했다. 이 나라 의학 발전을 위해 의대생들에게 사람 뼈 표본을 제공한다는 그럴 듯한 명분으로 한 장난이었는데, 실제로 같은 집에 하숙하던 의대생에게 두개골을 선물하고, 중국집에 가서 탕수육과 배갈을 얻어먹은 기억도 있다.

"내 고향 돌아와서 좋은 일 많이 했다 아이가? 내가 저승 옷 입혀준 송장만도 200명은 넘을기구만."

3년 전, 장의사 간판을 내건 용구를 참 오랜만에 만났다.

"젊은 혈기에 배를 탄기라…… 선원들이 전부 경상도 문디이들만 있어갔고, 나도 그쪽 말이 입에 배어버린게라…… 배 내려갖고는 부산서 한참 살기도 했고…… 고향 와서 할 일이 또 뭐가 있노? 그래 이 일을 시작한기라…… 이장(移葬)도 많이 해줬제…… 묻은 지 10년 넘은 송장이 하나도 안 썩고 있기도 하는기라. 지 부모 송장이라도 자식들은 질겁을 안 하나? 그래 나는 이장할 때, 자식들 처음에는 옆에 몬 오게 한다. 안 썩고 있는 저희 애비, 에미 송장 보고 기분 좋을 자식이 어디 있노? 뼉다귀만 추려 한지에 싸고는 살점은 그 자리에서 뜯어 묻어버리는 기제……. 어떤 송장은 니 명태 알제? 살이 명태같이 말라붙어서 영 뼉다구를 뜯어낼 수가 없는기라. 할 수 없제. 낫 같은 것으로 살점을 훑어내제. 그래서 자손들은 파묘 끝나기 전까지 저쪽 아래에서 가만히 기다리라고 하는기라. 좋은 자리, 뼉다구 노랗게 온전히 있는 것은 자손들보고 직접 모시라고 하지만도 요새 사람들, 저희 부모 뼉다구라도 성큼 손을 댈라고 안 하더라고…… 국민학교 2학년 땐가 우리 담임 생각나제? 신 선생님. 와, 말대가리 선생님 안 있었나? 그 사모님 돌아갔을 때도 내가 염을 해줬다. 그게 선생님한테 내 부조가 될 것도 같고 해서…… 간으로 죽은 사람은 열이면 일곱이 배에 복수가 찬다. 그래서 입관을 할라 하문 배불뚝이가 되어가지고 관 뚜껑을 덮을 수가 없는 기라. 니 같으면 그때 어떻게 하겠나? 식구들 다 내보내고, 병풍 뒤에서 대꼬챙이로 그냥 배를 푹 찔러 바께스에다 썩은 물을 받아낸다…… 니 송장 썩은 냄새 잘 모르제? 나도 첨엔 여러 번 코피 쏟았다."

바닷가 횟집에서 소주잔을 앞에 놓고 용구는 무용담처럼 송장 다루던 이야기를 밤늦게까지 들려주었다.

"장난들을 너무 했어."

정말이지 무슨 장난들을 그렇게도 지독하게 했을까.

뱀을 산 채로 가죽을 반만 벗긴 뒤, 여자애 사는 집 대문에 걸어놓고, 그 애가 나오기를 기다리기도 했고, 겨울철 밭두렁 쥐구멍에다 불을 피워, 신주머니로 산 쥐를 잡아 화형을 시킨다고 쥐에 석유를 뿌려 불을 붙였다가 불 붙은 쥐가 벼 낟가리 속으로 들어가는 바람에 낟가리가 홀랑 타버린 일, 외딴집 새끼 돼지를 훔쳐오다가 꽥꽥거리는 바람에 팽개치고 신발까지 잃고 도망 온 일 같은 건 그래도 약과였다.

용구는 비봉산 돌무덤에서 꺼내온 해골바가지 속에 손전등을 집어넣어 마을 어귀 팽나무 가지 사이에 끼워놓았다가, 새벽시장 채소 팔러가던 동네 부인네 한 사람을 기절까지 시킨 소동도 있었다.

겨울날 손전등을 들고 동네 초가 지붕에 참새 잡는다고 올라갔다가 떨어져 절름거리며 다닌 일이며, 초등학교 5학년 때였나, 물총새를 잡는다고 절벽 흙구멍에 손을 밀어넣었다가 왕지네에 물려서 내 손가락이 아버지 손가락보다 훨씬 크게 퉁퉁 부풀어올랐던 기억도 갖고 있다. 그 지네 독을 빼낸다고 닭똥을 손가락에 싸매고 한밤을 새우면서 맡았던 그 지독한 냄새라니…….

세월의 밑바닥 속에 그런 기억들이 아슴하곤 했는데, 고향에 오면 그것들이 뒤섞이고, 얼마큼은 각색되어 스멀거리며 살아 일어나는 거였다.

봄철에 버드나무 가지가 물오를 때를 기다려 열 개고, 스무 개고 버들피리를 만들었다. 왜 그토록 많은 버들피리를 만들었을까. 피리 만드는 게 어려운 일이 아닌데도 이상하게 영 소질 없는 아이들이 있었다. 용구가 그런 애였다.

너, 저 옻나무 가지로 피리 두 개만 만들어라. 집에 있던 면장갑을 가지고 나와서 내가 병태에게 시켰을 것이다. 병태가 맨손에 닿지 않게 조심스럽게 옻나무 가지로 피리가 만들었고, 우리는 그것을 풀밭에 놓아둔 채 신나게 버들피리를 불어댔다. 굵은 가지로 만든 것은 낮은 소리를 '부웅' 하고 냈고, 가는 가지로 만든 것은 '삐이익' 소리를 냈다.

피리 만들기에 영 소질이 없는 용구가 뒤늦게 우리 곁에 와서 부러운 눈으로 한참 우리 눈치를 보다가, 볼펜 두 자루 새 거 있는데……
주춤거리며 말을 걸어왔다.

우리는 선심 쓰듯 볼펜 한 자루씩을 받아넣고, 눈짓으로 풀밭에 놓
인 피리를 향하며 고개를 끄덕였다. 신기하게도 옻나무 가지로 만든
피리에서는 우리들 버들피리보다 더 맑고 높은 소리가 났다.

터져나오는 웃음을 참으며 병태와 나는 언덕을 구르듯 뛰어내려오
고, 그때쯤 해가 지면서 바닷물이 벌건 색으로 일렁이기 시작한다.

그날 밤 용구 어머니의 칼칼한 목소리가 부엌 쪽에서 들려왔을 때,
나는 이불을 머리까지 덮어쓰고 숨소리를 죽이느라고 땀을 흘려댔
다. 내가 안 그랬다니깐. 나는 알지도 못해…… 병태가 풀밭에다 내
버린 거라니까…… 나는 용구가 그걸 집어가는 것도 못 봤다니께 그
러네…….

용구 자지가 즈네 아부지 자지보다 더 커졌대. 이튿날 병태는 제
어머니에게 부지깽이가 두 개나 부러지게 얻어맞고 와서도 나를 원
망하지 않았다.

"옛날 우리 과수원 쪽으로 한 바퀴 돌아 내려가면 안 될까?"

"자네 자주 올 것도 아니고, 말 안 해도 그리 돌아갈라 했네. 거그
도 인자는 다 변해부렀어."

친구의 탈색된 머리칼 뿌리 쪽이 유난히 더 시선을 붙잡는다.

"나무도 배나무 다 파내고 유자나무로 싹 바꽈 심었드먼…… 사시
사철 푸르게 있는 거이 꼭 좋은 것만 아니드랑께……."

끈적이는 기억의 안개 너머로 나는 창 밖 멀리 보이는 바다 쪽에

눈을 주었다. 천천히 어둠이 시작되는 저녁 하늘은 지금 막 붉은색으로 변해가면서 바다 색깔도 같은 색으로 물들어가기 시작했다.

동생이 바로 고향 바다에서 죽었다.

형들이 수영 솜씨를 자랑하느라 남의 고기잡이배를 바다 가운데로 저어 나가다가 배를 버린 채, 해안으로 헤엄치던 것을 흉내내려 했던 듯 싶다. 얼마나 무모한 짓이었는가. 바다 한가운데로 노를 저어 나가다가 노를 멀리 던져버리고, 저마다 죽지 않기 위해 바닷가로 기진맥진 헤엄쳐야 했던, 여러 번 눈앞이 아득해지던 그런 놀이를 우리는 여름철이면 무슨 행사처럼 치렀다.

노를 집어던지고 바다로 뛰어들 순간을, 자존심 때문에 아무도 앞서 제안하지 않은 채, 해안은 점점 아득해지고, 두려움으로 심장이 터질 것 같았지만 그때 우리는 버틸 수 있을 때까지 버티며 침묵했다. 그러다 한순간 위기감이 공동의 한계에 이르렀을 때, 우리는 노를 힘껏 내던지고 배를 버린 채 바다로 뛰어들어 해안으로 향했다.

동생이 죽고 나서야 우리는 그 놀이를 중단했다. 동생의 죽음을 알고 나서 우리는 짐작했던 것이다. 어른들은 열다섯 살 된 사내자식이 수영을 하기에는 아직 차가운 6월 초에 바다에 들어갔다가 왜 죽었는지 알지 못했지만, 동생은 우리의 그 위험한 놀이에 이번 여름만큼은 멤버로 참가하고 싶었을 것이다. 그래서 그해 여름, 형들이 그 고약한 행사를 시작하기 전 연습을 하고 싶었을 터였다. 발에 쥐가 난 모양이여. 그게 아니고 심장마비여. 마을 사람들은 놋대접에 막소주를 흘러 넘치게 따라 마시며 그렇게들 한마디씩 했다. 그러나 그날 왜 작은 배 한 척이 밧줄이 풀려 노까지 잃은 채, 사람도 안 사는 바위섬까지 밀려가 있었는가에 대해서는 아무 말도 없었다.

여름이면 닻 풀린 배가 엉뚱한 해안이나 바위섬으로 흘러간 적이 더러 있었는데도 어른들이 그 일 역시 입에 올리지 않았던 것도 이상했다.

20대의 우리들 추억 속에 떡시루처럼 켜켜이 쌓인 치기 어린 장난들에 그 당시는 모두가 관대했던 것일까.

3

고등학교를 갓 졸업한 더벅머리들 주제에 그 작은 항구의 선술집들을 100주회를 한다고 떠들고 다녔어도 어른들은 그냥 우리를 못 본 척했다.

술꾼이라면 100가지 종류의 술을 섞어 마셔야 하는데, 100종류의 술을 구하기가 힘드니까 적어도 100개의 술집을 순례해야 한다는, 그 되잖은 주장을 꺼낸 건 나였을까, 아니면 병태였나, 용구였나.

호주머니에 왕소금과 볶은 땅콩을 한 움큼 넣고 다니면서 아무 집이나 문을 열고 들어간다.

여기 술 한 잔씩 주슈. 안주 필요없고요. 소주 한 병, 막걸리 한 되가 아니라 한 잔씩만 주문하는 총각들이 귀찮았겠지만 그때는 왕대포라고 한 잔씩의 술을 팔 때였으니까, 소주건 막걸리건 우리 앞에 한 잔씩 놓는다.

우리는 천천히 호주머니 속의 땅콩이나, 막걸리의 경우 왕소금 몇 알을 안주 삼아 떠들어가며 술을 마신다. 인생이, 청춘이, 정치 현실이, 민주주의가, 역사와 예술이, 땅콩과 소금 안주의 그 술자리에서 여과 없이 횡횡 날아다니고, 우리는 순례자가 되어 또 그 옆집 유리문을 밀고 들어선다.

어서 오세요. 아가씨 두어 명이 돼지고기 찌개에 소주를 마시는 뱃사람 곁에 앉았다가 우리 여기 사람 수대로 왕대포 한 잔씩, 하는 순간 찬바람을 일으키며 앉았던 자리로 돌아가고, 우리 중 누구 하나가, 씨팔, 우리는 뭐 손님 아니야? 하며 큰 소리를 내어 뱃사람들하고 먹살잡이로 이어지고, 결국 주인 아주머니가 화해술을 한 잔씩 따라준 다음에야 우리는 또 다음 순례지를 향해 발걸음을 내딛었다,

병태의 봉고차가 옛날 계단식으로 되었던 언덕을 다 뭉개 없애버린 옛날의 우리 과수원 곁에 잠시 머물렀다가 다시 움직였다.

"과수원이 다 변해버려서 차라리 마음이 편하다."

"우리 동창들은 자네가 서울서 돈 많이 벌어 과수원을 도로 사면 좋겠다, 늘 그리 말하고 했제……."

포구로 나가는 꾸불거리는 산길을 작은 자갈들을 튀기고, 털털거리면서 5분여를 달리다가 길가에 다시 차가 잠시 섰다.

이삼분만 더 달리면 이제 바다가 시야에서 사라지는 지점이었다.

내 기억의 한 자락에 늘 같이 있던 친구, 용구는 이제 유년의 인연마저 자유롭게 출생 이전의 순수 존재로 환원했을 것이다.

내가 사념에 젖어 있는 동안 병태는 길 바로 위 비탈을 올라 작은 무덤 앞에서 들고 왔던 소주 한 잔을 따르고 있었다.

무덤 주변으로 보랏빛 들국화 무더기가 어스름 속에서 시들어가는

게 보였다.

"누구?"

그가 차에 시동을 다시 걸었을 때 내가 물었지만 그는 아무 대꾸도 하지 않았다.

하기야 그가 누구의 무덤이라고 가르쳐준다 해도 삼사십년의 세월, 별로 내왕이 없던 내 고향 땅에서 태어나고, 죽어갔을 무수한 사람들의 이름이 나에게 무슨 의미가 있겠는가.

"옛날 100집을 돌아다닌다고 헤매던 그런 대폿집들 이젠 없지?"

"비슷한 술집도 없지 싶다. 세상이 다 바뀌어부렀다."

하기야 그 무렵 몇 집이나 돌아다녔는지는 모르지만 100집을 채울 수는 없었을 것이다. 10여 곳을 순례하고 날 즈음이면, 나는 물에 빠져 죽은 동생 생각에 울적해졌고 누군가는, 암만 해도 울 엄마 다시 못 일어날 것 같다, 그러면서 울먹거렸기 때문이다.

우리는 부두로 나가 바다를 향해 한꺼번에 오줌을 내갈기면서 야, 니가 젤 쎈데. 아니다. 용구 게 제일 멀리 갔어. 임마, 그게 다 옛날 옻나무피리 덕인 줄 알아라, 그러면서 웃음을 터뜨렸다. 우리는 잠시 바다를 내려다보고 있는 언덕 위 성당 쪽을 잠시 숙연한 기분으로 올려다보았다. 성모 마리아도 멘스를 했을까. 멘스…… 얌마, 말도 안 되는 소리 마라. 넌 어째 생각하는 게 항상 그쪽이냐? 잠시 침묵이 흐르고 나는 다시 일렁거리는 밤바다 멀리 그 어둠 속에서 내 동생이 인어들 속에서 수영하고 있는 환상을 보았다.

문득 나는 얼굴이 하얗던 선술집 여주인을 떠올렸다.

이름이 연지라고 했던…….

겨울이 시작되고 있었다는 느낌은 바바리 코트를 입은 기억 때문이다. 혹은 가을이었지만 비가 뿌려대기 시작해서 스산한 기분이 드는 저녁이었을 것이다.

"나는 내 잔에다 줘요."

내가 코트 호주머니 안쪽에서 며칠 전 공동묘지에서 주워온 두 개 골 조각을 꺼내들었고, 친구 중 누군가가 킥 웃음을 터뜨렸다.

알전구 아래 내 휴대용 술잔의 실체를 확인하는 순간 여주인이 비명을 지를 거라는 기대가 그날 그 선술집에서는 여지없이 무너져버렸다.

술잔 좋지요? 관심을 집중시키기 위해 누군가 거들었지만 여인의 표정에는 아무 동요도 일어나지 않았다.

여인은 왕대포 잔에 술을 따르듯 내가 내민 두개골 조각에 표정 없이 넘치도록 술을 따랐고, 친구들에게로 눈길을 주었다. 다른 사람에게도 휴대용 잔을 내밀면 따라주겠다는 심상한 얼굴이었다. 나는 오기를 부리듯 그 두개골 조각에 담긴 막걸리를 단숨에 비우고 그녀 앞으로 내 휴대용 빈 잔을 내밀었다.

"아주머니도 이 잔으로 한 잔 해요."

"그러지요."

여자는 설핏 웃어 보이고 내가 따르는 술을 스스럼없이 받아 마셨다.

순간 우린 이때까지 취해왔던 술기가 한꺼번에 달아나는 것을 동시에 느꼈다. 여자에게서는 이상하게도 늦가을의 달빛 분위기가 풍겼다.

시골 바닷가 선술집 여자 같지 않게 그녀는 흰 피부에 서늘한 눈을 가지고 있었는데, 그 눈의 흰자위가 푸른빛을 내고 있어서 더욱 그런 느낌으로 다가오게 했는지 모르겠다.

　여자는 전혀 표정 없이 곧바로 자기 일상으로 돌아갔고, 우리는 맥이 풀려 곧바로 그 집에서 나왔던 것으로 기억한다.

　그 여자의 여동생이 있었고, 그 여동생 이름이 민지라는 것은 며칠 후에 안 일이었다.

4

　지독했던 사라호 태풍이 지나고 난 뒤 그해 우리 배밭은 완전히 폐허가 되었다. 봉지 속 배들은 말할 것도 없고, 잎사귀와 가지들 역시 참혹하게 꺾여져 흩어졌다. 배 봉지를 만들었던 신문에 인쇄된 서양 여자 얼굴과 영어 글씨들도 흙탕물을 뒤집어쓰고 찢겨나간 잎사귀에 섞여 땅바닥에 어지럽게 흩어져 있었다. 그래도 나무 뿌리는 남아 있다. 그때, 음울하긴 했지만 아버지 말씀은 오래도록 귓가에 남아 있다. 그렇게 혹독한 여름을 지나면 가을이 되어 몇몇 배나무는 배꽃을 피운다. 내년에 피워야 할 배꽃이 잎과 함께 벌거벗은 가지들을 일부 채우는 것이다.

　심한 태풍은 그래서 연 2년의 과수원 농사를 망쳐버린다.

　그러나 그해의 가을 배꽃……. 원래 다른 꽃보다 배꽃은 푸른색이 돌 만큼 흰빛이라 이상한 차가움을 풍긴다. 더구나 초가을 싸아하게 피부에 와닿는 냉기 속의 배꽃은 푸른빛이 더욱 선명하게 전해진다.

그날 해질녘 나는 군데군데 피어난 그 가을 배꽃 속을 서성였다. 그러다 마른 풀 냄새를 맡으며 팔베개를 하고 잠시 잔디에 누웠던 것으로 생각된다. 동생을 생각하고 있었을까. 아니면 한참 빠져 있던 미시마 유끼오와 장 쥐네의 소설 생각을 했는지도 모르겠다. 배꽃 냄새가 아득하게 풀 냄새에 섞여들었는데 배꽃 냄새가 점점 진해지고 있는 기분이었다.

섬뜩한 차가움을 볼 가까이 느끼며 눈을 떴다. 배꽃같이 서늘한 눈이 나를 내려다보고 있었다……. 방해했나 봐. 하르르 배꽃 이파리들이 떨어져 바람에 날려왔다……. 그대로 있어. 그냥. 어머니가 이것 한 잔 가져다주라던데……. 여자의 희고 가는 손에 작은 술병과 잔이 하나 들려 있었다.

어머니가 복숭아로 술을 담갔다고 자랑했던 기억이 났다.

여자가 잔에 술을 따라 내게 내밀었다.

그 술잔 위로 배꽃이 나비떼처럼 날더니 이파리 하나가 술잔 안으로 내려앉았다.

그 마른 잔디 위에 어떻게 해서 같이 쓰러졌는지는 확실치 않다.

어느 순간 나는 뱀에게 휘감긴 개구리 꼴이 되어 안 돼, 그렇게 중얼대며 아득하게 풍겨오는 배꽃 냄새를 들이마셨다. 여자의 손이 내 맨살을 스치고 지나는 것을 알면서도 나는 잠시 망연한 상태에서 꼼짝할 수 없었다.

여자가 일어나 앉았다.

그때 그녀의 흰 적삼 어깨 부분에 작은 붉은 반점이 보였다. 그 반점이 조금씩 커지기 시작했다.

"피가……."

내가 소스라쳐 그녀의 어깨를 살폈다.

그녀가 잠깐 누웠던 잔디 위, 어깨가 놓였던 자리에 하얀 사기그릇 조각이 날카롭게 날을 세운 채 누워 있었다.

여자는 그 사기 조각을 집어 멀리로 던졌다.

핏물이 훨씬 넓게 등으로 번졌다. 그때 마침 서쪽 하늘이 노을로 붉게 물들어가고 있어서 어깨 위 핏물이 노을에서 묻어나온 것 같은 착각을 잠시 주었다. 핏물 색깔 때문에 배꽃 이파리들이 나비떼처럼 날고 있는 배나무 가지 사이, 서쪽 하늘 노을로 둘은 눈을 같이 주었을 것이다.

그리고 그녀는 바람 한 자락같이 하늘의 노을만 남겨놓고 내 곁에서 스르르 빠져나가버렸다.

그런데 왜 나는 하늘거리며 날아 내리는 배꽃 이파리가 나비 같다고 생각했을까.

민지라는 여자에게 어린 아들이 있다는 이야기는 그후에 들었다.

그 여자 아편쟁이래. 그래서 남편에게 쫓겨나 언니에게 온 거라는데……. 친구들 중 누군가가 그렇게 이야기했다. 상추쌈 대신 양귀비 잎으로 밥을 싸먹는 걸 본 적이 있다고 다른 친구가 말했다.

나와 같이 밥을 먹은 적은 없지만, 그 여자가 몇 번 어머니와 마루에서 점심을 같이하는 모습을 본 적이 있었다. 그 무렵은 식사 때 과수원에 들른 마을 사람들이 곧잘 마루에서 어머니와 어울려 풋고추나 상추쌈으로 점심을 때우곤 했다.

과수원 울타리 한쪽, 열 포기 남짓 하늘거리는 빨간 꽃을 피우는 양귀비가 심어져 있었다. 농촌에서는 집 안에 더러 몇 그루씩 양귀비를 심었고, 줄기를 통째 말려두었다가 여름날 배탈이 나면 비상약으로 줄기 삶은 물을 마신다는 이야기를 알고 있었다.

그 여자가 점심때 우리 집에서 그 양귀비 잎으로 밥을 싸먹었는지는 알 수 없었다.

가끔 우리 과수원에 들렀다가 사라지곤 하던 그 여자의 모습을 언제부턴지 볼 수가 없었다.

그리고 그 무렵, 연지 아주머니네 대폿집에 들렀을 때는 우리의 취기가 말끔히 가셔 있었거나, 허튼 소리들이 사라져버렸던 것을 기억한다.

차가 산길을 돌아 부두 쪽으로 꺾어졌을 때 내가 차를 세워달라고 부탁했다.

"아까 그 무덤, 연지 아지매 무덤이여. 용구가 더러 벌초를 해줬제……."

내 짐작으로 그 연지 아주머니네 선술집이 이 부근이 아니었을까 생각하며 차에서 내리자 내 기분을 짐작하고 있었던 듯 웅얼거리듯 말했다.

그동안 세월로 그녀나 그녀 동생 역시 이미 죽었거나 파파 할머니가 되었을 거라고 짐작은 하고 있었다.

"혼자된 아편쟁이 여동생한테 애가 하나 있었는디, 고것이 문둥병이 걸렸다 안 하는가…… 고걸 소록도로 보낼라고 여그로 데려왔던 모양인디…… 연지 아지매가 집에다 두고는 사람 고기를 삶아멕여 고쳤다는 소리가 있었어."

"사람 고기를?"

"아, 우리 어렸을 때 문둥이가 애기들, 간 빼먹는다고 안 그래쌌는 가? 참말인지는 모르제…… 비봉산에 애기 송장 뉘어놓고 왔다 하 면…… 연지 아지매하고, 동생이 그밤에 가서 애기 송장 다리 하나씩 을 짤라다 삶아멕였다는 것이여."

"설마……."

"애기 병이 나았는지, 죽었는지 모르지만 몇 달 후에는 그 아편쟁 이가 없어져불고, 연지 아지매도 술집 문을 닫아부렀어."

물새들의 끼루룩대는 소리와 함께 내가 꿈속에서 더러 보았던 흰 나비떼가 배꽃이 파리에 섞여 머릿속을 눈발처럼 날기 시작했다.

괜찮아? 자네 괜찮은 거야? 병태가 내 입 속에다 청심환을 으깨어 밀어넣으며 어깨를 흔들어댔다.

"아, 아무렇지도 않아. 갑자기 너무 빨리 마셔서 그래……."

나는 냉수를 벌컥거리며 들이키고 나서, 비틀대며 횟집에서 나와 소록도가 건너다 보이는 방파제 위에 걸터앉았다.

"옛날 그 해골 술잔에다 소주를 한 잔 따라 마셨으면 좋겠구만 도…… 그러구 나서 옛날 연지 아주머니네 술집에 한번 가보기도 하 고……."

바다 건너편 소록도의 울창한 수림의 윤곽이 침엽수 사이, 헐벗은 활엽수들로 예비군복 같은 얼룩을 이루고 있더니, 금방 저녁 하늘 색 깔을 닮아가기 시작했다. 그리고 천천히 숲과 바다와 하늘의 경계가 흐려갔다.

영혼이라는 것이 있다면 내 동생의 영혼은 지금 어디쯤 머물고 있을까. 내 아버지는, 또 어머니는…… 연지 아줌마나 아편쟁이였을지 모르는 동생, 민지라는 여자는 또 어디에 머물고 있을까. 옻나무피리 때문에 돼지 주둥이가 된 내 친구, 용구는 자기를 태워갔던 상여를 불태워버려, 비봉산 중턱 제 무덤에서 한 발자국도 나오지 못하고 꼼짝 않고 누워 있는 것일까.

나는 종이컵에 소주를 가득 따라 방파제 위에 올려놓는다.

초겨울 냉기 속에 별이 떠올라오기 시작했다. 그 별들이 바다 위로도 똑같은 수효로 떠오르는 것을 나는 처음으로 보았다.

바다 위로 떠오르는 별이라니…… 어렸을 적에는 이 방파제에 서서 누구 오줌이 더 멀리 나가는가를 시합했는데……. 오줌 줄기를 조금이라도 더 멀리 보내기 위해 막걸리를 마신 뒤 참고, 또 참아서 끝내 아랫배가 터질 지경이 된 다음에야 오줌 줄기를 쏟았던 그 치기어린 세월은 어디로 숨은 것일까. 생각하면 유년의 기억들이란 상당 부분이 공통분모를 이루고 있어 세월의 무게와 함께 뒤섞여버린다. 내 동생의 죽음까지도.

주위가 수묵화의 먹물같이 검게 변해가면서 하늘과 바다 위의 별빛이 한결 명료하게 빛나기 시작했다.

그런데 한순간 나는 따라놓은 컵 속의 소주 위에 내려앉은 별을 보았다. 잔을 집어들자 술잔 위의 별들이 흔들렸다. 그 흔들리는 작은 별에서 문득 호르르 날고 있는 배꽃 이파리를 보았다. 분명 배꽃이었다. 푸른빛 도는 창백한 배꽃 이파리들이 흰나비들같이 하르르, 하르르 바람에 날리면서 내 컵 안으로 떨어져 내리고 있었다.

(2001,『소설시대』)

해설

배꽃 그림자를 찾아 떠도는 역마살의 혼

최대순(편집인)

허공 중에 배꽃 이파리 하나

배꽃 그림자를 찾아 떠도는 역마살의 혼

─『허공 중에 배꽃 이파리 하나』에
접근하기 위한 극히 제한적인 길 안내

최대순 (편집인)

1. 프롤로그

자칫 이런 종류의 글이 독자 개개인의 작품을 통한 다양한 정서적 반응을 차단하거나, 오도할 수 있는 것을 알고 있는 위험을 피하기 위해서 여기서는 그의 소설 속에 반복되는 '배꽃의 이미지'와 '떠돌이의 혼'이라는 극히 한정적인 접근으로 유금호의 소설세계에 대한 길 안내의 일부를 맡도록 하겠다.

유금호에게 소설집으로 여섯 번째인 『허공 중에 배꽃 이파리 하나』에 대한 관심은 수록된 11편 소설이 최근 이삼 년의 작업이어서 유금호가 '작가의 말'에서 밝힌 대로 그의 작품세계에 '여정에서 잠시

편집자 주 ▮ 출판사는 순수문학 작품을 출간함에 있어 책을 만드는 편집자가 직접 작가의 글을 읽고 지극히 객관적으로 작품 해설을 쓰기로 했다. 이는 기존의 형식에서 벗어나 새로움을 추구하고, 글을 읽는 독자들과 조금이나마 가깝게 다가서는 이유에서이다. 그 첫번째 순서로 해설을 싣는다.

금호가 '작가의 말'에서 밝힌 대로 그의 작품세계에 '여정에서 잠시 되돌아보는 간이역'의 의미를 충분히 가질 것으로 보인다.

우선 99년 출간된 그의 대표적인 장편 『내 사랑 풍장』이 80년대 음울한 청춘의 자화상을 현실과 신화 속을 자유롭게 부유하는 독특한 서술을 통해 끈적거리는 유화(油畵)의 느낌으로 독자에게 기억되었다면, 이번의 11편은 한 편, 한 편 수채화 풍의 간결한 독립성을 지니면서도 천경자의 뱀 그림같이 똬리를 틀고 서로 엇물려 있는 특이성을 지니고 있다.

「하노이, 흐리고 가끔 비」의 강한 역사 인식과 실존의 문제는 전혀 다른 서술 양식인 전라도 사투리의 독백체 소설 「상사화 꽃 다 지고」와 「겨울 바다, 잠시 비 내리고」의 심연의 지층으로 연결되면서 인간의 의지로 피해갈 수 없는 실존의 비극성에 대한 수용 자세를 보이고 있다.
「OUT OF AFRICA」는 「암보셀리, 그 사바나의 새벽」과 같은 공간을 공유하고 있고, 「신밧드의 모험」과 「시실리에서」가 역시 떠나기의 충동 공간과 일탈의 꿈으로 얽혀 있으며, 「배꽃 그림자」와 「흔적, 혹은 물거미 집」, 「꿈꾸어주는 사람」, 「허공 중에 배꽃 이파리 하나」들은 '죽음'에 대한 작가의 오랜 관심이 씨줄, 혹은 날줄로 연결되면서 원시성, 혹은 유년의 시공에 맞닿아 있는 것으로 보인다.

우선 11편 전체를 관류하는 '처연한 배꽃'의 이미지가 숙명적 비극의 체취를 풍기면서 일탈의 갈증 속에 현실과 환상의 공간을 헤매다 바닷가 술잔 속에 별이 되어 내려앉기도 하는 이 집시적 혼령의 실체가 무엇일까.

'작가의 말'을 통한 다음의 육성은 이 '떠돌이 혼'의 실체에 접근하는 하나의 키가 될 수도 있을 것 같다.

> 달이 떠오르는 아마존 강, 음습한 수초에서 인디오들과 악어잡이도 해보았고, 몽골 바양고비 초원의 새벽, 장작불이 타고 있는 '겔' 천장 꼭대기로 기어들던 주먹만큼씩한 새벽별 앞에서 울먹인 적도 있습니다. 안데스의 마추픽추, 그 잃어버린 도시의 한켠, 장의석 앞에 서서 천길 골짜기를 흘러가는 우르밤바의 물소리를 들으면서, 혼자 소주를 마셔보기도 했고, ······.
> 내가 속해 있는 곳의 관습과 공기와 물의 냄새가 다른 세계를 그토록 찾아 헤매고 다녔지만, 그러나 결국 나는 쓸쓸한 얼굴의 나 자신과 마주하는 것으로 그 여행이 끝나는 것을 자주 확인한 셈이었습니다.
> — '작가의 말'에서

2. 배꽃의 비극적 냄새와 그 그림자

그의 소설에 나타났다가 잠복하고 다시 고개를 드는 배꽃의 실체를 작가는 표제작 「허공 중에 배꽃 이파리 하나」 속에서 다음과 같이 말하고 있다.

> 사라호 태풍이 지나고 난 뒤 그해 우리 배밭은 완전히 폐허가 되었다. 봉지 속 배들은 말할 것도 없고, 잎사귀와 가지들 역시 참혹하게 꺾여져

흩어졌다. 배 봉지를 만들었던 신문에 인쇄된 서양 여자 얼굴과 영어 글씨들도 흙탕물을 뒤집어쓰고 찢겨나간 잎사귀에 섞여 땅바닥에 어지럽게 흩어져 있었다. …… 그렇게 혹독한 여름을 지나면 가을이 되어 몇몇 배나무는 배꽃을 피운다. 내년에 피워야 할 배꽃이 잎과 함께 벌거벗은 가지들을 일부 채우는 것이다.

심한 태풍은 그래서 연 2년의 과수원 농사를 망쳐버린다.

그러나 그해의 가을 배꽃…… 원래 다른 꽃보다 배꽃은 푸른색이 돌 만큼 흰빛이라 이상한 차가움을 풍긴다. 더구나 초가을 싸아하게 피부에 와닿는 냉기 속의 배꽃은 푸른빛이 더욱 선명하게 전해진다.

—「허공 중에 배꽃 이파리 하나」

내년 봄, 피어야 할 배꽃의 가을 개화는 이미 숙명적 비극성을 내포하고 있다.

더구나 가을 배경 속에서 푸른빛을 띠면서 이 배꽃의 이미지는 결국, 죽음과 숙명 같은 피할 길 없는 삶의 비의에 맞닿아버린다.

결국 '배꽃 그림자' 속 배꽃의 이미지로 떠오르는 친구 누이는 죽은 이복동생의 명복을 빌기 위해 손가락에 기름을 발라 불을 붙이고, 다시 불을 붙이는 소지공양(燒指供養)의, 삶과 죽음을 뛰어넘는 섬뜩한 금기의 사랑을 보여준다.

창 밖으로 계속 비가 뿌리고 있는 오늘, 앞으로 모아 쥔 그녀의 손은 맨손이었다.

오른손으로 싸 덮은 그녀의 희고 가는 왼손의 가운데손가락……

친구를 화장해 강물에 뿌려준 날도 그 누이의 얼굴에서는 처연한 배꽃의 분위기가 느껴졌을 뿐 표정이 없었다. 푸른빛 돌도록 창백하던 볼 위로 그때 역시 그렇게 눈물만 그치지 않고 흘러내렸다. ―「배꽃 그림자」

배꽃의 이 처연한 이미지는 「허공 중에 배꽃 이파리 하나」에서 나비떼로 바뀌기도 하고, 아득한 유년의 시간으로 전이되는 타임머신의 입구가 되기도 하면서, 가끔은 추상화되어 다른 꽃향기로 환치되기도 한다.

히비스커스, 부겐빌레아, 바오밥, 소시지나무와 봉황목 꽃들이 내뿜을 수 있는 온갖 향기가 모두 합쳐져 섞인 뒤, 정제된 수잔의 냄새가 되어 내 혼의 뿌리로 스며들었다. ―「암보셀리, 그 사바나의 새벽」

마침 공포와 호기심 담긴 검은 눈의 이국 소녀를 열대의 짙은 수향과 함께 마주했다면…… 한순간 나는 형을 이해할 수 있을 것 같았다.
―「하노이, 흐리고 가끔 비」

아프리카의 원시적 공간 속, 문명과 상치된 순수의 상징으로 해체되어 수잔의 체취로 태어나는 꽃냄새는 베트남 밀림 속에서 이국 소녀의 체취로 추상화되었다가 「시실리에서」는 금목서 향기로, 샤샤의 체취로 변형된다.

잠에서 반쯤 깨어 꿈과 현실이 구별 안 되는 의식의 경계에서, 때로 살아나는 대숲을 지나던 바람소리, 파도소리와 돌탑, 더구나 그 금목서 향기와 샤샤의 그윽하던 눈을 어떻게 잊을 수 있겠는가.

그녀의 여리디 여린 열 손가락을 차례로 입 속에 집어넣으며 깊이 숨을 들이마셨다. 아주 깊게 콧속으로 스며들어온 꽃 냄새……네 냄새였구나.
얼굴 가득 빗물을 받으며 아득한 현기증 속에서 샤샤의 체취를 나는 처음으로 깊게 맡았다. ―「시실리에서」

거부할 수 없는 그의 깊은 선의식(先意識) 안에 각인된 배꽃 냄새가 어차피 추상화된 '낙원'의 흙냄새라면 유년 시절 태풍 지난 과수원의 가을 배꽃과의 대면은 기대 불가의 절망이다.
그렇다면 그의 여정의 모색 자체가 출구 없는 비극의 확인일 수밖에 없다. 그러나 그의 주인공들은 멈추지 못하고 끊임없이 떠나고 있기 때문에 그 떠남 자체가 예정된 근원적 허무이고, 비극의 확인일 터이다.

3. 찾아 헤매는 길 떠나기

소설 속에 등장하는 인물 모두가 현재적 삶의 일탈, 현실 공간에서의 길 떠나기의 숙명적 역마살 속에 허덕이는 모습은 쉽게 눈에 들어온다.
일상생활과 멀리 떨어진 공간 '하노이'로, '인도'로, '남미'와 '호주', '아프리카'의 '암보셀리'로 기를 쓰고 움직여가고 있는 그의 인물들은 최소한 현실적 생활 공간인 번잡한 도시를 떠나 겨울비 뿌리는 바닷가에라도 가서 앉아 있지 않으면 안 되는 숙명 속에 있다.

그 여정의 충동은 때로 시간을 거슬러 공룡시대의 공간 '우항리' 바닷가에서 비에 젖기도 하고, 안개 속을 의식이 흐리도록 비틀거리며 다니게도 하고, 지도에도 없는 4차원의 '시실리'에서라도 잠시 머물 수밖에 없다.

집 뒤에서 시작된 낮은 동산이 왕대나무 숲이었고, 그 뒤로 산 정상까지는 온통 늙은 소나무였어. 솔바람소리와 대나무 잎을 스치는 사그락거리는 소리, 거기에다 해안을 훑고 가는 물소리가 밤이면 같이 섞여서 들려와. 그렇게 편하고 마음이 가벼울 수 없었어. …… 식구 수만큼 소금만 뿌려 구운 팔뚝 굵기만한 생선 한 마리씩에다 삶은 물새 알, 거기에다 잡곡밥하고 푸성귀, 내 피부가 좀 맑아진 것 같지 않나?
　　　　　　　　　　　　　　　　　　　　　—「신밧드의 모험」

도대체 왜 그의 주인공들은 현재적 상황에서 끝도 없는 일탈을 시도하는 것일까.

그 단서의 하나로「시실리에서」의 주인공이 그 고뇌의 일부를 제공해주고 있다.

그토록 빛나던 빛의 정체는 무엇이었을까. 자랑스럽던 언어 구조물들이 서서히 금이 가고 와해되어 쏟아져 내렸다. 한순간 접착력을 잃은 언어의 조각들은 몇 개의 단락으로 해체되면서, 문장들로 나뉘어져 질서를 잃고 유령처럼 떠돌기 시작했다. 단어의 조각들로, 끝내는 자음과 모음으로 부서져 그 구조물들은 끝내 흩날리고 있었던 것이다. 응집력을 잃어버린 언어의 조각들은 사금파리 가루였다. 한때 빛을 반사했던 기억으로 혼란스러운 색깔들로 방향을 잃은 채 날뛰다가, 이제 도리어 젊고 촉망받던 제 주인을 향해 날을 세우고 비수가 되어 달려들고 있었다. 풍화되어버린 언어의 조각들, 언어의 시신들의 그 질서 없는 날뜀이라니. 바늘 조각같이 언어의 모래바람은 이제 작가의 발목을, 다리를, 온몸을, 심장을 찔러대며 저희의 시체로 덮어가는 거였다. 언어들이 일으키는 잔혹한 보복이라니……. ─「시실리에서」

한창 잘 나가던 유망했던 젊은 작가가 주인공인 「시실리에서」의 화자가 느끼는 이 열패감은 우리 삶에서 가장 기본적인 언어 조건마저 거부하는 공간을 꿈꾸게 했는지도 모른다.

평론가 임헌영은 「암보셀리, 그 사바나의 새벽」의 그 이질적인 공간을 다음과 같이 해석한다.

작가는 이 둘의 섹스에서 무엇을 말하고 싶었을까. 한국의 어디서나 재회하여 얼마든지 할 수 있는 그 흔하디 흔한 섹스를 위하여 왜 먼 아프리카까지 가도록 만들었을까. 무병에 걸려 죽어버린 어머니의 원시적 회귀 욕구가 그녀를 부추겼고, 그런 그녀와의 섹스를 통하여 나는 '문명과 야만이 상치되는 것이 아니고, 전혀 다른 차원에서 공존하는 것'을 느끼게 된다.

레비-스토로스의 '슬픈 열대'의 한국적 도입일까? 오히려 샤머니즘의 원형 찾기가 더 적격일 것 같다. 수장도 이미 무병에 걸려버렸고, 나도 감염되었으며 그게 오히려 문명으로 위장된 우리 삶의 실체를 드러내주는 참자아임을 이 작가는 말하고 싶었던 것이겠다.[1]

---

1)「따분한 일상, 갇힌 출구」, 임헌영, 〈한국소설〉 통권 33호, p.p 260~261

평론가 김상일의 「OUT OF AFRICA」에 대한 다음과 같은 평에
서도 현실적 시공간을 떠난 시공간에 대한 염원의 설명이나, 역시 같
은 작품에 대해 평론가 김종회의 시각에서도 이 작가가 그토록 빠져
나가고자 하는 현실적 시공에의 탈출의 꿈을 확인한 듯이 보인다.

　　얘기는 문제의 아프리카 무대다. 독자가 주목해야 할 시퀀스는 수사자
의 잔혹 무비한 본능적 행동이다. 암컷을 차지하기 위한 수사자의 새끼
죽이기. 그런데 주목할 소설 구조상 기법은 새끼 죽이기를 몇 번이고 보
여주는 것이다. 소름이 끼쳐올 만큼 잔혹하다. …… 또 하나, 초원에서 야
영을 하던 한 인물이 밤 사이에 행방불명이 된다. 온밤을 연신 '우우웅,
우우웅' 하고 수사자의 신음소리가 들려온 것으로 미루어 맹수의 습격을
받았을까 하는 암시가 없지 않았다. 해답이 없이 소설은 막을 내린다.
　　분명한 것은 반복되는 시퀀스와 말미 처리가 고전적 소설작법과 다르
다는 점인 것이다. 독자가 의미를 산출해야겠지만 예의 수사자는 공포를
생산하는 권력으로 해독할 수 있고, 죽음을 생산하는 가뭄, 홍수, 궤도
없이 맹수처럼 질주하는 현대문명의 한 결론을 환유하고 있다고 읽을 수
도 있을 것이다.[2]

　　동부 아프리카 케냐를 찾아가는, 그리하여 사뭇 이국적인 풍광과 유다
른 습속을 보여주는 남자 이야기…… 실상 암보셀리 공원은 일찍 헤밍
웨이가 눈 덮인 킬리만자로 산을 바라보며 사냥을 하고 작품을 썼던
곳…… 누구나 쉽게 갈 엄두를 내지 못하는 땅이며 그런 만큼 그 풍물
에 대한 서술만으로도 소설거리가 될 만하다. 그런데 이 소설이 일정한
값어치를 하는 것은 그 새끼 사자의 잔혹한 죽음을 자신의 삶과 직접적

---

2) 「기호론적 대상 읽기」, 김상일, 〈월간문학〉 통권 388호, p.p 453~454

으로 연관시키는 치밀한 조작의 기능이 선명한 실감으로 작동하는 까닭에서다. 그의 삶에 아프리카가 숨어 있고, 아프리카는 그의 삶을 되비추는, 마치 사물과 거울의 유기적 존재 양식을 닮았다 할 것이 바로 이 소설이다.[3]

결국 작가는 그가 그토록 그리워하는 공간을 실제에서 찾지 못하고 현실과 환상이 교차하는 4차원에서까지 찾으려 하고 있음을 평론가 김정진이 놓치지 않고 있다.

> 중견작가의 속내를 그린 「시실리에서」는 이삼십 년간 소설을 집필한 중견작가의 일면을 간파한 작품이다. 작중 배경으로 등장하는 배경은 그에게 전성기 이후 퇴조한 작가적 상상력을 불러일으키고 환기시키는 역할을 하는데 그 역시 지난날의 실제가 한낱 환상이었다는 인식에서 재출발을 도모하게 된다. 작가가 30대 초반의 기억 속에 남아 있는 마을인 시실리는 한창 전성기가 지나 방황할 때 우연히 들려 샤샤를 알게 되고, 자신의 글쓰기가 위선과 거짓과 오만이었음을 일깨워준 공간. 때문에 기억과 인식과 환상이 어우러진 공간의 그 강렬한 추억은 언제나 그의 뇌리를 떠나지 않는다.[4]

---

3) 「정돈된 외형의 뒤편에서 숨은 그림 꼬집어내기」, 김종회, 〈21세기 문학〉, 15호, p.p 367~368
4) 「소설의 기능으로의 환상과 인식」, 김정진, 〈미네르바〉 통권 3호 p.p 189~190

4. 잠시 멈추어서 확인하는 것들

그럼 그렇게 헤매고 다니던 작가가 멈추어 서서 숨을 돌리고 있는 지점은 어디인가.

어차피 인생의 모든 여정은 종착역이 있게 마련이고, 작가는 그의 역마살의 간이역에 서서 지나온 여정을 되돌아본다.

> 내 우둔한 탈출 시도가 현장법사 손바닥 안을 맴돌던 '서유기'의 손오 공처럼 종착지에서, 여전히 누추한 자신의 영혼을 마주하는, 똑같은 상황을 맴돌고 있었다는 자괴와 허무감과 연관되어 있습니다.
>
> ─ '작가의 말'에서

그는 결국 숨을 고르고 그가 그토록 힘들게 찾아다녔던 유년과 순수가 공존하는 공간의 부재를 확인하고, 이제 그 허무감 속에서 다음 여행지를 모색하고 있는 것은 아닐까.

이 점에 대해 평론가 송선령의 말을 빌려보자.

> 「하노이, 흐리고 가끔 비」에는 베트남과 우리 역사가 중첩되어 있다. 다른 어느 나라보다 우리와 가까우면서도 한사코 외면하고 싶었던 나라, 베트남. 전쟁을 통해 오욕을 묻고 온 그 나라로 17년 만에 다시 들어가면서 우리는 한국인의 내면을 다시 들여다보게 된다…… 한국 기업들이 베트남에 가서 노동자들을 착취하는 한편으로 한국 대중문화가 베트남 젊은이들의 마음을 사로잡는 이 현실 앞에서 하노이의 역사는 방황하는 영혼들의 넋을 달래기 위해 한국인을 붙잡고 있다. 뼈를 씻어 먼 축복의 땅으로 보낸다는 티와 의식이 진정한 죽음으로 가는 절차라면 한국인들

에게도 이런 상징적인 티와가 필요했던 것은 아닐까. 인간 내면에 대한 깊은 성찰을 보여주는 유금호의 베트남 연작은 계속 기대를 걸어도 좋을 듯 싶다.[5]

이런 지적이 아니라도 그의 방황은 비 내리는 베트남의 논 한가운데에 있는 무덤 앞에서 눈물과 빗물로 비석을 씻는 '티와' 의식으로 귀결될 수밖에 없어 보인다.

> 빗물이, 오랜만에 흘려보는 내 눈물이 희생물의 피 대신 비석을 적시는 동안 형의 영혼을, 아버지의 영혼을, 내 어머니의 영혼을 자유롭게 떠나보내는 '티와' 의식을 행하고 있다는 생각이 들었다.
>
> ──「하노이, 흐리고 가끔 비」

여기서 흘러내리는 빗물에 섞인 내 눈물은 「상사화 꽃 다 지고」에서 겨울 바닷가에서 흩뿌리는 빗물과 눈물이 뒤섞여 죽은 아내에 대한 사랑의 확인으로 이어지고, 「겨울 바다, 잠시 비 내리고」에서 죽은 아내의 영혼을 향해 살아생전, 가난 때문에 못해주었던 금반지 한 개를 바다에 던져줌으로써 삶과 죽음을 초월하는 인연의 가닥을 잡아가는 것으로 보인다.

그러다가 문둥병 걸린 아이를 위해, 죽은 송장의 살을 잘라다 삶아 먹이는 모성으로 맨 처음 배꽃의 이미지는 확대되면서 다시 원점에

---

5)「자연스러운 그리고 동시에 이국적인 우리 삶의 풍경」, 송선령, 〈소설시대〉 통권 2호, p.p 337

이른다. 그것은 삶과 죽음의 차원을 뛰어넘는 인연과 삶의 비의에 대한 작가의 자각과 연관된다.

> "혼자된 아편쟁이 여동생한테 애가 하나 있었는디, 고것이 문둥병이 걸렸다 안 하는가…… 고걸 소록도로 보낼라고 여그로 데려왔던 모양인디…… 연지 아지매가 집에다 두고는 사람 고기를 삶아멕여 고쳤다는 소리가 있었어."
>
> "사람 고기를?"
>
> "아, 우리 어렸을 때 문둥이가 애기들, 간 빼먹는다고 안 그래쌌는가? 참말인지는 모르제…… 비봉산에 애기 송장 뉘어놓고 왔다 하면…… 연지 아지매하고, 동생이 그밤에 가서 애기 송장 다리 하나씩을 짤라다 삶아멕였다는 것이여." ─「허공 중에 배꽃 이파리 하나」

그래서 송선령은 유금호의 소설에 '죽음'이나 '노년'이 되는 것까지도 아름답다라는 말을 하고 있는지도 모른다.

> 하얀 배꽃 속에서 죽은 동생과 장 쥬네의 소설을 생각하는 화자. 그 화자가 어린 시절 고향 친구들과 벌였던 짓궂은 장난들은 이제 배꽃 향기에 묻혀버리고 삶은 그렇게 지나간다. 한잔 술을 마시며, 이제 이 세상에 없는 영혼들을 반추하며 바다 위로 떠오르는 별을 바라보는 마지막 장면 역시 더없이 아름답다. 이토록 아름다운 풍경을 볼 수 있는 것만으로도 이 소설은 충분히 가치 있다는 생각이다.

---

6) 「일그러진 가족 혹은 상처, 소설이라는 이름으로 감싸안기」, 송선령, 〈소설시대〉 통권 3호, p.p 371~372

잔을 잡어들자 술잔 위의 별들이 흔들렸다. 그 흔들리는 작은 별에서 문득 호르르 날고 있는 배꽃 이파리를 보았다. 분명 배꽃이었다. 푸른빛 도는 창백한 배꽃 이파리들이 흰나비들같이 하르르, 하르르 바람에 날리면서 내 첩 안으로 떨어져 내리고 있었다.[6]

확실한 것은 그의 떠돌던 혼이 잠시 머물고 있는 이 간이역이 유금호의 40년 가까운 작품세계에서 하나의 매듭으로 자리하고 있음에 대한 확인이다.

또 이제 그가 어느 방향으로 새로운 여정을 시작할지 몰라도.

허공 중에 배꽃 이파리 하나

· 1쇄 발행일 / 2002년 7월 25일

· 지은이 / 유금호
· 펴낸이 / 정화숙
· 펴낸곳 / 개미

· 출판등록 / 제1999 - 3호 1992. 6. 11
· 주소 / (121 - 736) 서울시 마포구 마포동 136 - 1 한신빌딩 B 121호
· 전화 / (02)704 - 2546, 704 - 2235
· 팩스 / (02)714 - 2365
· E-mail / lily12140.@hanmail.net
· ⓒ 유금호, 2002

· 값 8,000원

· ISBN 89 - 87038 - 50 - 5 03810